# Era das Arcas

MARCELA ALBAN
MARCELO CASSARO

# Era das Arcas

MARCELA ALBAN
MARCELO CASSARO

# Era das Arcas



## Créditos

PROJETO GRÁFICO: : Patrício Rios

DIAGRAMAÇÃO: Vinicius Mendes

CAPA: Erica Awano (arte) e André Vazzios (cores)

ARTES INTERNAS: Erica Awano (arte) e André Vazzios (cores)

REVISÃO: Elisa Guimarães

EDITOR: Marcelo Cassaro

EDITOR-CHEFE: Guilherme Dei Svaldi

JAMBÔ

Rua Coronel Genuíno, 209 • Porto Alegre, RS

CEP 90010-350 • Tel (51) 3391-0289

contato@jamboeditora.com.br • www.jamboeditora.com.br



1ª edição: dezembro de 2022 | ISBN: 978658863439-4

Dados Internacionais de Catalogação na Publicação

**C343e** Cassaro, Marcelo

**V.2** Era das Arcas / Marcelo Cassaro e Marcela Alban. — Porto Alegre: Jambô, 2022

272p.

1. Literatura brasileira —Ficção. I. Cassaro, Marcelo. II. Alban, Marcela. III. Título.

**CDU 869.0(81)-311**

# 1

QUATRO.

O outro ainda não havia chegado. Tão lento.

Os quatro parecem heróis. Ao menos, tentam se mostrar assim para sua triste audiência. Mas são apenas máscaras. Vestes, armas e anseios. Nada digno de julgá-los merecedores.

Ela não os abraçaria como tais.

Rastejam com suas botas imundas e trajes grotescos por este mundo venerável. Sequer merecem pisá-lo. Olham sem enxergar, descrevem o que não compreendem. Exibem tudo em volta como nobres afetados em seus castelos. Falastrões insuportáveis.

Desprezam a glória de suas conquistas como se fossem grandiosos e magnificos arautos da abnegação. Um título bonito, nobre e adequado, concedido por e para covardes.

Mesmo que os rumos da miséria existencial em que se acomodam possam mudar com a busca pelo que não conhecem. Mesmo que tenham apenas um instante do mais puro sentimento de poder antes da derrota, apenas por tentar. Mesmo que a resposta esteja atrás da porta que hesitam abrir. Ainda assim, preferem ceder ao conforto. Temem mais o valioso incerto que as temíveis certezas.

Minha Musa choraria. Por doloroso que seja, sou grato que Ela esteja longe.

Observo como andam, como falam, como se movem contra os desafios. Vermes em armaduras virtuosas. Sem elas, são apenas vermes. Dentro delas, ainda vermes.

Observo-os, aguardando que o batedor morto-vivo venha a seu encontro. Tão lento. Encontrei-o solitário, escolhendo o espólio da última luta. Tudo caiu ao chão quando percebeu não estar sozinho. A segurança da certeza o derrotou naquele momento.

— Q-quem é você? — Os ossos do esqueleto chamado Montrak tilintaram trêmulos.

— *Sou quem protege este mundo de indignos. De vocês.*

Dei-lhe a vantagem para atacar ou fugir, apenas para observar como se comportaria. Não me surpreendeu. Baratas rastejam, não lutam.

No passado, talvez eu pudesse gargalhar diante dos outros, diante de seu atrevimento em posar como aventureiros reais. Mas não há motivo. A cena é amarga, deprimente.

*Menestreamers.*

Inventaram para si um título estrambólico, parvo, ridículo. Considero merecido. A definição perfeita do início de um colapso.

Minha dor chega a ser física, apenas por imaginar a reação de minha Musa a essa subclasse infame.

Pouco além, por vidência, acompanho o confronto que se iniciará contra os kobolds. Jamais achariam este local sem minha intervenção, estão confortáveis demais. Está em minha natureza buscar o que é surpreendente, penso eu, então alimentei uma pequena fagulha de esperança. Mas acabo frustrado. Não mostram nada novo, nada que me faça repensar.

Em outro cenário, eu teria algum elogio à performance contra os kobolds. Mas saber que tudo não passa de encenação para mundanos distantes me detém. Nada que fazem é legítimo, nada é honesto. Harmonizam seus movimentos como em um espetáculo ensaiado, com golpes exagerados e nada pragmáticos.

O arqueiro poderia ser mais rápido preservando sua postura. O mago é praticamente inútil e limitado. A armadura do guerreiro é um traste cenográfico, deixa expostas suas partes vulneráveis. Quanto ao líder menestreamer... sequer tenho adjetivos para seus atos.

Uma horda de kobolds os cerca. São pragas vulgares, nascem de ovos formados onde vivem dragões. Ainda assim, conseguem ser mais harmoniosos e sinceros. São fracos, sim, isso é de conhecimento geral. Mas kobolds seguem sua natureza, perseveram até o fim. Têm seu lugar no mundo. Têm meu respeito. Os vândalos chamados menestreamers, não.

Podem ser aclamados como celebridades nas terras desgraçadas de onde vieram. Talvez pudessem dar início ao que almejo, acreditei. Mas estava enganado. Seria impróprio, desonroso, dar ainda mais fama a este grupo inepto.

— Nemesin! KedroP! *Ali está!*

O falastrão chamado "Mestre KedroP". Narrador da empreitada. Portador do engenho profano que transmite a expedição...

Espere! Não posso crer em meus olhos! Impossível!

*Ele tem o Diadema da Deusa!*

Meus planos mudam de rumo, e por um motivo magnânimo. Não são dignos de tocar tal relíquia santa.

Se pretendem mantê-la, ser merecedores, primeiro devem me superar.

Percebo que Montrak, o esqueleto assustadiço, acaba de atravessar o portal para este local. Tão lento.

Os kobolds são derrotados de modo insípido. A encenação fracassa em trazer trama ao combate. Pois bem, chega de divertir massas acéfalas em terras degeneradas. Sua tarefa, agora, é entreter a *mim*.

Vão descobrir que sou um espectador muito mais exigente.

Distraídos com a vitória vergonhosa, não percebem ainda meu surgimento nos céus. Parvos. Obrigam-me a conjurar uma intempérie planar, anunciar minha presença com nuvens sinistras e ventos arrepiantes. Mostrar o que é verdadeiramente dramático.

Sim, pois comando este lugar a meu bel prazer. Comando suas percepções. Comando o funcionamento de seus engenhos precários.

Enquanto correm sem sair do lugar, suas gemas amarelas destinadas a resgate se apagam. Quanto ao aparelho que oferece estas cenas ao mundo além, permito que siga em atividade por mais algum tempo.

Que sua vergonha seja exposta.

Que sua plateia os veja como fraudes que são.

A região está lacrada, ninguém entra ou sai. Simples para mim, para meu controle sobre os planos. Meu presente da Musa.

Deixo um espaço exíguo para que lutem por sua liberdade. Ainda não se percebem manipulados, nem ao menos sentem. Oh, cedo demais.

O lupino Bartoh parece capaz de me farejar. Ainda não me enxergam, devo descer um pouco mais. Enfim, os olhos de todos arregalam. Posicionam-se em alguma formação defensiva ridícula. O que vejo na face de KedroP, o bardo tagarela? Medo genuíno? Finalmente uma reação sincera.

— Algo está ali. Algo está vindo.

— O que é isso? Magia?

Sim, magia, eu poderia responder — e ainda assim permaneceriam ignorantes totais. Dizem a palavra como se assim pudessem capturar seu significado, vislumbrar um ínfimo de sua verdade. Podem ver a magia, sentir seus milagres, podem até imitá-la como papagaios. Não mais que isso. Não merecem.

Nem merecem estar aqui. Este lugar não é para vocês, pavoneando-se para sua audiência covarde. Estas paisagens são para os dignos. Para os que abraçam a ambição, os que não se limitam até alcançar seus sonhos.

Mas basta de censurá-los em meus pensamentos. Nem isso eles valem.

Com um gesto lento de meus braços, as nuvens tempestuosas começam a me circular. O pequeno espetáculo deve recrear os mundanos indignos até perceberem que a derrota é inevitável.

Eles se agitam no chão, crentes de alguma escapatória. KedroP desmorona enquanto vê sua gema de comunicação brilhar pela última vez. Ele ainda tem o Diadema.

Ele será meu.

Poderia surgir em qualquer ponto próximo a eles, mas não quero que isso acabe tão rápido. Algumas lições são melhor aprendidas através do horror.

Deixo-me escoar das nuvens. Os gritos do esqueleto se destacam na quietude temerosa dos companheiros.

— Eu disse para *correr*!

Aí está Montrak. Finalmente. Mas não adianta correr.

É assim que verdadeiras lutas são travadas, ainda mais em solo tão sagrado. Sem gemas que mandam ajuda imediata ao menor sinal de risco, sem consciência do que vai acontecer no próximo passo, sem certeza de que sairão vivos. E se saírem, poderão contar a história. Mas não mostrar.

E começam a atacar.

Inúteis.

O esqueleto atira sem pontaria, completamente tomado por desespero. Expele balas metálicas. Poucas me alcançam. Estas terminam em outro lugar, inofensivas.

Então o subestimado Montrak consegue me impressionar, transmutando o próprio corpo para uma arma maior. O lupino cessa de tremer e empunha o novo artefato morto-vivo para mim. Certo que reservavam tal manobra para um momento decisivo como este. Talvez tenham intenção de eletrizar seu público com um ataque final dramático?

Não, erro meu. Estão apenas desesperados. Mesmo aqueles tentando parecer confiantes acham-se atolados no lamaçal do pavor.

Não há desafio aqui. O disparo do canhão final não me toca, toda a sujeira é repelida sem que eu precise pensar. O mago conjura fagulhas sinalizadoras e se esconde atrás do guerreiro. Inútil. Ninguém os salvará.

Nada que tentam lançar contra mim merece ser chamado de ataque. Nada merece mínima atenção. Minhas proteções mais básicas já bastam.

Mesmo afastada, a Musa cuida que sua imundície não me toque.

Oh, gloriosa Padroeira! Musa de minhas orações. Por sua dádiva, ofereço este sacrifício de outro mundo. Eles saberão de seu poder e temerão usurpar novamente seus mistérios. Findam os odiosos menestreamers. Recomeça sua era de aventura.

— Se estiverem aí, sinto muito. Por fazê-los assistir a isto — KedroP, o mensageiro dos indignos, se desfaz do personagem e parece entregue.

Os outros também não demoram a perceber que lutar contra mim, contra os princípios em que fui forjado, é inútil.

Repito minha mensagem.

— *Sou quem protege este mundo de indignos. De vocês.*

Vejo minha face descoberta no reflexo dos olhos aflitos. Gesticulo anunciando nova conjuração. Ainda tentam lutar, mas é tarde. Ninguém os vê mais. Não permito.

Sua história acabou. Todas as histórias têm final.

# 2

— EU DESISTO.

Olha, dizer isso em voz alta é como beber leite azedo (ainda é cedo para piadas, respeita o meu momento). Mas é isso mesmo. Eu desisto.

Não estou só desistindo dessa furada de missão. Eu desisto de tudo, mas tudo mesmo. De ser Arcanauta, ser menestreamer, viralizar e ser famosa na rede, cheirar o cabelo ruivo do Sandro Galtran, tentar ser digna da Blazdall...

*Ai, Blazdall!*

Apagada, escura, fria. Pesada como um trambolho de metal — agora ela é mesmo um trambolho de metal. Quando a encontrei e empunhei, parecia ser parte de mim, uma irmã perdida que eu ainda não conhecia. Agora é como se tivesse morrido. Como se metade de mim tivesse morrido.

Era mágica. Tinha a magia que me faltava. Sem ela, agora eu sou... Sou só isto.

Seguro a gema de emergência com força e desalento. Ela brilha, parece que ainda funciona. Bom sinal. Posso esquecer qualquer orgulho, qualquer chance de vitória, e pedir socorro.

Pensando bem, os sinais sempre estiveram ali, esfregados na minha cara, gritando para que eu desistisse. Mas escolhi ignorar. Teimei, lutei contra. Arcanautas fazem isso, não é? Eles lutam quando tudo parece perdido.

Lutam e, às vezes, perdem. Muitas vezes.

Esta luta não era pra mim.

A gema parece coçar em meus dedos. Só preciso chamar o resgate e tudo acaba. Meu grupo, que acreditou em mim — que fez a besteira enorme de acreditar em mim —, pode ter outra chance. Achar um líder melhor, mais preparado, mais capaz. Melhor assim. Não é certo eles pagarem pela farsa que eu construí. Tipo aquele dia...

Aquele dia? Eita! Por que estou lembrando disso agora? Esse lance da vida passando diante dos olhos não é quando você...?

Ah, tanto faz. Deixa rolar. É isso, está vindo tudo. Quando o sonho de ser menestreamer começou.

Meu primeiro (e último) acampamento infantil. A odiosa Sociedade Secreta de Jovens Arcanautas em Treinamento.

— Ágata Badeaux, sete anos. Se escreve Ba-De-Au-Xis.

— Moreau.

— Então, na verdade se diz "*morrô*", porque...

— Classe? — o goblin me olhou por cima dos óculos quadrados.

— Eeer...

— Usa magia?

— Nãã...

Um suspiro ranzinza e ele anotou algo na prancheta.

— Guerreira — me entregou um *botton* amarelo com duas espadas cruzadas no centro. — *Próximo*!

Prendi o *botton* na camiseta — *horrorosa* — verde-limão e ajeitei nas costas minha mochila da Kalia Aventureira. Mesmo praticamente enxotada pelo goblin, mesmo parecendo encolhida e amuada, minha cauda balouçava loucamente de empolgação.

Era minha primeira vez em um acampamento sem meus pais! Um acampamento que eu mesma escolhi!

(Mesmo sem a menor noção de como seria.)

Bom, mesmo pirralha eu já sabia alguma coisa sobre Arcanautas. Já preferia ver streams das Arcas que qualquer filme de super-heróis. Passava na TV e tudo, mas papai limitava meu tempo nas telas, então era quase novidade.

Um dia, lá na escola, apareceu um pessoal divertido com camisetas verde-limão. Tinham espadas, arcos e cajados de plástico. Distribuíram panfletos sobre esse acampamento. Ali dizia, em letras garrafais e convincentes: O LUGAR MAIS LEGAL DE NEO SAMPA!

Insisti tanto para ir que meus pais acabaram vencidos pelo cansaço.

Logo que deixei o estacionamento correndo — berrando um "até logo" apressado a meus pais — aprendi uma das grandes verdades do universo.

Panfletos exageram.

Ainda bem que meus pais não estavam perto, sei que teriam ficado chateados. Minha cara era decepção total. Você atravessa o portal de entrada (portal de madeira mesmo, sem graça, sem mágica, desculpa), contorna o paredão de árvores, e o lugar se revela. Lembrando agora, era bem bonito — só diferente de como parecia na minha cabeça, acho. Criança é um bicho tonto mesmo.

Lá longe tinha um lago enorme, que o mapa no panfleto mostrava ter forma de pinheiro, mas não tinha como perceber isso olhando do chão. Seguimos uma trilha até uma imensa casa de madeira, bem rústica. Ou parecia rústica para mim, menina-gata de cidade grande.

A casa ficava bem perto da margem do lago. Tinha uma chaminé soltando fumaça verde. Quando chegamos mais perto, a fumaça mudou para a forma de letras.

B

E

M

V

I

N... Afe, que demora!

Ok, isso me chamou a atenção, mas não era o mais legal. Logo além da casa, depois de um penhasco mais adiante (sorte que o papai não entrou para ver...), tinha outras estruturas. Eu já conhecia todas porque tinha praticamente tatuado o mapa na cabeça: quadras de vôlei e magibol, piscinas suspensas, rampas de voo, um quiosque imeeeenso, dezenas de chalés enfileirados. E um cubo grandioso que cintilava holográfico, destoando do ambiente rústico e "comum".

Havia duas maneiras de descer o penhasco. Número um, pela escada em caracol entalhada na colina. Número dois, pulando (pra quem voa, claro).

Como eu ainda pretendia manter as sete vidas intactas (naquela idade eu ainda acreditava nisso, tá?), segui os andantes até a escadaria.

Uma multidão de crianças com camisetas verde fluorescente e mochilas, quase se atropelando na escadaria. Um mundo de chifres em crescimento, caudas espichadas, escamas, penugens, pelos, orelhas pontudas, ossos sem carne... (Certo, você deve estar se perguntando como pode ter criança esqueleto. Você vai pensar um pouco, e então achar melhor não pensar mais. Pois é, também foi assim comigo.)

Enquanto a gente se espremia na escada, bem ao lado desciam fadinhas, qareen, humaninhos com asas de passarinho e mais quem pudesse voar, fazendo piruetas só para deixar a gente com inveja. *Nojentos!*

Mas, em algum ponto enquanto descia, aquilo começou a parecer divertido. Como estar dentro de um filme infantil com aventuras fantásticas, sabe?

De repente, um fim de semana parecia pouco para aproveitar tudo aquilo. Grama verdinha a perder de vista, o sol refletido no lago cristalino (mesmo lago, ou outro, não me pergunte), cheiro e barulho de natureza. Então vem um monstro imenso e assustador. É quando você — alguém completamente sem talento, mas com um poder oculto e desconhecido até então — acaba escolhido para salvar o mundo! Tá, não tem monstro, essa parte eu inventei para dar emoção.

Diferente dos filmes, eu não tinha uma dupla de amigos coadjuvantes. Não conhecia ninguém. Abracei a mochila da Kalia Aventureira e fiquei olhando os grupinhos que se reencontravam. Eu parecia a única novata ali, toda deslocada, com a cauda entre as pernas.

(Hein? Isso é coisa de cachorro? Tá, como se *você* tivesse cauda e soubesse como é! *Tailsplaining* que chama!)

— Hey! Me *debolbe*!

O guincho veio de um minotauro menor que eu, ainda sem chifres, com um pirulito de alcaçuz na boca. Ok, pelo menos alguém ali parecia ainda mais deslocado.

Ele pulava, tentando pegar algo no alto. Ergui os olhos, até encontrar três figurinhas voadoras. Eram um qareen (meio-gênio, para os leigos) de moletom, um Herdeiro do Morcego de nariz escorrendo, e uma fadinha descabelada com asas de borboleta.

Jogavam um capuz de um para outro. O capuz tinha furinhos para chifres — furinhos bem otimistas, visto que a cabeça do minotaurinho era mais lisa que a minha.

Certo. Eram os pirralhos irritantes que existem em TODO lugar. Guarda essa informação.

— Aí, Murbor? — O qareen mascador de chicletes girava o capuz nos dedos. — Vai mesmo de mago? Mas e a "vocação de tanque" da família?

— Ele acha *mesmo* que conjurou uma tempestade ano passado — a fadinha gargalhou estridente.

Olha só, então se conheciam.

O *mini-mino* (que eu chamava assim em pensamento) não respondia, só continuava pulando. Se fosse hoje, eu teria feito algo para ajudar. Mas ainda estamos falando da Ágata pré-Arcanautices. Então só fiquei olhando tudo encolhida, de orelhas murchas.

Os valentões pareceram cansar. O qareen fez uma bola de chiclete azul e, de cabeça para baixo, jogou o capuz de volta.

O minotauro pegou, enfiou na cabeça e sussurrou ameaçador.

— Se fosse você, não dormia hoje...

*Eita.*

— Nada de acrobacias aéreas, crianças! Primeiro aviso — alguém ralhou com o grupo.

— *Desculpe, madame Zephira* — os três responderam sem um pingo de sinceridade e sumiram voando.

Esqueci deles. Só consegui olhar, toda abobalhada, para a tal madame. Uma moça de *headset*, usando uniforme do acampamento, escrevendo algo em um tablet. Ah sim, detalhe, a moça estava voando. Com asas. Lindas e brilhantes.

— Bem-vinda, guerreira — ela pousou, delicada, à minha frente — à Sociedade Secreta de Jovens Arcanautas em Treinamento. É sua primeira aventura?

Demorei a responder e você sabe o motivo: era uma anja!

Nunca tinha visto alguém tão linda assim de perto. Nunca alguém tão linda notou minha existência minúscula. Será que tem idade mínima para desmaiar de tanto amor?

Então ela riu. Porque leu tudo aquilo em minha mente. Ou posso ter falado em voz alta. Tá bom, *falei* em voz alta.

— Não anja, só meio-anja — ela respondeu, ajoelhando para ficar na minha altura. — Aggelus. Como você é meio-gatinha! Ágata, não é?

A pele dela parecia brilhar dourado também. Mágica!

— Quer saber um segredo? Tudo aqui é para você curtir de montão, para você fazer coisas perigosas de Arcanauta. Mas, quando voltar pra casa, pode contar que foi "seguro, recreativo e educativo". Assim seus pais deixam você voltar mais vezes, que tal?

Vou confessar, eu fiz exatamente como ela falou. Mamãe riu muito, papai sorriu meio torto. Tive certeza total e completa de que os convenci. Metidinha, né?

— Vem comigo, Ágata, vou mostrar o acampamento — ela me deu a mão e voamos. Mentira, andamos mesmo, mas senti como se voasse.

Ela foi recitando algum discurso ensaiado sobre "atividades planejadas para a diversão e desenvolvimento de habilidades", mas mandava piscadinhas espertas para sinalizar que era tudo propaganda. Falava de natação, treino de voo, escalada, conjuração, combate...

Fui acompanhando tudo caladinha. Naquele tempo era mais tímida que hoje. Verdade! Meus olhinhos inocentes foram absorvendo todas as cores, formas e cheiro daquele lugar.

— Nem todas as atividades são obrigatórias com os colegas de quarto. Por exemplo: Jogar magibol... Você faz magia? Ahn, então melhor não tentar. Mas tudo bem, o evento principal é obrigatoriamente em grupo — abriu as mãos diante do rosto, arregalou os olhos dourados. — A GRANDE EXPLORAÇÃO!

Mais adiante eu explico sobre essa grande aberra... digo, exploração aí. Na hora não tive muita informação — ou melhor, fiquei distraída demais. Era muita coisa para absorver. Estava deslumbrada, hipnotizada, querendo me enfiar até onde não poderia. Em especial no tal cubo holográfico, que brilhava e destoava de tudo o mais no acampamento.

— Aquele é o Kubus. Ele faz microplanos simulados para ataques mágicos controlados. Pensa como um game de óculos VR, mas sem óculos. Mas isso vai ser depois. Está vendo aquela fila? Ela vai para o Ninho, ali vão dizer onde fica seu quarto e quem são seus companheiros. Pode deixar sua bagagem e consultar o terminal para saber das atividades. Se precisar de alguma coisa, me procure, ou algum monitor. Divirta-se, lindinha. Crianças! Não é permitido cuspir fogo no amiguin...

E assim como surgiu, ela se foi.

Como já disse, eu era uma filhota tímida e sem ideia do poder que guardava dentro de mi... do relógio antigo e feio do papai. Melhor aquele monstro de filme *não aparecer*, porque eu seria a figurante que morre primeiro.

Outra vez encolhida e com a cauda entre as pernas (calado!), segui entre as crianças que já haviam passado pelo Ninho e comemoravam. Claro que estavam no mesmo chalé! O acampamento queria manter aqueles grupos unidos, para incentivar que voltassem, óbvio! Ou tão óbvio quanto possível para uma pirralha de sete anos.

E o que sobraria para uma pobre criancinha sem amigos que não conhecia ninguém?

— Chalé 3, *Banzai*! — um humano de voz fina e metade do rosto coberta com ataduras gritou agudo e levantou um punho animado. Levantei também. — O nome do seu grupo é "Banzai". *Próximo*!

Juntei meus papéis coloridos com as regras do dormitório e fui me arrastando até o chalé. Era tanta coisa que, por um momento pensei em ligar para a mamãe — quase jogando fora toda a independência que, insistentemente, eu tinha conquistado indo até ali. Respirei fundo e ergui a cabeça. Havia muito para fazer e adultos a chamar se precisasse de ajuda.

Fui andando mais confiante, segurando a mochila por uma só alça, olhando ao redor. Alguns grupos já se divertiam jogando uma *petecanar*. Sabe? Aquela trouxinha de pano "brilhante", com penas de "fênix", que "atravessa portais planares" quando arremessada, sem você saber onde vai cair. Tudo balela, a coisinha só fica invisível. Meu pai explicou o truque e destruiu minha infância. Zoeira!

Ah, você com certeza brincou com uma dessas. Uma vez levei uma cotovelada na testa porque... Esquece, olha o déficit de atenção!

Voltando.

Outros corriam, rastejavam ou voavam em um pega-pega nada justo para o hynne que tentava alcançá-los.

Passei perto de uma das quadras bem protegidas de magibol, dois grupos já jogavam mesmo sem plateia. Cheguei perto da barreira que tinha em volta e...

— *Mega Impacto Sônico da Besta Sangrenta de Neo!*

Alguém gritou essa besteirada, e esse mesmo alguém chutou uma explosão de luz. Mas errou a bola. Boa coisa, porque se tivesse acertado, mandaria um meteoro na minha direção!

— Sério, cara, você precisa encurtar esse nome! Perdeu outra finalização!

— Foi mal...

— Esse sim é um nome curto!

— Se liga!

— Esse também!

Enquanto a molecada discutia, saí *correndinho* de lá. Eu queria assistir uma partida inteira de magibol (bem de longe) e comer. Não necessariamente nessa ordem.

Estava ficando com fome. Como se fazia para comer ali? Tinha que ligar chorando para minha mãe? Talvez não. Bom, me restava fazer o que madame Zephira mandou, achar meu chalé e meu grupo. Tentar fazer amizade com meus companheiros. Como seriam? Seríamos melhores amigos? Amigos de ficar acordado até tarde? Amigos de encontrar outra vez todo ano no acampamento?

— Olha só! A nova *nakama* é uma gatinha.

— Pronto, estamos ferrados.

Estavam falando de mim? Estavam falando de mim!

De olhos arregalados, a pequena Ágata percebeu estar na porta do chalé 3. Diante de um grupo familiar.

Ah, você *sabe* quem são, claro que sabe!

— Mas nem pra mandarem um voador... — suspirou, desanimado, o qareen mascador de chiclete.

Se fosse hoje em dia, mandaria uma resposta merecida. Mas fazer o quê, eu era pequena e tonta. E eles eram três. E veteranos. E voavam.

Me restou ficar intimidada. Já pensando em pedir socorro para a anja, mas sem saber o que dizer.

Os três me olhavam feio (ou pareceu assim). Demorei a conseguir formular uma frase inteira.

— Oi, eu sou a Ágata...

Nem terminei de falar e já estavam rindo.

— Nome criativo, hein? — guinchou a fada quase do tamanho do meu braço.

— Legal, já deu — o mascador pousou na minha frente e estourou uma bola de chiclete perto da minha fuça. — Oi, Ágata. Aqui, sou o Gabe, DPS e líder do time. Aquela é a Mira, — apontou para a fada, que me deu um sorriso de canto — suporte. Ela *buffa* a gente. E o Brooce... bom, não esquenta com o que ele faz, só fica longe.

O morceguinho sorriu, mostrando *uma* presa pontiaguda. Sim, uma só, era quase banguela.

Acenei meio tímida e gaguejei alguma coisa.

— E você, o que faz? — Gabe perguntou, estourando outra bola azul.

E agora? Falar a verdade e ser esmagada pela humilhação? Correr o risco de perder os amigos que poderia fazer? Ou mentir para parecer legal? Dar um jeito de enganar todo mundo? Bem que mereciam, né?

— Eu... não tenho não.

É, falei a verdade. E a verdade dói. Para mim doeu, no caso.

As reações foram diversas. A Mira, fada chata, riu fininho. Brooce balançou a cabeça de rato com os braços/asas cruzados. Gabe me encarou boquiaberto.

E eu encolhi.

— Calma aí. Você não sabe fazer *nada*?

O tom de nojinho do Gabe me fez arrepender de falar a verdade. Foi o início de meu declínio.

— Ah! Espera aí! — ergui um indicador confiante. — Então é isso que está perguntando? Claro que sei fazer alguma coisa! Eu tenho, eu sei, eu uso espada. Espada grande, muito grande. Espada montante de duas mãos.

Minha memória desse momento é bem confusa, porque durante os anos seguintes fiquei reimaginando muitas vezes como poderia ter falado melhor. Então desculpa se errei. Ou melhor, esquece, não tem como saber se errei. Duvida? Problema seu, pega sua máquina do tempo e vai conferir, mané.

O resultado é o que importa. Ficaram todos calados me encarando.

— Espada montante? Uia! Maneiro! — a fada pousou a mãozinha no meu ombro, sorriu esquisita e me empurrou de leve para o chalé.

Gabe abriu a porta para mim, Brooce pegou minha mochila para "me ajudar com o peso". Deixou na cama mais perto da janela: parecia a melhor ali.

Estavam sendo legais comigo e aquilo era esquisito.

O chalé não era grande, mas maior do que eu e mamãe pensamos quando conversamos sobre o lugar. Interior em madeira escura, simples, rústica, mas não cheirava como madeira. Era doce, quase enjoativo. Havia entalhes de gravuras infantis com espadas, arcos e círculos cheios de pontos (acho que magia...?).

Tinha quatro camas, com um baú na ponta de cada uma. Na parede perto da porta, uma tela de toque. Devia ser onde consultar as atividades.

Da janela podia-se ver os outros chalés, grupos andando pra lá e pra cá, crianças usando a rampa de voo e desaparecendo nas nuvens, o quiosque principal no alto do penhasco, o cubo-Kubus gigante com formas holográficas dançantes, fogo azul sendo expelido próximo ao lago...

— Nem pense em tentar fugir pela janela à noite, tem gemas de sensor por todos os lados — Brooce disse de repente atrás de mim.

— Mas eu nem pensei em...

— Hein, gatinha? — Gabe colocou um pé em cima da minha cama e os outros ficaram ao meu redor. Minhas orelhas até encolheram. — Primeira vez aqui, né? Bora ver o que a gente faz antes da Grande Exploração. Você sabe o que é...?

— Sei, sei — me apressei em responder. Na real, fora ser algum torneio entre as equipes, eu não tinha ideia de como seria. Só que era GRANDE!

— Então. Ano passado perdemos por causa daquele... minotauro. Agora vamos ganhar de qualquer jeito, tá ligada?

Gabe me encarou com um olhar, os outros ficaram ainda mais próximos. Me senti escoando pela cauda e tentando escapar pela ponta.

— Mas ela usa montante! Não vai dar ruim! — a *fadonha* esguichou do meu lado.

Você já está sentindo um cheirinho do fiasco? Não tenha esperanças, eu ainda não era Arcanauta como... digo, como seria... *cof cof*. Ok, bateu a *bad*.

Voltando para o passado...

O grupinho foi me levando para todo o canto — isto é, eles voavam e eu tentava acompanhar a pé. Passamos por todos os lugares que a meio-anja havia me mostrado, mas eles não faziam muita força para me situar, ficavam falando entre eles e rindo sobre as lembranças do último ano.

Percebeu que eu estava sendo excluída, né? Mesmo contando a mentira mais deslavada e legal sobre minhas habilidades, eles não pareciam tão impressionados.

Eu tinha duas opções:

1) Me humilhar forçando amizade e me intrometer no assunto que eu estava por fora;

2) Fingir desinteresse para parecer *cool.*

Eu sei qual você escolheria para mim, e confesso que *quaaaaase* me humilhei, quase mesmo. Mas, pela primeira vez, senti que podia ser diferente da Ágata de sempre. Sabe? Encarnar uma personagem, tipo a Kalia Aventureira, toda independente e que toma iniciativa quando o mal se aproxima.

Agora podia ser a hora que um kaiju marinho aparece para destruir tudo e eu sou a escolhida para derrotá-lo, superando minha insegurança, mostrando um poder surreal que nem sabia ter, salvando todos e sendo ovacionada...

Tá, entendi. Viajei legal.

Limpei a garganta e, sem perdê-los de vista, fui olhando ao redor como quem não liga para eles.

Agora que todos estavam estabelecidos, os grupos pareciam mais organizados e os monitores menos loucos. Havia filas para entradas nas arenas, todas sendo organizadas por um monitor de camiseta verde berrante. Na real todos ali se vestiam assim, era um pandemônio de verde-limão, gritaria e faíscas (?).

— ... a rampa tá livre, vamos lá! — guinchou Mira.

— Er...

Nem tive que olhar para saber que apontavam discretamente para mim. *Continue andando, pequena Ágata...*

— Hein, gata? — Gabe, como sempre, me chamou — Vamos ali na rampa, mas é só para... você sabe...

— Ah, tudo bem! Eu vou ali — apontei para um lado contrário.

— O Kubus?? — todos disseram em uníssono.

Olhei e lá estava o majestoso — e destoante — cubo de superfície holográfica. Sim, o lugar dos "microplanos simulados para ataques mágicos controlados". O lugar em que eu definitivamente não deveria estar.

Os três me olhavam com espanto e estranheza. Em momento algum eu disse que podia usar magia, então não precisei desmentir nada e só saí correndo para o Kubus.

Entrei lá? Nem tentei. Dois monitores ficavam na frente controlando a entrada das crianças com *botton* azul. Toda vez que a porta abria, saía um trio feliz quase ofuscado por uma forte luz azul. Falavam de réplicas exatas de Arcas famosas.

— Vallindra é muito da hora — um garoto humano guinchou animadíssimo. — Vocês vão ver quando...

E foram para outro canto enquanto mais um trio entrava no Kubus.

— Foi muito irado aquele mortal, Gabe — Mira berrou ensandecida.

— Você viu a cara do...?

E eles conversavam animados sobre a rampa de voo. Eu, como não-voante, não entendia o conceito daquela rampa (até porque eles não precisam de uma para voar, né?), mas dominava minha curiosidade gatuna de perguntar sobre. O objetivo era simples: ser legal.

— E você, Ágata? — Gabe se dirigiu a mim com seus olhos lilases cheios de desconfiança. — Como foi no Kubus?

— A gente não sabia que você faz magia — Brooce comentou mexendo na armadura acolchoada.

Eu também estava incomodada com aquela coisa estranha que vestiram em mim. Eu parecia até um golem de algodão, sem conseguir fechar os braços, e com as orelhas abafadas por um protetor imenso e desproporcional.

Usei o meu desconforto para ganhar um tempo e fazer mistério. Não foi tanto tempo assim.

— Bom, vocês não perguntaram — respondi, dando de ombros, mas não se podia ver com tanto acolchoado por cima.

Três pares de olhos se apertaram na minha direção, mas fingi costumes (apesar de estar tremendo por baixo da armadura). O julgamento deles não me assustava mais que a floresta escura bem à frente. Tá bom, não era tão escura assim, mas a gatinha criada no seio do asfalto e fumaça urbanos achava aquilo assustador.

Eu tinha corrido aquele acampamento inteiro fazendo atividades de pintura, arco e flecha (fui péssima nesse), sobrevivência básica, história dos Arcanautas; comi um sanduíche estranho na (clássica) mesa do excluídos e voltei para o chalé quando uma sirene tocou por todo o lugar.

Meus *nakama* já estavam lá, me empurrando aquele monte de espuma para vestir rápido, excitadíssimos para o evento principal.

Era hora da GRANDE EXPLORAÇÃO!

O monitor anão que tentava dar instruções era completamente ofuscado pela barulheira de dezenas de crianças empolgadas. Mas eu, nervosa e querendo entender o que deveria ser feito, escutei o bastante para poder te explicar.

As regras eram simples:

1) Proibido voar acima de três metros;

2) Proibido usar magia ofensiva;

3) Proibido tirar as (desconfortáveis) proteções durante a EXPLORAÇÃO;

4) Somente grimórios inspecionados são permitidos;

5) É permitido o uso de magias de cura, potencializadoras e ilusórias;

6) Proibido conjurar os pais (se tem regra, tem história);

E tinha os equipamentos. Cada “Arcanauta em treinamento” recebia um item referente à sua classe. Espadas, arcos, cajados, varinhas, machados e bestas. Tudo bem medieval, com cheirinho de naftalina e eucalipto. Tudo também com uma aura mágica esverdeada.

— Quando uma desta armas faz um ataque certeiro contra você, deixa uma marca luminosa na armadura. Marcado três vezes, você está fora da exploração. — O monitor tocou uma flecha de ponta arredondada no próprio corpo, e um X bem verde ficou marcado.

Tá *acompanhando*, né?

O objetivo era encontrar tesouros mágicos distribuídos pelo local, cada um com seu valor em pontos. Mas a EXPLORAÇÃO só acaba mesmo quando o primeiro time pega o *artefato supremo* e leva de volta ao acampamento.

“E que artefato é esse, Ágata?” Você deve estar perguntando.

— A Quimera de Jade! Que vale mais de oito mil...

— *Aeeeeee*!

Gritei junto com a molecadinha, sem a mais pálida ideia do que vem a ser uma quimera.

Por fim, a última regra: ganha quem fizer dez mil pontos. Simples. Só que não. Exceto pela quimera, ninguém sabe quantos pontos vale cada tesouro. Isso estimulava comportamento similar entre os grupos:

— Bora pegar tudo! — Mira berrou.

Enquanto todo mundo gritava ao mesmo tempo, eu só ficava pensando: “Onde foi que me meti?”

Imagina a minha situação: eu, sem qualquer vivência com Arcanautices, segurando uma espadinha de madeira que cheirava fraquinho a eucalipto e luzia uma aura verde fininha, ouvindo termos e estratégias que me colocavam na linha de frente com minha admirável (e mentirosa) habilidade com espadas montantes.

Era o mesmo que ouvir uma conversa entre etês. Ou melhor, eu era a alien ali.

Dezenas de equipes se amontoaram à beira da floresta quando o monitor terminou de falar. Gabe, nosso autoproclamado líder, meneou a cabeça enquanto apontava o polegar para os grupos vizinhos.

— Vai ser fácil derrubar esses frouxos.

Brooce gesticulou algo olhando para mim e Gabe riu.

— Não se segura, Ágata! Manda ver nesses manés. Galera — se voltou aos amigos que planavam —, todo mundo sabe o que fazer.

Eu não sabia o que estava fazendo. Fato.

Mas estava dando certo. Outro fato.

Entramos correndo quando uma trombeta alta tocou, e já atropelamos o time à nossa direita. Era uma confusão de gritos, choro e madeira velha se chocando.

Eu balançava a espadinha de olhos fechados, tentando acertar qualquer coisa pela frente, como se fossem pinhatas de festinha. De repente até parecia toda valentona olhando de fora, mas por dentro estava a um milímetro de chorar para que me levassem pra casa.

— Tá mandando bem, gata! Continua! — ouvi a voz da Mira por perto, abafada por camadas de acolchoamento amassando minhas orelhas.

Não sei onde, achei coragem para abrir os olhos — em tempo de ver um grupo adversário fugindo para fora da floresta. Nosso time começou a gritar triunfante, fazendo piruetas no alto. Eu sorri, sem saber o que tinha acontecido.

— Bora para o norte. Ágata, fica esperta, não sai do caminho. Tá ficando muito bom — Gabe gargalhou e os outros o acompanharam. Eu também, a besta.

Eu segurava a espada diante do corpo como a mamãe fazia com a vassoura quando brincava comigo. Meus passos largos eram silenciosos, isso era algo que vinha de família. Fui adentrando a mata, à frente de meus *nakama*.

Aos poucos os outros grupos ficavam mais distantes ou quietos. Meus sentidos estavam todos em alerta, as orelhas dobravam buscando qualquer barulhinho, e a ponta da cauda ziguezagueava bem doida (sim, tenho Síndrome da Cauda Inquieta).

Ok, hoje tenho uma noção muito melhor daquela floresta. Não grande ou perigosa como eu pensava, e os "tesouros" nem estavam tão escondidos assim. Mas vai explicar isso para uma gatinha de sete anos, né? Ali, na hora, me sentia em uma exploração misteriosa, sem adultos perto, sem saber se escaparia com vida (minha veia dramática apontando aqui). Andei ali por quanto tempo? Vinte minutos, vinte horas? Mais pra vinte minutos, tá, mas me sentia completamente sozinha e à mercê do mal.

As raízes das árvores rompiam o solo como cobras gigantescas, serpenteando umas sobre as outras, prontas para me derrubar ao menor vacilo. A luz da lua (eram cristais de iluminação e monitoramento, releve) buscava espaço entre as folhas que se moviam à melodia da brisa. Meus olhos, feitos para atravessar a escuridão absoluta (só releve), prendiam a cada pequeno movimento sinalizando ser ou não um inimigo.

Um gelo subiu pelas costas, aquela sensação premonitória de algo irado prestes a acontecer.

Fui andando, andando, andando. As árvores começaram a ficar diferentes, estranhas, como se tivessem alguma película ou sei lá. A brisa esfriou, as luzes clarearam. Não percebi a tempo, mas tudo ficou em silêncio. E o cheiro... era um cheiro diferente. De água. Mas o quê...

— *NYAAAAAAAAH*!

**TCHIBUM** (sim, onomatopeia de água)

— HAHAHAHAHAHAHAHA...

Fechei os olhos com força enquanto meu grupo — meus *nakama*, que piada — gargalhava à beira do lago. Meu coração queria fugir pelas orelhas. A armadura acolchoada ficou encharcada, pesada e, mais tarde, fedida. A espada boiava longe.

— O que está acontecendo aqui? — um tritão de cabelo roxo, usando o verde-limão do acampamento, veio me pegando no colo.

A humilhação não me deixava falar, nem reagir.

— Desculpe, Sr. Nori. Ela falou que vinha para o lago. A gente tentou dizer que não — Gabe falou mansinho.

— *Mentira*! — miei com ódio.

Eu tremia quando o Sr. Nori me deixou em terra.

— Estávamos procurando vocês! O lago é proibido depois do pôr-do-sol.

— Tentamos avisar, tio Nori — Mira guinchou chacoalhando as asinhas. As caras de coitadinhos não convenciam ninguém, mas claro que não me parecia assim na hora. Me sentia molhada não com água, mas com injustiça.

— Ok, ok. Voltem para o acampamento. Você vem comigo.

Eles voaram pra longe, nem escondendo os risinhos. Fui seguindo o monitor pela margem do lago. Encolhida, tremendo de frio e calada. O único e irritante som vinha do acolchoado ensopado enquanto eu andava.

Meu rosto ardia de vergonha e raiva. Queria ir para casa, mas nem verbalizei, já imaginando ser expulsa. E no meio daqueles sentimentos intensos, uma pontada de tristeza. Até ali, não sabia ainda o gosto da traição.

— Primeiro dia, né? Qual o seu nome, guerreira?

A voz do monitor tritão veio mais calma do que eu esperava. Ergui os olhos molhados e vi seu sorriso pequeno por cima do ombro.

— Ágata — respondi sem jeito. — A exploração já acabou?

— Há pouco mais de uma hora. Sinto muito.

Suspirei em resposta.

— Não desista, tá? Não há monstro tão grande que não se consiga derrotar. Só precisa de coragem e um pouco de sorte.

Ele sorriu mais, parecendo animado com o próprio discurso motivacional.

— Ser Arcanauta é desafiar o medo em cada Arca, deixar suas inseguranças em casa e encarar os desafios com um sorriso vitorioso. A espada é só mais um item que compõe o herói, mas não o principal. Coragem, ambição e resiliência são as mais importantes armas de um Arcanauta. Levanta a cabeça, guerreira. Senão o elmo cai.

Enxuguei inutilmente a lágrima que se perdia no meu rosto molhado e balancei a cabeça, rindo fraca.

— Vamos tirar essa armadura molhada. Pegue suas roupas no chalé, vá até o Ninho e tome um banho quente. Depois se junte a nós na fogueira, ok?

Aos poucos o som do acampamento ficava mais alto — tinha ido bem mais longe do que imaginava. Já podia ver a grande fogueira montada próxima a uma das rampas de voo, com um bando de crianças e monitores cantando ao redor.

Eu me arrastava com todo o peso da tristeza, fungando. Pensando se ainda faltava muito para o kaiju sair do lago e eu virar a heroína da história.

Já bem perto da fogueira, mas não o suficiente para ser notada, ouvi a voz de Gabe romper quando a cantiga cessou:

— Madame Arestha, posso mostrar a minha nova magia?

Me encolhi andando um pouquinho mais rápido.

— Claro, Gabelerth. Como se chama? — uma voz feminina perguntou.

— *Reprise* — respondeu agudo. — Mostra cinco segundos de uma memória. Veja!

E de repente todos começaram a gargalhar novamente. E eu, que não tinha sido avacalhada o bastante, estava ali em uma tela feita de mágica ilusória, acima da fogueira. Gigante e azulada, repetida em uma cena sem fim.

Eu. A água. A queda. A cauda arrepiada.

Mais gargalhadas. Ecoando. Me esmagando. Doendo.

— Chega. Eu desisto.

Eu queria saber me teleportar.

A gema de emergência está fria em minhas mãos. As lágrimas já secaram. O corpo todo dói, menos por ferimento e mais por cansaço. Por derrota.

"Eu desisto" foi uma das coisas que meus pais me aconselharam evitar dizer.

"Desistir é para quem não tem opção, gatinha" repetia minha mãe. Eles me ensinaram muito sobre frustração naquela noite. Acho até que se culpavam por me "proteger" tanto do mundo até aquele momento.

Acabo chorando mais quando penso neles. Em minha fantasia de plano perfeito e aventura épica, no final os dois estariam cheios de orgulho, me esperando lá fora do Glifo. E papai diria: "Filhota, a espada é sua".

Olho para Blazdall apagada e pesada no meu colo. O que eu fiz?

Desistir agora é abandonar tudo que fizeram por mim até aqui. Abandonar todo o meu esforço para estar na Arca de Vallindra. Toda a confiança de Arturo G. Amon, Cecil, Genevive, meus companheiros. Jogar tudo fora, deixar pra lá, toda essa gente. Até eu mesma.

Pois é. Não rola.

Encontro algum resto de força para me erguer, levantar Blazdall e encostar na parede. Está pesada feito uma mala cheia. Impossível lutar com ela assim.

— Não consegui cuidar de você como você cuidou de mim. Mas não vou desistir. Não vou te abandonar. Eu volto para consertar você. De algum jeito.

Digo tudo isso em sussurros, para que certo outro ali fungando não pense ser para ele.

Vallos está mais perto, desacordado, sangue na armadura. Hitomi está apagada, literalmente, um pouco além.

E toda a surpresa que virou raiva, depois decepção, tristeza, agora fechou o ciclo e voltou a ser raiva. Quero socar o chão, gritar, chorar mais uma vez. Mas não, tem gente olhando. Muita gente. Como eu, quando via as aventuras dos menes e sonhava.

Seguro a gema uma última vez. Não vou usar. Na real, nem deve funcionar mesmo. Não funcionou para KedroP e os outros.

Aposto que o vilão também está olhando. Esperando para se divertir, me achar covarde, quando eu tentar pedir socorro.

Hoje não, fera.

— Não acabamos. Vamos terminar o que viemos fazer.

Não sei se Vallos e Hitomi me ouvem, mas preciso dizer coisas boas em voz alta. Preciso acreditar que não sou uma completa inútil.

— Pode deixar que eu...

— Sai daqui!

Edouard, com o nariz torto e sangrando, recua como um cãozinho chutado. Depois de tudo, não tenho emocional para lidar direito com ele. Nem confiança para pedir qualquer coisa.

Abro o inventário, vejo o que tem de primeiros-socorros para cuidar de Vallos. Pelo menos, até onde sei, ele é um ser vivo. Os meds devem funcionar. Mas e Hitomi? Como ajudar? Penso nisso depois.

Magia de "Curar Ferimentos" era o tipo de coisa que eu estudava só pra passar na prova. Como não sou (e nunca quis ser) curandeira, achei que não precisaria. Só usar poção e tudo estaria bem. Mas e se o curandeiro do grupo acabasse ferido, gênia? Ou fosse um covarde que foge quando todos mais precisam dele? Bom, tem coisas que a gente só pensa quando sente na pele.

O estojo é pequeno, básico, mas bem decente. Tudo bem rotulado e sinalizado, os rótulos destacam textos só de olhar pra eles. Reconheço um frasco púrpura brilhante: "*Elixir de Revivamento*".

Faço meu melhor para deitar Vallos direito — ele pesa como se fosse todo recheado com rolamentos de aço. Levanto suas pernas (eu sou visual, lembro da simulação de salvamento da apostila), apoiando os pezinhos peludos nos meus joelhos. Tiro o lacre do vidrinho.

Leio outra vez o nome pretensioso. Não é item de ressurreição, não de verdade. Não revive os mortos. Só serve para reanimar alguém caído em combate recente. Um lance de reativar o fluxo de mana, empurrar sangue para o cérebro e tals.

Melhor não ser tarde demais.

Quando abro, uma névoa brilhante vaza forte e parece que vai fugir, feito coisa viva. Mas então, também como coisa viva, "percebe" Vallos e escorre em sua direção. Despeja dentro dele, faz brilharem as frestas da armadura.

Ele se empertiga e pula de pé, quase me matando de susto no processo.

— Cadê aqueles ********* ***** ******** ******* ********** ***** ** ***** filhos de **** ****** ***?

Ele tá bem! Gente, ele tá bem!!

Posso ou não ter vencido o medo e o abraçado bem apertado por um instantinho apenas. Ele pode ou não ter deixado. Me erra.

Mas minha alegria dura pouco. A realidade volta para me deprimir.

— Foram embora, Vallos — respondo, desanimada. — Com o escaravelho.

Ele bufa mais uns impropérios. O Korlon vem voando até suas mãozinhas, com a força do ódio. Lembro agora, ele teve que largar o machado durante a luta. Quando foi lançado longe por alguma magia, na verdade a arma é que foi afetada — presa na parede com algum magnetismo, tipo assim. Golpe baixo.

Deve ter sido coisa da Syndra. Ou do carinha novo. Vai ter volta, ah vai!

— Vallos vai *********** aqueles *************** de ***************!!

Parece que não vou ter trabalho para convencer ele a seguir com a missão.

Certo, agora vamos ver o que consigo fazer por...

— *Check up* completo. Sistemas reativados com sucesso. Pronta para inicialização e reparação.

E falando nela!

Ainda vejo Edouard se afastando enquanto a diva digital se levanta. Ele fez alguma coisa? Conseguiu curar ou consertar ela? Ou só estava perto quando aconteceu? Estou cheia, cheia de não poder confiar nele!

Mas a raiva passa, vem o alívio, e também pena. Hitomi foi traída pelos antigos companheiros. Como eu.

Edouard fica calado, de cabeça baixa, afastado. Nem ousa me olhar nos olhos. Uma parte minha quer perguntar se ele reiniciou mesmo Hitomi; outra parte dá uma bifa na primeira e manda deixar de ser tonta. Esse cara é problema.

Só espero que ele esteja sentindo mesmo metade da culpa que aparenta sentir.

— Tudo bem com ela? — Vallos resmunga baixo e eu pisco surpresa.

Ele está *preocupado* com Hitomi?

— Uma hora para reparação completa — ela responde, como se não tivesse acabado de levar uma surra (moral e literal) dos ex-companheiros.

— Hit, eu... — sim, falei igual ao Ed, bosta. — Eu sinto muito.

Não sei mesmo se ela está triste com a traição, pode ser só coisa minha. Também não espero que ela diga algo sentimental ou tente me acalmar; deve vir algo mais para status e porcentagens e tals.

Mas não, nada disso. Um olhar de luzinhas azuis, apenas.

E isso me desmonta. Hitomi não esboça expressões como nós, mas dava para *sentir*. Sabe? Sei lá. Tô emotiva.

Edouard limpa a garganta, mas não diz nada. Ainda bem. Eu sei, é atitude infantil essa minha de ficar bicuda e não conversar. Mas confia, vai ser pior me ver tentando argumentar nervosa.

Entenda, ele fez uma coisa que eu não suporto: pisar na bola com os companheiros.

Tá, meio que igual a mim, outras vezes.

Fecho os olhos com força e respiro fundo. Ainda tem um pouco de choro preso no peito, sabe? Quero soluçar e tremer, mas me seguro.

— Mudança de planos — minha voz sai um pouco quebrada, mas limpo a garganta e ergo o queixo com o máximo de dignidade que me sobra. Todos me olham, curiosos para escutar a grande merda que direi. — Vamos até o fim. Vamos salvar todos eles.

Porque sou guerreira, sou líder deste grupelho, sou Arcanauta. E isso vai estar na minha credencial quando eu sair daqui com os menestreamers sumidos.

— Eu sei, não é a missão original. Dane-se. Vamos achar e salvar todo mundo. E depois chutar a bunda do Hermax. Ou antes.

Hermax. Mesmo com tudo mais me preocupando, a pergunta ainda me coça. Por que eles atacaram? Por que pegaram o escaravelho? São eles o "grupo melhor" que vai resgatar o pessoal, depois que viemos limpando o caminho? Não é possível que Amon os tenha mandado aqui pra isso.

Mas se não mandou, *como diacho eles entraram na Arca??*

Deixa. Vou perguntar enquanto estiver arrancando a cara dele.

Um urro. É Vallos, erguendo o machado. Acho que ele leu meu pensamento. Acho que está feliz.

— *Vallos não deita para um* ******* *de moleques* *********** ****** ******!*

— Então vem comigo?

— Quero ver algum ******** tentar impedir!!

Vallos urra com todo o ódio (ou qualquer sentimento primitivo e intenso que ocupe aquele corpinho feroz) e manda seu machado ao chão, abrindo uma fenda de respeito.

Finjo que não me assusto.

— Hitomi? — pergunto.

Ela também se aproxima, seus olhos de luzes brilham.

— Nossas chances de derrota nos próximos níveis são 93,7%. Contudo, estimo as chances de sucesso para Hermax em 1,5%. Conforme a última vez que computei, 6,3% é consideravelmente melhor que 1,5%.

Acho que ela tentou fazer uma piada. Ou debochar dos ex-colegas. É, depois preciso dar umas dicas.

— Eu te amo, Hitomi. Entenda.

Respiro fundo. Ainda falta um.

Com passos leves de uma gata que não quer mostrar preocupação ou medo, vou até nosso curandeiro covarde. Está sentado em um canto, olhando fixo para o chão, a boca apertada.

— Se vazar agora — eu tentando ser firme — ainda pode ser resgatado.

— Como sabe disso?

— Você é bom em fugir e se esconder.

Ele sorri fraco.

— Sou mesmo, né?

— Também é bom em curar. Tem cura mágica de verdade. Fez aquele milagre comigo lá atrás.

O sorriso some. De repente, toda a dor do mundo aparece no rosto dele. Quase como se salvar minha vida fosse uma vergonha.

— Aquilo teve um preço, sabe.

— Não, não sei. Você é todo cheio de segredinho. Ajuda às escondidas, acerta os bichos quando ninguém tá olhando. E quando mais precisamos, some. Não sei por que faz isso, nem sei direito o que consegue fazer. Não sei se posso confiar.

— Bom, o preço é esse mesmo...

Meus olhos apertam. O que isso quer dizer? Ele está preso a algum "juramento de mistério" ou outro lance místico estranho?

— Então é isso? Não posso mesmo contar com você?

— Pode, sim. Mas não tenho como explicar o motivo. Não tenho como convencer você disso.

— Você mente na caruda, faz tudo na encolha, e ainda quer que eu confie sem prova nenhuma?

— Acreditar sem provas é aquela coisa que chamam de "fé".

Dou uma resfolegada. Não posso crer que esse figura, mais sujo que pau de galinheiro, está mesmo tentando me dar uma lição sobre confiança.

— Não vai explicar também o que Hermax falou de você lá atrás, né?

"Eu sei quem você é" ele disse.

— Quem é você, Edouard?

Ele ergue a cabeça, enfim me encara nos olhos. Não do jeito debochado de antes, mas confiante. Afasta um dread caído na frente do rosto, dá um sorriso quase petulante. Oxe.

— Gata...

— Não me chama de...

— ...eu sou alguém que você pode confiar.

Minha resposta é apertar mais os olhos.

Tá, que seja. A esta altura do campeonato você já sacou tudo, só estamos aqui de conversinha perdendo tempo. Ninguém vai desistir, ninguém vai sair.

Vou dar outra chance pra esse mané estragar tudo outra vez. Porque sou tonta assim mesmo.

— Partiu, Ágata! Bora, galera!

(A cena teria sido linda, se eu ainda conseguisse levantar a Blazdall acima da cabeça, mas né? Espada morta.)

Vou pular as partes em que Vallos solta um belo de um palavrão motivacional (acho) e eu tenho que arrastar (a póbi) Blazdall para fora dali, antes que Primevore fique cansado de estar morto e volte com tudo. Ok, sei que isso só acontece quando deixamos o mapa e outro grupo aparece, me deixa ser dramática!

Você ainda lembra onde estamos, né? Um túnel na Floresta dos Ossos, onde a maioria das abduções aconteceram. Também onde o escaravelho apontava *não* ser o cárcere dos menestreamers.

Quer dizer que Hermax e sua turminha podem ser os próximos alvos do Censor. Pensando naquele 1,5% no deboche de Hitomi (e eu concordo), perdemos nossa chance de ser capturad... digo, chegar até os desaparecidos. Sem o escaravelho, não tem como...

— Hitomi, faz seu lance.

Hein? Vallos está ansioso, olhando para o fundo escuro do túnel. Preciso um tempo para entender, ele está pensando o mesmo que eu. E está bem à frente.

Seria legal se ela fizesse o "lance" sem eu precisar ser mais direta e descritiva.

— Hitomi, consegue saber se estão por perto? Hermax? Os menes? O Censor? Qualquer um?

— Existe a possibilidade — ela avisa. — Mas está ciente do risco envolvido.

Certo, o trequinho escaneador dela pode atrair monstros. Bah! O que é um grito pra quem já está berrando?

— Manda ver — eu ordeno. Peço. Eu peço.

Sem dizer mais nada, Hitomi espalma as mãos. Vallos está praticamente pulando no mesmo lugar. Edouard olha de braços cruzados.

— Positivo. Modo de escaneamento contínuo ativado.

Os segundos se arrastam como eras. Todo mundo espera uma manada de monstros, ou Primevore, ou até o Censor, chegando a qualquer instante. Mas não rola, ainda bem.

— Possíveis alvos em longo alcance.

— Primeiro, valeu por dizer "longo alcance" ao invés de T-alguma coisa, isso ajuda pacas. Segundo, isso é *muuito* longe ou só jeito de falar? Terceiro, que "possíveis alvos" são esses, tem como saber?

— Primeiro: por nada, percebi suas limitações comunicativas; Segundo: distância estimada de 90 metros, com margem de erro de 5%; Terceiro: não faço leitura bio-existencial, isso requer coleta e tratamento de dados, mas consigo estimar o número de...

— Quarto, agora desliga o scan, pelo amor de Vitória!

— Positivo. Desativando modo de escaneamento.

— Estão ainda muito perto — Edouard diz, soturno.

Entendo o que ele quer dizer. Passou um tempão desde a luta. Com o escaravelho em mãos, a esta altura Hermax já podia ter chegado ao quintal do Censor. Se são mesmo eles, por que ainda estão por aqui?

— Precisamos de um...

— Plano. *Correr, bater, pegar, bater!* Vallos vai ******** aquele grandalhão de *********!

Bom, quem discordaria de tal estratégia brilhante e meticulosa? E quem não estaria agora com muita pena do Brutusk?

Vallos sai urrando na frente, sem o mínimo receio de atrair mais atenção que o rastreamento-chama-monstro da Hitomi. Vou em seguida, lenta, porque minha espada pesa como dez trolls. Edouard vem atrás de mim, calado, ainda sem minha confiança, mas é o que temos. E Hitomi por último, pronta para incinerar qualquer coisa que se mova exceto nós, por favor.

Mesmo um humano como Edouard poderia ver o final do túnel, para onde Vallos avança sem medo. O que espera lá? Dor, sofrimento, angústia?

Eu me agarro ao oposto de tudo isso. Saímos daqui, Vitória coloca em mim uma medalha, me deixa tocar na Brenda (aquela espada maravilinda), Senhor Arturo Amon sobe num banquinho e entrega minha credencial feito o bilhete dourado do Wonka, meus pais agitam bandeiras onde tem meu rosto, a Holy faz uma música sobre mim. Ai, *Sandrin*!

Que mal faz sonhar? Se me pegarem, pode ser só o que resta.

Surpresa das surpresas, quando chegamos ao fim do túnel — o fim dos tais noventa metros — não vejo Vitória. Nem Arturo Amon, nem meus pais, nem minha banda mais amada.

Um som abafado e Vallos, que ia na frente, é arremessado até perto de nós. Então uma sombra imensa tampa a luz lá de fora. O Touro xinga aos berros, Hitomi fica em posição de combate, eu apoio a Blazdall morta e Edouard... sei lá.

Boa notícia: não é o Censor. Notícia melhor: é meu nêmesis.

Diante da criatura imensa que já sabemos ser Brutusk, o rapaz de cabelos ruivos cruza os braços ~~bonitos~~ e oferece um sorriso canalha.

— Hermax — o nome sai espremido entre meus dentes.

— Por favor, Ágata. Me ajuda a te ajudar — ele diz, estendendo uma mão vazia.

Vontade de socar a cara dele até as sardas sumirem.

— Ajudar?? O que *mais* você quer, maluco?

O sorriso desfaz, as sobrancelhas ruivas se unem, os braços musculosos... er, vou parar de ficar descrevendo, tá? Enfim, ele me olha esquisito.

— Não tem graça, Ágata — ele fica putinho. — Chega de querer pegar o chefe sozinha, sem ter a mínima chance. Não estamos mais no teste da BUSCA, aqui é pra valer.

Brutusk logo atrás é tão grande que parece ocupar tudo, mas Syndra e o outro lá surgem logo atrás.

— E ainda quer pagar de herói veterano? — eu grito, desistindo de puxar Blazdall para ameaçá-los. — Não vai jogar essa na minha cara, cidadão! Meu erro lá atrás não justifica o que está fazendo! Melhor ser estabanada que *covarde*, ladrão e traidor.

E finalizo com uma desastrosa cusparada no chão. Achei que ia ser legal. Eca.

Hermax fica mais vermelho que seu cabelo, a boca apertada, a mão que estendia agora fechada em punho. Eu seguro um sorrisinho de vitória.

O que mais eles querem? Blazdall? Nosso inventário? Minha última migalha de dignidade? Em algum canto da minha mente, uma pequena Ágata pensa sobre aquilo. Ajudar? Ajudar como? Mas não dá tempo de chegar a nenhuma conclusão, outras Ágatas cercam e amassam a primeira.

Dou um passo à frente, fico ao lado de um raramente paciente Vallos (achei que nem teríamos essa conversa antes dele sair derrubando tudo). Encaro com a maior ferocidade que minha herança gatal permite.

O novo integrante do grupo se aproxima de Hermax e sussurra algo. Não tinha conseguido ver seu rosto antes, mas agora ele fica claro e minha mente custa a lembrar. Humano de pele cobreada, jaqueta aberta, pintura no rosto. Cabelo mais liso, brilhante e pretinho que o meu. Ele sorri meio maníaco de olho na Hitomi, risca o ar a sua frente e uma pequena tela azul aparece.

Saquei. Tecnomago. Acho até que conheço de algum canal obscuro da... Ah, não é hora de *networking*.

O ruivo faz uma careta e leva as mãos aos coldres.

Não tenho Blazdall, mas tenho garras. E toda a intenção de usá-las, para proteger meus amigos e minha espadinha apagada.

— Então vai ser do jeito difícil — Hermax saca as blasters e aponta pra mim.

# 3

FICARIA O DIA TODO OLHANDO PARA ELA: A CREDENCIAL DE Arcanauta da BUSCA.

Mal dormi naquela noite. Mesmo depois de meses no curso preparatório, depois de investir todas as nossas economias em equips, estudar as grandes expedições, treinar táticas de exploração todos os dias... enfim, difícil acreditar que acabou. Que deu tudo certo.

Eu, Syndra e Brutusk conseguimos. O primeiro passo para nosso sonho.

— Eu *amo* essa sua camiseta, Bruts! — Syndra cantarola quando Brutusk entra no meu quarto.

Era estranho ver Brutusk sempre de armadura, depois que nos acostumamos com suas camisetas de anime, bermuda de moletom e chinelo. Mas agora seria uma imagem recorrente.

— Tava pensando aqui — eu giro na minha cadeira, deixando a credencial na escrivaninha. Brutusk senta pesado na poltrona que é praticamente dele — Melhor mudar a ordem de prioridades de compra com nosso primeiro pagamento como Arcanautas. Bruts precisa de um escudo melhor.

— Concordo. Quanto ficaria um com aprimoramento para repelir magia? — Syndra saca o celular para pesquisar. — Tem um combo com espada em promoção na *Walmagic*. Olha, ela é bem bonita!

Brutusk rosna algo baixo. Syndra ri.

— Tem razão! Vimos com nossos olhos que uma espada bonita não quer dizer nada.

Nosso instante de divertimento não dura muito. Apesar da nítida falta de experiência, habilidade e noção, é sempre triste ver alguém sendo reprovado.

Ágata, que você imagina ser tão previsível quanto seu nome, mas quase arrastou todos nós para a reprovação. Tivemos que lutar dobrado para compensar as mancadas dela.

Não sabia que Herdeiros do Gato podiam ser assim tão impulsivos e descuidados. Uma contradição felina com uma espada mágica gigante.

Ainda lembro quando a vi pela primeira vez, toda encolhida e tímida. Precisando muito de colegas. Podia apostar meu *Tormenta Alpha Deluxe* que ela ficaria bem com a gente. Sabe como é, costumo acertar minhas primeiras impressões (confesso, a espada além-Convergênica ajudou a aumentar meu interesse). Mas me enganei. Eu e minha confiança inocente.

Ela ainda pode ser incrível, se aprender a escutar mais os outros.

— Ih, Bruts! Conheço aquele olhar.

A voz insinuante de Syndra me tira do devaneio. Brutusk rosna, ela ri.

— Que foi?

— Pensando na namoradinha?

Reviro os olhos. De novo isso!

— Sobre o que falavam? — tento mudar de assunto, não aguento mais a Syndra sugerindo que eu deixei Ágata distraída e que ela tentou me impressionar. Besteira.

— Sobre a própria — Syndra, torcendo um canto da boca. Me mostra a tela do celular. Vejo Ágata em uma selfie. — Até ela estava na festa! Por quê?

Syn tinha razões diferentes das minhas e de Brutusk para questionar. Ela bufa enquanto vejo Ágata sorrindo no saguão da Torre, onde parece ser a fila para entrar no evento. Como já esperado em uma foto de rede social, não há sinais de ela ter chorado muito antes de ir embora correndo da matriz da BUSCA.

Não consigo segurar a risada com as *hashtags* que ela usou.

— Mais um sumiço misterioso — Syndra comenta, pegando o aparelho de volta. — Agora foram os Joalheiros, tão cheios de seguidores quanto os outros grupos. E de repente essa festa cheia de...

Nossa elfa se interrompe, arregalando os olhos verdes.

— Gente! Essa aqui no fundo... Bruts, não é a...?

— *Roooooar*!

— Hitomi? — eu questiono, indo até eles. Na foto de alguém que não conheço, posso ver nitidamente a androide de capuz plástico ao fundo, sozinha.

Por que *ela* está ali também? Tudo está ficando complicado.

Brutusk meneia a cabeçorra. Syn suspira.

— Hermax. Será que estamos perdendo alguma coisa?

Ergo os ombros, sem saber o que responder. Hitomi não ficou com a gente muito tempo. Nos conhecemos em um simulado da BUSCA fazia só algumas semanas. Ela tinha tudo que faltava em nosso grupo.

Claro que já conhecia outros androides despertos — depois que começaram a usar cristais das Arcas nas baterias, cada vez mais deles têm aparecido. Mas *aquela* Hitomi é muito mais forte que outras da mesma linha. Faz coisas que nunca vi outra Hitomi fazer.

Se bobear, era mais poderosa que todos nós juntos.

Treinamos juntos até o dia do teste. Aprovamos. Então, sem mais nem menos, ela foi embora.

*"Agradeço o acolhimento. Adeus."*

Convencê-la a voltar devia ser nossa primeira missão como Arcanautas credenciados. Com ela, sei que temos chance contra... Contra o que quer que esteja rolando.

— Melhor valer a pena o que vem pela frente. Até aqui, ser Arcanauta está ficando bem chato.

Bruts concorda comigo, mas ele parece inquieto.

Sei o que nosso amigo pensa sobre as abduções e concordo, em parte. Sim, alguém quer chamar a atenção do mundo Arcanauta. Não, não acredito que seja um vilão vindo de um multiverso para acabar com os menestreamers e dominar as Arcas. Isso já seria consumo excessivo de gibi.

Enfim, voltamos ao problema mais imediato: trazer a androide de volta, ou achar substituto para ela.

Syndra parece que já desistiu da Hitomi.

— Não encontro ninguém interessante nesse tal Trinkeddin. Só besteiras tipo "a verdadeira riqueza nas Arcas" e "Seja você o seu herói". Melhor buscar nas redes de vídeo, pode ser que...

Ouço uma notificação. Ela franze as sobrancelhas.

— Afe, esse carinha de novo...

— Quem, o menestreamer? — até sei de quem ela está falando, foram várias mensagens no último dia. — Você não tinha bloqueado?

— Sim, mas está passando pelos filtros. Teimoso.

— Não vale a pena ter um desses com a gente, ainda mais agora com toda essa polêmica. Brutusk gostou da arqueira com flechas teleguiadas. E você, o que acha dela?

Syn não responde, o olhar ainda preso na telinha do celular. Sua expressão muda, devagar, para um sorriso sinistro.

— O que eu acho? Acho que fomos encontrados.

*Vrrrr...*

— Ai que susto, Max!

— Foi mal! É a minha mãe avisando que a pizza chegou.

— Rwwwwr!!

— Concordo, Bruts. Eu tô arrepiada, olha.

— Vamos combinar. Se alguma coisa der errado, a gente foge por aquela janela ali. Syndra já fica preparada. Brutusk, vai na frente com ela, eu dou cobertu...

— Gente! Aquela coisa tá se mexendo.

— É. Ele sabe que estamos aqui.

Kayo. Antes, só um cara que reagia a todas as fotos da Syndra nas redes sociais, só mais um admirador. Então começou a mandar mensagens tentando marcar alguma coisa. Nada demais, Syndra — ou melhor, toda elfa ou elfo — recebe esse tipo de convite o tempo inteiro.

Mas esse convite de hoje foi praticamente irrecusável.

*"Syndra, ficou sabendo que agora apenas grupos com menes inclusos têm acesso à Arca de Vallindra? Pois é, injusto. No entanto, eu sou menestreamer. Ainda sem muitos seguidores, mas suficiente para uma licença especial e patrocínio para uma missão amanhã. Gostaria de convidar seu grupo para se juntar a mim. Seria uma honra.*

*"Aqui está minha localização se quiserem conversar sobre a proposta. Beijos.*

*"Desculpe pelo 'beijos'. Abraços.*

*"Esqueci de falar, sou tecnomago."*

Tecnomago, hein? Estudei com uns três no cursinho, e também tenho amizade com um desses no servidor de *Tormenta Alpha*. Mas nunca me passou pela cabeça formar grupo Arcanauta com um deles.

Hoje em dia ninguém sabe direito a diferença entre magia e ciência, exceto esses caras — isto é, pelo menos *dizem* que sabem. A profissão paga bem, costumam ficar nas áreas operacional e de desenvolvimento. Uns super-hackers quando o assunto são coisas digitais, claro. Mas, em uma Arca, isso não é muito impressionante.

Por isso poucos desses viram Arcanautas. Por isso o carinha chamou nossa atenção. Então aqui estamos nós, diante da — provável — última *lan house* de Vallindra.

Nesta cidade toda de prata e cristal, difícil crer que existe esse galpão velho de lata, todo pichado, com linhas azuis luminosas ramificando nas paredes e janelas escuras. Uma placa balança precária acima da porta enferrujada, com gemas em forma de letras, algumas piscando, outras mortas de vez: "LAN HOUSE".

O tipo de lugar que não parece ser o que realmente é.

E tem a coisa que vimos mexer. Acima do luminoso, saindo de um tipo de toca. Alguma pequena criatura, como uma bola de pelúcia preta, com um chifre prateado e um olho vermelho que não pisca. Deve ser a câmera de segurança mais esquisita que já vi.

Syndra quer conjurar algo nela, mas Brutusk a impede com um meneio de cabeça.

Duvido ser uma criatura viva, mas algum dispositivo mesmo. Ele nos vigia.

A porta enferrujada abre sem o esperado rangido. Uma criança estica a cabeça pela abertura. Ajeita óculos grandes demais, aborrecida.

— Convite de quem? — pergunta baixo, olhando diretamente para Brutusk.

— Kayo — Syndra soa ainda mais melodiosa e cordial que de costume. O garoto, assim como eu, se surpreende e ruboriza ao notá-la. Ela inclina a cabeça e acena gentil. — Oi.

A porta fecha. Ruído de trancas destrancadas.

Nos entreolhamos. *Vamos entrar*? É a pergunta que fazemos com o olhar.

Estamos desconfiados de alguma armadilha, claro. Virar Arcanauta é conviver com esse tipo de coisa, gente tentando tomar nossos equips ou tesouros que trazemos das Arcas. Além disso, exceto em legítima defesa, usar nossas habilidades aqui fora pode levar à suspensão da credencial. Então estamos prontos para brigar, mas é melhor...

O chão sumindo sob os pés.

— *Aaaaaaaah*

*POFT*

— Mas que merda...

— Vocês estão bem?

Pisco confuso enquanto sinto a magia reconfortante de Syndra nos cobrir. Minha mente clareia e olho para cima, a tempo de ver fechar a tampa do alçapão que nos engoliu. Não foi uma queda das piores. Cair em cima do Brutusk é sempre dolorido, mas muito melhor que cair embaixo.

E falando nele...

— *RWWWWWWWWWWR*!!

O restante da minha lucidez volta com meus reflexos. Seguro firme o braço escamado. Não sou forte o bastante para impedi-lo fisicamente, mas confio que não vai esmagar ninguém contra minha vontade.

Com Bruts perto, posso olhar ao redor com mais calma e avaliar a situação. Syndra está do outro lado, analisando o cenário assim como eu. Estamos, claro, no subsolo do galpão. Tudo cheio de máquinas, cabos e neon. Nenhuma luz exceto aquela das telas, e são muitas, amontoadas feito favos de colmeia. Cheiro quente de aparelhos eletrônicos forçados ao limite.

Junto às paredes, fileiras de mesas (um dia) brancas, abarrotadas de tablets, controles, teclados, mouses e outras interfaces que nem existem mais. *Acho* que reconheço um suporte de discos a laser.

Os terminais estão ligados, as telas acesas, mas sem ninguém por ali. Cadeiras gamers vazias, algumas derrubadas. Geral fugiu com pressa, parece.

Apuro os ouvidos. Processadores processando, ventoinhas uivando, cristais crepitando — e respirações arfando, nervosas.

Levo uma mão ao coldre.

— Hey, hey, hey! Vamos com calma! — uma voz vem do canto mais escuro.

— É ele — Syndra sussurra. Não existe escuridão suficiente para uma elfa.

— O que mais você vê? — pergunto, apertando o braço de Brutusk para que pare de rosnar.

Syndra me surpreende segurando um riso.

— Bom, parecem dragonetes apavorados se escondendo na toca. São oito. Um está literalmente derretendo de medo.

Um pouco do riso escapa, ela parece bem tranquila. Eu solto o braço de Brutusk, satisfeito. Ele emite um urro satisfatório (para nós) quando nosso anfitrião surge com as mãos ao alto, rendido.

Ainda não o vejo bem na escuridão, mas parece combinar com sua foto no perfil. Ascendência indígena, cabelo liso em corte tigelinha, pintura tribal e tudo.

— Então, Kayo? — eu cumprimento, cruzando os braços. Ainda não confio, difícil confiar em qualquer coisa depois de cair por um alçapão. Mesmo assim, mantenho uma postura de controle. Sei que posso contar com os sentidos da Syndra e a intimidação do Brutusk.

O tecnomago se detém a uns metros, sorrindo estranho para Brutusk, ainda de mãos para cima. Conforme minha visão se acostuma ao escuro, vejo uma garotada espiando em volta, cheios de medo.

— Hermax. Syndra. Brutusk — o último nome sai meio trêmulo na voz de Kayo. Ele abaixa as mãos bem devagar, sem tirar os olhos de meu amigo.

— Então, que grande ideia foi essa? — pergunto, meu polegar apontando para o alçapão acima.

Ele faz um olhar desentendido.

— Não acabaram de pegar sua licença Arcanauta? Não estão acostumados com armadilhas? Sinceramente...

Essa é boa! Bem petulante, o carinha apontar esse ponto vulnerável em nosso grupo quando Brutusk ainda pensa em mastigá-lo, tenho certeza.

— Ele só achou que seria divertido — Syndra o defende, charmosa. Ele sorri para ela.

Sei muito bem o que ela está fazendo.

— Certo, desculpem. Ninguém está capturando ninguém, ok? O elevador fica ali, se quiserem ir. Tem também uma escada lá atrás. Mas pelo menos ouçam minha proposta antes, que tal?

Ele sorri, tenta posar de descolado, mas parece bem tenso. Desesperado, até. Tudo bem, eu também estaria, com Brutusk e suas toneladas de mau-humor assim tão perto. Ainda bem que temos Syndra para equilibrar na diplomacia.

Não tenho mais que me preocupar em deter Bruts, não com tantas crianças perto. Mas esse Kayo não precisa saber disso ainda.

— Vamos ouvir, então. Mas é melhor ser rápido.

— E tão interessante quanto faz parecer — Syndra acrescenta, piscando.

Ele sorri com dentes muito brancos, quase acesos no escuro. Esfrega as mãos nas calças e aponta para um terminal mais ao fundo.

— Ah, vai ser! Rápido e interessante! Eu garanto!

Mesmo com todo aquele clima sugerindo que nós somos o perigo ali, não consigo ficar tranquilo.

As crianças, aos poucos, deixam os esconderijos e voltam para suas cadeiras. Submergem no mundo digital — alguns quase literalmente, enfiando óculos PORTAL (*Projetor Onírico de Roto-Transversalidade e Amplitude Lateral*, eu acho) para entrar em algum ambiente de realidade mágica virtual. Devem estar agora no *Tormenta ALPHA*, aposto. Parece que ninguém mais joga outra coisa ultimamente.

Logo todos desconectam da realidade. Isto é, desta realidade.

Kayo vai até o que deve ser seu terminal, afunda na poltrona alta, coloca seus próprios óculos. Tudo ali são telas acesas e luzes neon. Combina com ele.

Alguns teclados e painéis luminosos surgem em volta, reagindo aos toques dos dedos como se fossem sólidos. Barras, anéis e linhas de texto cintilantes correm em seus pulsos. Ele digita e desliza feito um pianista furioso — abre pastas, navega em diretórios e insere senhas mais rápido do que consigo acompanhar.

Alguns padrões de caracteres me lembram aqueles que às vezes apareciam no rosto-tela de Hitomi. Fora isso, não entendo patavina do que vejo. Estou impressionado, mas finjo que não, aguardando de braços cruzados. Brutusk espia por cima da poltrona, Syndra não sai de perto dele.

Limpo a garganta para mostrar impaciência. Kayo se sobressalta, a mão salta sobre uma tecla e produz um som que parece importante.

A tela maior abre um aplicativo de vídeo.

— Estava espiando a festa na Torre Amon — ele olha por cima do ombro e sorri. — A criptografia era tão ferrada que quase desisti de quebrar. Quase.

O vídeo inicia, parecem cenas da festa vistas por celulares de convidados. Nada muito diferente do que aparece nas redes sociais.

— A partir deste ponto não consegui mais gravar — ele resmunga como se isso fosse algum absurdo completo. — Mas ainda driblei as proteções nas primeiras camadas e consegui umas imagens fixas. Reconhecem?

Ágata. Ninguém diz em voz alta, mas sinto Syndra e Brutusk tão surpresos quanto eu. Primeiro sozinha, então acompanhada por algum tipo de mordomo androide. Em certo momento pegam um elevador.

— Subiram até a cobertura. Não tive como acessar mais nada, duvido até que tenham câmeras. Passa uma hora, e então...

Na imagem seguinte, Ágata deixa o elevador. Não parece diferente. A qualidade da imagem não deixa ver bem sua expressão, mas, sei lá, ela parece aflita.

Segura a bolsa diante do corpo com as duas mãos.

— O que significa isso tudo? — disparo, inquieto.

— *Espeeeera*... — Kayo tecla algo rapidamente. — Logo depois, recebi isto.

Todas as telas ficam escuras. Uma mensagem surge, em fonte grande e branca, um caractere por vez.

***Para acabar com uma ameaça, não é necessário um exército. O inimigo não é de fora, nem de dentro. Informação é poder.***

Em seguida, um bloco de linhas de código. Cada vez mais sinto falta de Hitomi.

— O que é? — Aponto a tela com o queixo.

— Já explico — Kayo suspira e me olha por cima do ombro. — Eu usei o *backdoor* e liberei uns *botnets* na...

— Nosso idioma.

— Mals. Então, você nem faz ideia do nível de segurança cibernética naquele lugar. Para pegar essas imagens, você precisa ser um hacker *muito bom*.

Seguiu falando empolgado e teclando sem parar. Números, letras e imagens piscavam nas telas, deixando-o ainda mais animado.

Olho para Syndra, que me encara de sobrancelhas franzidas. Brutusk olha para a tela sem piscar. Vai que ele entende aquilo melhor que nós!

— Então — eu insisto —, não chamou a gente aqui só pra contar vantagem, né?

— Sim. Digo, também. Digo, contar vantagem faz parte, porque tem a ver com meu convite para vocês. Ou melhor, o convite de alguém.

Súbito, a tela maior apaga. Surge uma grande letra “W”.

— Não tenho um nome. Por enquanto estou chamando de Senhor W.

Gira a cadeira e sorri para nós feito um imbecil enquanto aponta para a tela.

Os segundos passam, nosso silêncio acaba por derreter seu sorriso maníaco. Ele se liga que “Senhor W” não significa nada para ninguém. Pelo jeito, esperava reação diferente.

Bate as mãos nas coxas e recomeça.

— Já ouviram falar de *arcan cipher*? Ok, aposto que não. Bom, basicamente são mensagens alteradas por meios mágicos ou digitais ou ambos. O vídeo da vigilância, a mensagem e o pacote de dados vieram de formas aleatórias e camufladas, entendem? Não, tá bom. Tenho um monte de teorias... Isso foi um teste, ou uma convocação para quem conseguisse entender a mensagem. E eu consegui.

— O que você conseguiu, criatura?? — Daqui a pouco Brutusk é quem vai precisar me segurar.

— As linhas de código que vocês viram. São dados para impressão 3D. Para imprimir *isto*.

Ele saca, de um bolso no colete, um cartão. Gira entre os dedos e oferece. Eu pego.

O material é semi-transparente, algum plástico. Não tem nada escrito. Fico olhando sem entender, até que Synda se adianta. Ela entoa algo e conjura uma magia. Filetes de vapor esverdeado vazam de seus dedos até o cartão. Inscrições aparecem.

— Eu sabia! — Kayo arregala os olhos, sem um pingo de credibilidade. Claro que ele não sabia.

— Isso é... — Syndra sussurra, ela própria não acreditando nos próprios olhos.

Sou eu quem acaba colocando tudo em palavras.

— Uma autorização especial de acesso para a Arca de Vallindra.

Muitas perguntas ainda. Mas meu palpite é que o tal Senhor W tem uma missão para nós.

Há detalhes que passam despercebidos quando o nosso foco está em outro ponto. Como se o mundo fosse uma ilusão cheia de gatilhos de distração para não descobrirmos o truque.

— Você falou sobre teorias — pergunto a Kayo, tentando entender a situação.

— Guerra de poder, amigo. Pense na mensagem.

Por enquanto só penso em dizer "não sou seu amigo". Syndra, meio que antecipando minha reação, toca meu braço e meneia a cabeça. Ela quer deixar Kayo falar. Parece mesmo que ele curte mostrar como é esperto.

— "*O inimigo não é de fora, nem de dentro.*" O que pode não estar na Arca, nem fora da Arca? A própria Arca, é óbvio!

— Não tem nada de óbvio niss...

— E quem comanda a Arca mais famosa e valiosa do mundo? Arturo G. Amon! Isto é, se *ainda* comanda. As recentes restrições admitindo apenas menes podem ser uma dica. O inimigo é a Arca. Quem controla a Arca. O Senhor W quer algo que Amon tenta esconder.

Fico repassando a tal mensagem e não vejo absolutamente nada daquilo. Não sei como Kayo chegou a essas conclusões. Não sei se ele é um gênio, ou apenas solta teorias sem base nenhuma.

Não fosse este cartão como evidência, já estaria bem longe daqui.

— Enfim, preciso de um grupo Arcanauta para entrar comigo. Estão a fim?

— A fim de quê? Não sabemos qual é a missão. Nem quem é esse Senhor W. Aliás, o que Ágata tem a ver com isso?

— Bom que perguntou — ele gira a cadeira outra vez. Abre o cadastro online de Arcanautas licenciados. Acessa dois perfis.

Hitomi e... Ágata?

— *Licenciada*?? — digo, mais embasbacado do que pretendia. — Mas ela foi reprovada!

Kayo anuncia triunfante, mãos na cintura.

— Licença especial temporária, para missão única. Foi emitida logo após sua visita à cobertura da Torre. Coincidência? Acho que nããããão!

— Aquela marcação nos perfis — Syndra diz, devagar. — São o que estou pensando? Ágata e Hitomi formaram *um grupo*?

Fico até tonto. Muita coisa acontecendo rápido demais. Ágata é recebida no topo da Torre Amon, muito possivelmente pelo próprio — pois quem mais podia emitir a credencial? Pensando melhor, há alguém que pode, esse tal Senhor W. Será o próprio Amon, sob disfarce? Se sim, por quê? Pior ainda, não sendo Amon, quem teria essa capacidade? Quem seria tão poderoso e influente quanto o próprio Pai das Arcas?

Por isso Ágata segurava a bolsa como se tivesse dentro a coisa mais importante do mundo? Certeza que sim. Ou seria algo mais?

Tudo combina. Ela é menestreamer, ou queria ser. Apenas grupos contendo menes podem entrar, sei lá por qual razão. Ela recebe autorização especial e uma missão. Junta-se com Hitomi. Deve encontrar outros membros logo.

— Muito espertinha essa gata — Syndra sibila com malícia. — Viu como Hitomi é forte, veio atrás dela sem perder tempo.

— Não acredito que Hitomi nos largou por isso! — Eu soco a mesa mais próxima.

— Ah, não — Kayo corrige, erguendo mãos apaziguadoras. — A androide deixou vocês bem antes. E nem foi convidada, ela mesma procurou Ágata. Hoje de manhã.

— *Como* você pode saber disso?

Kayo sorri largo, desta vez de um jeito que me assusta. Ele tecla algo.

Uma tela muda para o que parece ser transmissão ao vivo. Burburinho, quiosques, transeuntes. Reconheço o Parque do Glifo. O balanço da câmera sugere alguém caminhando.

Ouço uma voz familiar.

— Não, eu não sei bem como tanques e curandeiros *se parecem*. Sei lá, usa sua intuição. É o que eu sempre faço. Costuma funcionar. Mentira, quase nunca funciona, mas é o que tem pra hoje. Dá seus pulos!

A câmera se volta para o lado. Essa pessoa está com Ágata.

Então essa pessoa não tem uma câmera. Ela tem *olhos como câmeras.*

Ela é...

— Como eu sei disso? — Kayo responde o que agora está claro. — Eu sei disso porque estou hackeando Hitomi neste instante.

— Há trabalhos que não exigem músculos e arminhas, compreendem? Não sei se já perceberam, mas o Glifo é rodeado por tecnomagos. Tecnologia e magia estão intrinsecamente ligadas às tomadas de decisão da Arca de Vallindra. Se há uma falha, ela vai ser revelada através da tecnomagia. Modéstia à parte, eu fiz por merecer essa chance. Sobre a garota, sei lá! Sua missão deve envolver os menes abduzidos. A nossa é segui-la.

O tagarelar irritante de Kayo não me deixa pensar. Visitamos seu galpão ainda há pouco, mas agora parece fazer muito tempo. Então viemos correndo para o Parque do Glifo.

Estamos próximos do Glifo, em meio à plateia. Vemos a Guarda do Glifo e as equipes da BUSCA. E por toda parte, lá estão eles, os tais tecnomagos. Puxando telas em pleno ar, digitando, conjurando. Nunca prestei muita atenção antes; agora estou incomodado com essa "invisibilidade".

Do nada, acabo lembrando de outra coisa. As imagens da festa nas telas de Kayo. Não vinham de celulares hackeados, como pensei antes.

Vinham de Hitomi hackeada.

Não gosto. Não gosto nada.

— Bruts, pensa nas publis! — Syndra soa animada ao meu lado. — Pensa em quanta gente vai pagar horrores para ter a logomarca gravada no seu escudo!

Brutusk permanece quieto, olhando na mesma direção que eu. Ele não estava convencido, gostou de Kayo ainda menos que eu. Syndra, pelo contrário, nem se incomoda com tantos mistérios. Só consegue falar em visibilidade, assinantes, patrocinadores. Parece que está em alguma gincana.

Eu a conheço melhor que isso. Faz tipo de avoada, fútil, mas é mais esperta que todos nós.

Quanto a mim, não sei o que sentir.

As teorias de Kayo têm mais buracos que meus alvos para treino lá no quintal de casa. Ele pode ser algum prodígio, um *savant* — algum gênio intuitivo, com habilidades mentais extremas, mas que ele mesmo não consegue explicar direito. Ou pode estar nos enrolando com conversa fiada. Pensando bem, Syndra notaria. Ou não?

Só sei uma coisa. Uma de suas teorias tem nome, sobrenome e uma espada montante além-Convergência: Ágata Badeaux.

Vejo-a passando ao longe, ovacionada e vaiada. Seu grupo deve ser o próximo. Até aqui, as paradas de Kayo se confirmam.

Hitomi está com ela. E também...

Percebo Brutusk se remexer inquieto. Ele rosna e aponta algo. Um machado envolto em chamas caminhando perto de Ágata. Quem o carrega parece alguém pequeno demais para enxergar na multidão.

— Aquilo não é o Korlon? — Syndra exclama, revoltada. — Gente, não creio! Vallos também está com ela?!

Meu espanto não é menor. Fala sério, o próprio Touro Imortal?! Ele deve estrar entre os top dez Arcanautas mais fortes a explorar Vallindra! *Como diacho a gata conseguiu isso*?!!

Uma confusão generalizada começa. Repórteres se espremem tentando falar com ela, criaturas jogam coisas na direção deles, grupos se unem em um coro de ofensas.

O grupo precisa de quatro integrantes. Quem será o último?

— Alguém mais? — eu pergunto a Syndra, confiando que ela pode me ouvir mesmo na muvuca e também enxergar melhor que eu.

— Sim — ela aponta para um rapaz de dreads, abrindo passagem na frente do grupo. — Edouard Piton. Aquele que comentamos outro dia.

— Quem, o curandeiro fake?

— Esse mesmo! Um monte de boatos e denúncias. Mesmo assim, tem licença oficial. Ninguém entende o motivo.

— Será que *ela* sabe disso?

Se for verdade, toda a tremenda vantagem por recrutar Vallos pode ir pelo ralo. Um grupo Arcanauta é tão bom quanto seu curandeiro. Temos Syndra, por isso somos bons, sem falsa modéstia. Ágata tem um farsante.

A ideia de correr até ela e tentar avisar até me passa pela cabeça. Mas duvido que ela acredite.

Apenas assistimos enquanto o grupo segue sob protestos até o palco. São equipados para entrar. A abertura do Glifo deve ser a qualquer instante.

— *Partiu, Ágata!* — ela brada nos telões.

— Ela parece bem feliz — Syndra deixa escapar, sorrindo. Apesar das provocações, no fundo, sei que ela também gosta da gatinha.

Kayo está alheio a tudo, focado em algo dentro dos óculos. Não disse mais nada depois do discurso sobre tecnomagos. Deve estar espionando através de Hitomi.

Eu arranco seus óculos. Sei que não se deve fazer isso, mas dane-se. Seguro o tecn firme pelo colete enquanto ele olha de volta, mudando de atordoado para apavorado.

— Vem cá, se essa “missão misteriosa” tem *qualquer* chance de prejudicar Ágata ou Hitomi, isso vai ser bem ruim para seus dentes.

Ele acena afirmativo, tremendo, como se esperasse apanhar. O medo parece sincero. Fico satisfeito por enquanto.

Música épica anuncia a abertura do Glifo. O cheiro de magia sopra forte, inunda nossas mentes.

Quando eles passam, tudo se torna silêncio. A multidão emudece, esperando que sejam cuspidos para fora ou algo assim. Mas não acontece.

A aparelhagem de transmissão funciona. Vemos Ágata e os outros no ponto de entrada, nas telas.

E a avalanche de revolta popular recomeça.

Syndra tenta permanecer impassível, altiva, mas percebo-a se encolher um pouco. Imagino que pense o mesmo que eu: seremos os próximos.

— É agora! Venham comigo — diz Kayo, se espremendo entre dois trolls que rugem rodando bastões de madeira.

Diferente do que imaginei, ele nos guia para fora da multidão, circulando longe da Guarda do Glifo. Syndra me lança um olhar curioso e respondo com um levantar de ombros. Brutusk, mesmo tão grande, não chama atenção para nós — todos têm olhos apenas para a gata nos telões.

Brutusk está nervoso, posso sentir. Temo que ele tenha bons motivos. Entrar nessa aventura pode ser um baita erro.

Quando juntamos nosso grupo, prometemos cuidar uns dos outros. Ágata e Hitomi, mesmo por pouco tempo, foram parte do grupo. Aposto que nosso lagartão também está pensando nisso agora.

Alcançamos um acesso lateral. Kayo sinaliza para que esperemos, levando o cartão de autorização. Sei que ele ainda esconde coisas, mas foi a condição que aceitamos.

Enquanto fala com um guarda, ele aponta para um funcionário da BUSCA, um tecnomago como ele.

— Sabemos como é lá dentro — sussurro rápido, sem tirar os olhos do novo "colega" — mas não vamos contar muito com *ele*, ok? Todo mundo esperto com qualquer truque. Vamos de formação C. Como ele é o contato e batedor da missão, vamos ouvi-lo, mas não hesitem em discordar. O que foi, Syn?

Syndra está sorrindo.

— Primeira vez na Arca, Hermax. Tá acontecendo. Real!

Caramba! Ela tem razão. Estou tão nervoso com a situação das meninas que nem pensei nisso.

Brutusk nos surpreende com um abraço esmagador e eu não contenho o sorriso. Não importa o que aconteça, a gente conseguiu. Vencemos! E vamos seguir vencendo!

Kayo retorna e limpa a garganta.

— Em cinquenta minutos a gente entra — ele espalma as mãos e sorri.

Nos entreolhamos. Ninguém faz muita questão de mostrar confiança.

— Relaxa, galera. Deixa com o Kayo, aqui.

— *Socorroooo! Me cura! Me cura!*

— Kayo, levanta. Não foi nada.

Respiro fundo e fecho os olhos, lembrando que milhares de pessoas podem estar vendo agora. Kayo não foi o único a cair quando passamos pelo Glifo, somente Syndra conseguiu se manter em pé. Não é vergonhoso, é normal. Mas todo aquele drama é demais.

Estamos na clareira de entrada.

Mesmo com a alta resolução das transmissões que assisti, nada chega próximo aos detalhes vistos a olho nu. Tenho vontade de agachar e tocar cada runa em relevo no chão de pedra, sentir na pele a magia que percorre todo este lugar. Descrever não seria tão impressionante quanto viver isso.

E não sou menestreamer, não tenho talento com as palavras.

— A entrada já mostra a dureza dessa vida de Arcanauta — Kayo comenta do nada, olhando para aquela bola de pelúcia que nos observava na *lan house*. A coisinha levita sem asas, estou indeciso sobre ser apenas uma *cam* ou realmente uma criatura viva. — *Vamos Arcanautar seu sistema* — ele diz, muito orgulhoso.

Vergonha alheia que chama? Meus deuses! Onde a gente se meteu?

— Beleza, galera, vamos... Hey! O quê? — Brutusk interrompe o que quer que Kayo falaria, tomando a iniciativa.

Syndra me manda um sorriso apertado.

— É o tanque quem determina a marcha — respondo ao olhar indignado e questionador de Kayo.

Dou de ombros enquanto ele demonstra entender, de boca aberta.

Sem surpresa, seguimos a rota que Brutusk nos guia até encontrar chegar ao gramado rosa e lilás, o céu tão limpo que parece pintura, o cheiro de orvalho inebriante.

— A Planície Rosada — Syndra sussurra abismada.

— Ae, galerinha! Chegamos ao Gramado Rosado, aqui é pico dos monstros mais... — Kayo conversa com seu globo. Eu faço meu melhor para ignorar.

Ninguém pode ouvir o que ele diz, sei disso. Também sei...

As pistolas estão em mãos antes que eu mesmo saiba porquê. Reflexos rápidos, eu tenho.

Minha visão periférica percebeu lagartos-de-juba correndo em nossa direção. Dois tiros e dois lagartos abatidos. Brutusk ruge e atravessa mais três com sua espada.

...que Brutusk tem um plano.

Kayo engole em seco e consigo ver suas pernas tremendo, quase escondidas no tecido grosso.

— Aqui é um mapa privado. Sem transmissão ao vivo. Sem stream, porque... — começo a explicar, sob o olhar impaciente de Brutusk.

Antes que eu termine, Kayo me interrompe de olhos arregalados.

— Ninguém nos ouve aqui? Certeza?

Suas tentativas fracas de encenar para uma audiência acabam — ele parece se tornar outra pessoa. Estende os braços e aqueles braceletes de luz e dados aparecem em cada pulso. Circula no mesmo lugar como se escaneasse o perímetro. Se está mesmo fazendo isso, não é algo que constava em sua lista de habilidades.

— Seguro mesmo — ele atesta. — Beleza, qual o plano?

*O quê?*

A interrogação vem de nós três. Isto é, Brutusk apenas rosna, mas com essa intenção.

— Como assim "Qual o plano?" *Você* deveria ter um!

Raramente vejo Syndra tão impaciente. Não a julgo, eu teria sido menos delicado se ela não tivesse tomado a dianteira. Ela aponta um dedo acusador, ele se encolhe.

— *Você* nos convidou. *Você* tem as instruções do contratador. *Você* sequer disse o que, inferno, viemos fazer!

— É... que... eu não sou Arcanauta de verdade.

— VOCÊ O QUÊ??! — Estou cara-a-cara com ele, segurando de novo pelo colete, quase tirando-o do chão. Outra vez sem pensar. Reflexos rápidos.

Brutusk bufa atrás de nós. Syndra se afasta com a mão na testa.

— Você disse ser menestreamer! — ela, exasperada. — Não poderia, sem entrar em alguma Arca uma vez na vida.

— Na real, poderia. Posso. Conteúdos relacionados. Resenhas, reacts. Um mundo de coisas.

Kayo espalma as mãos e ri nervoso.

— Calma, calma, tá bem? Olha só, eu fui chamado para usar um *Exxploitor* — ele mexe a boca sem som, olha para cima como se tivesse medo que o escutassem. — Melhor eu não explicar o que é. Não vim aqui para lutar ou explorar Arcas, eu sequer jogo *Tormenta Alpha*. Não curto. *Vocês* estão aqui para isso.

Ele se livra, fica mais confiante e aponta para cada um de nós.

— Sei tudo de vocês. Sigo vocês nas redes.

— Segue a Syndra, quis dizer.

— *Todos* vocês. Todos os seus simulados. Até seu teste na BUSCA.

— Isso é privado, como é que...? — me interrompo sem terminar a pergunta idiota.

— Por isso eu os escolhi! Vocês são bons, têm o que preciso, e eu tenho o que precisam. Sou mene, não o melhor do mundo, mas o bastante para a gente entrar. Tenho um patrono com uma missão.

E termina de braços erguidos, como se isso encerrasse a questão. Nem de longe.

— *Que* patrono? *Que* missão? Não sabemos nada sobre nenhum dos dois!

Syndra embravece. Ela odeia ficar no escuro tanto quanto eu.

— Meus deuses... — suspiro, sentando no chão. Eu temia que isso acontecesse, mas não acreditava que seria tão cru. — Ok, somos quatro e temos dois suportes. O plano básico é fugir de ameaças e evitar confrontos. Kayo, consegue dar algum tipo de dano em área?

— Dano? Tipo, dano *real*? Nopes.

— Tá. Sabe localizar passagens secretas? Desativar armadilhas?

— Claro que sim, que tipo de hacker não consegue... Ah, quer dizer, passagens e armadilhas *literais*? De verdade? Não.

— Certo. Em uma Arca, você basicamente não presta pra nada. Só serviu mesmo para entrarmos aqui.

— Xiiiiu! Meu papel é o *mais* importante, falei?

— Claro... — Syndra aperta as têmporas. — Saudades da Hitomi.

— *Exatamente*!

Kayo parece se iluminar — isto é, ele faz gestos e seus dispositivos literalmente o iluminam. Então se senta à minha frente. Empolgado, traça uma linha no ar e uma tela azulada surge com caracteres luminosos. Digita algo nos braceletes, a tela fica alternando entre o azul e riscos acinzentados. Isso dura pouco, logo uma imagem nítida e de alta resolução aparece.

Vejo Ágata tirando fotos na Lagoa de Savagon.

Outra vez, estamos vendo pelo ponto de vista da Hitomi. Quando ela move a câmera — digo, o rosto, também vemos Vallos e Edouard.

Brutusk rosna. Minha vontade é fazer o mesmo. Nem sei explicar em quantos níveis aquilo é perturbador.

— Já disse o que vou fazer se você...

— É uma *androide* — ele interrompe. — Só uma androide. Não é gente de verdade.

— Ela é desperta! Consciente! Tem vida!

— Balela progressista. Nenhum androide desperto nunca provou ter vida ou consciência.

— *Você* consegue provar que tem?

— Não gosto de como você pensa e age — Syndra diz.

Suas palavras fazem Kayo murchar. Era nítido que ele estava tentando impressioná-la.

Ele então funga, contrariado. Olha para todos nós como algum professor velho e cansado, tentando ensinar algo a guris teimosos.

— Olha, essa discussão vai *muito* longe. Já encheu centenas de milhares de páginas nos fóruns. Eu mesmo escrevi boa parte. Vocês querem *mesmo* ter esse debate aqui, agora?

— Não está em debate. Você *não vai* sabotar a Hitomi. Se fizer isso, se eu *suspeitar* que tentou isso, você volta pra casa de ambulância. *Estamos combinados?*

Brutusk reforça minha promessa rosnando e apertando o cabo da espada. Syndra está afastada, meneando a cabeça, certamente pensando o mesmo que nós.

Kayo engole em seco. Mesmo assim, ainda encontra coragem para argumentar.

— Sem acessar a androide, não tem missão. Não temos o que fazer aqui. Querem desistir e ir embora, é isso?

— O que quer dizer? Explica isso direito.

— Não falei o objetivo da missão porque *não existe* objetivo. Não sabemos como chegar lá. Mas *eles sabem.*

— Estamos aqui para *seguir* Ágata? Mas o que ela...?

Súbito, Kayo deixa escapar uma interjeição estranha e ergue um dedo pedindo silêncio. Aponta para a tela de espionagem.

Pelos olhos de Hitomi, vemos o grupo todo reunido perto de Ágata. De modo discreto, ela mostra a todos um pequeno objeto.

Parece uma joia em formato de besouro. Tem uma grande gema nas costas, onde um ponto brilha. Aponta para uma direção. Não consigo deixar de comparar com algum tipo de bússola.

— Estão perto — Vallos diz.

— No próximo nível — Ágata responde.

Perto? *Quem* está perto? *Quem* eles estão procurando?

Será possível que...?

Eu suspiro, resignado. Não temos escolha, exceto consentir que o tecn siga bisbilhotando Hitomi.

— Vamos em formação diamante. Brutusk na frente como batedor de ação rápida, Kayo e Syndra atentos aos flancos e dando suporte de vanguarda e retaguarda, eu sigo atrás. Kayo, faz o que precisa fazer e *mais nada.* Se houver confronto, se proteja.

— Só isso?

— Só.

Syndra e Brutusk acenam, Kayo desfaz sua tela e levanta. Eles sabem que não é "só isso".

É aquele ditado: Deseje muito de um *jin* e não receberá um *xelim.*

Meu avô contava essa toda vez que o Atlético Dracônico, seu time de magibol, ia para a final. Ele dizia isso para não comemorar antes do fim.

Era um velho com muita sabedoria e bom humor. Se ainda estivesse neste mundo, estaria rindo de mim agora.

Seria tolice pensar que poderíamos passar furtivamente por qualquer lugar levando Brutusk. Mesmo assim, não esperava ser recebido por tantos gafanhotos-tigre logo na entrada do Prado do Cem Olhos.

Nossas vistas nem se acostumaram ainda com o verde brilhante das planícies quando Brutusk urra.

— Syn...

Syndra já está adiantada antes de meu comando, suas mãos luzem magia de proteção enquanto três gafanhotos-tigres são cortados pela lâmina de Brutusk. O quarto, que apareceu saltando sobre as costas de meu amigo, levou dois tiros bem dentro da bocarra.

Às minhas costas, Kayo tenta choramingar em silêncio sem nenhum sucesso.

— Tá bem, grandalhão? — pergunto quando vejo um filete vermelho na face de Brutusk.

Ele acena que sim, recebendo a cura de Syndra.

Fico atento a movimentos na grama em volta. Sei que gafanhotos-tigres são frequentes neste mapa, porque o estudei, mas nem *tão* frequentes assim. Algo está errado.

— Alguma coisa os está atraindo — comento, olhando o bambuzal ao longe, apertando os olhos incomodados com a planície brilhante.

— Mas o que será? — Kayo olha acusador para Brutusk. Deve estar cansado de parecer inútil diante da audiência (pois não estamos mais em um mapa privado) e agora tenta culpar os outros.

Vejo que seus braceletes *cyber-arcanos* estão acinzentados, sem brilho, quase translúcidos. Passam alguns textos, mas nada que eu compreenda.

Ele percebe que o observo e puxa as mangas do casaco.

— Vamos continuar, eles estão muito à frente — lentes escuras surgem e cobrem seus olhos, como óculos de sol.

Atrás da fila liderada por Brutusk, vou atento aos vultos rajados dos gafanhotos-tigres, aos Obeliscos Vigilantes que se erguem como grandes torres fantasmagóricas e cheias de segredos e, também, ao novo e suspeito integrante do grupo.

Sei que estamos seguindo Ágata, sei que ela tem um item que aponta um objetivo. Não sei muito mais. Mas tenho palpites.

Lentos, caminhamos evitando fazer barulho e chamar atenção. Já nos aproximamos dos bambuzais, sei tratar-se de um ponto de emboscada dos gafanhotos. Teremos que lutar. Mas contra quantos?

Examino de relance o abastecimento das blasters, alimentadas por cabos que descem da bateria em minhas costas. Ajusto o fluxo de saída. A *gamatita,* gema que sintetiza e converte energia arcana cinética em energia arcana flexível (Teoria da Mana Potencial Elástica), deve compensar a redução de poder ofensivo.

Termino e sigo acompanhando o grupo na retaguarda. Evito me distrair com a paisagem, mas é impossível ignorar os Obeliscos. Soube de histórias horrendas e empolgantes sobre grupos que entraram ali.

— *Hermax* — Syndra me chama em silêncio, por magia. Acena discreta na direção de Kayo.

Eu o observo. Seus braceletes piscam códigos em tons fortes, mesmo por baixo da manga. Parecem sinais de alerta, mas...

— *Rwwwwwwwr*!!

— Syndra, atrás de mim!

Três... não, cinco gafanhotos-tigres pulam sobre Brutusk. Miro as pistolas em três que estão em suas costas. São tiros fáceis, mas temo acertar o Bruts. Estou tremendo? Se concentra, Hermax. *Merda!*

Syndra percebe minha hesitação. Sinto sua aura quente me envolver.

— Estou aqui, Max. Vai!

É como se ela fizesse os disparos, em vez de mim. Derrubamos dois de uma vez. Boa!

— Valeu, Syn. Dá apoio ao Bruts — venho rolando na grama alta para ressurgir de surpresa e derrubar mais dois.

Consigo uma pausa para pensar na situação. O bambuzal está próximo, temos que atravessá-lo para chegar ao terceiro nível, em direção à Lagoa de Savagon. Correr direto para lá pode ser uma boa estratégia. Tenho três granadas celestiais, não deve matar os bichos, mas a luz forte pode espantá-los. Ou atordoar o bastante para nos dar dianteira.

Saudades da Hitomi.

Kayo surge ao meu lado de súbito, se arrastando sobre os cotovelos, de olhos arregalados.

— Mata eles logo! — choraminga baixinho, talvez esperando que a grama alta esconda do público sua vergonha.

Saudades da Ágata, também. Se soubesse do colega que me esperava, nunca a teria criticado.

Brutus bloqueia dois gafanhotos com o escudo, ergue alto a espada e desce na diagonal, destruindo ambos. Ele gira o corpo desviando de mais um — sim, Brutusk *consegue* esquivar — e separa a cabeça da criatura com um corte único. Chove gosma verde por toda a volta.

*Urgh*! E eu achando que vestir cores claras fosse boa ideia...

Syndra canta suas preces sobre nós e uma súbita coragem me aquece. Dois tiros e os últimos gafanhotos caem no chão.

Isto é, os últimos por enquanto. Já percebo movimentação na grama distante.

Se pelo menos tivesse algum jeito de...

Kayo enfim se levanta, tentando limpar gosma que respingou na jaqueta. Estou suspeitando que ele não é tão inútil quanto pensa, ou alega, ser.

— Tem algum truque aí para verificar os arredores? Alguma forma de sondagem? Detecção de inimigos?

O tecn devolve um olhar descrente. Até parece que estou pedindo para ele voar.

— Precisamos de caminho livre até o bambuzal — Syndra percebe minha intenção e ajuda. — *Precisamos de você.*

Kayo pode ter seus segredos mas, se existe uma certeza sobre ele, é que tem resistência zero ao pedido de uma elfa bonita.

Ele franze o cenho, estufa o peito e invoca uma tela.

— Deixa comigo! Tenho uns *arcware* aqui pra...

Antes que termine a frase, os braceletes brilham e novos dados quase saltam fora da jaqueta. Outra vez, parecem notificações de alerta. Por sua expressão assustada, não é algo que ele esperava.

*Protocolo H habilitado — procedimento 4 EXECUTAR*

Isso é tudo que consigo ler. Mas é o que basta.

Entendo que Kayo deixou procedimentos, ou programas, ou sei lá, prontos para funcionar automaticamente quando algo acontece com Hitomi.

Por nossa troca de olhares, ele sabe que foi apanhado no flagra.

— Não temos tempo pra isso agora — Syndra toca meu braço e aponta algo às nossas costas.

Eu vejo. Aquela minha promessa sobre ambulância, com certeza, vai ter que esperar.

— Aquilo é...? — Kayo recua alguns passos.

Uma escuridão se ergue no horizonte. Parecem nuvens escuras, e são mesmo, mas não nuvens de chuva.

É uma nuvem de gafanhotos-tigre.

No meio Arcanauta, é o que chamamos de *evento*. Algo que nenhum poder, exceto deuses, pode desafiar.

Não se combate eventos. Apenas tenta-se *sobreviver* a eles.

— Vamos!

Todos os nossos planos: furtividade, granadas, sondagem dos arredores, vão às favas. Qualquer bando de gafanhotos no caminho agora é o menor de nossos problemas. Claro que a gente esperava passar por eventos algum dia, mas não na primeira expedição!

Tropeçando e se enroscando na grama alta, corremos com todo o nosso fôlego para o bambuzal. Brutusk abre caminho com a espada, espalhando restos cintilantes pelos lados. Syndra segue nos envolvendo com magia de proteção, sua voz nem um pouco afetada pelo cansaço. Sempre me impressiono.

O céu fica escuro.

— O que chamou a atenção deles? — Syndra manifesta entre as preces.

— Arcanautas? — Kayo ofega como se fosse óbvio. — Somos Arcanautas, somos lanchinho para esses bichos!

Nota-se mesmo que ele não entende muito de Arcas.

— Eventos não acontecem por acaso. *Algo* os provoca.

— *Por que alguém faria uma desgraça dessas de propósito?* — ele quase chora.

— Não de propósito. Pode ser por...

Por acidente. Claro.

Eu alcanço Kayo e agarro sua jaqueta, forçando-o a parar, quase derrubando-o.

— Aquilo lá atrás, com os braceletes — grito na sua cara. — Protocolo 4 ou sei lá. O QUE FOI AQUILO?

Ele reage confuso, alterna olhares entre mim e a nuvem, como se eu fosse louco por tocar naquele assunto agora. Então parece lembrar de algo importante.

Acena para si mesmo. Livra-se de mim, arregaça uma manga e tecla comandos.

Todos percebemos quando o zumbido infernal da nuvem diminui. A escuridão se dissipa. Tudo se acalma, tudo é grama verde outra vez.

— O que... foi... aquilo...?

Estou sem ar, está difícil falar. Meu corpo parece enfim perceber o quanto precisa respirar.

— Difícil explicar em termos leigos, mas...

Um rosnado raivoso de Brutusk, ainda mais raivoso que os rosnados recentes, avisa Kayo sobre ser saudável encontrar logo alguns termos leigos para explicar tudo.

— Meu sistema está baixando dados da androide. Criando emuladores para seus programas. Dentro das limitações de meus equips, vou poder imitar alguns de seus recursos.

— Isso não explica pitombas!

— Sim, porque *não tenho* explicação. Aquela nuvem foi atraída por algo que *ela* fez!

— Que...? Mentira! Eles nem estão mais neste mapa!

— Agora escuta aqui — apesar de sua situação, ele tem a ousadia de se zangar. — *Vocês* são os amiguinhos de androide, *vocês* a conhecem melhor que eu! *Vocês* estão preocupadinhos que ela se machuque, que eu faça alguma malvadeza com a coitadinha! Mas olha só, passamos esse aperto aqui por culpa de algo que *ela* enviou! Alguma frequência sinalizadora, sei lá! *Eu não tenho culpa*!

— Ela não enviou coisa nenhuma. Você está *roubando* dados de Hitomi. Ela não faria nada para nos colocar em perigo.

— *Como você sabe*?? — Kayo grita. Um grito bem sincero, se posso dizer.

Não tenho resposta. Eu apenas sei. A Hitomi que conheço não faria nada assim, não deixaria nenhuma armadilha.

A menos que...?

— Sabe o que eu acho? — digo entre dentes cerrados. — Acho que ela pode estar se defendendo *de você*. Se protegendo da sua bisbilhotagem nos sistemas dela. Pior ainda, ela talvez *nem saiba disso*.

Kayo faz que vai protestar, mas então cala, pensativo.

— Reação de defesa automática. Executada por sistemas secundários, sem intervenção do processador central. Sim, isso é possível.

— E mais um motivo para deixá-la em paz. Estamos combinados *agora*?

Percebo olhares preocupados de Syndra e Brutusk sobre mim. Acho que nunca me viram tão nervoso antes.

Kayo assente, tecla nos braceletes. Emitem um sinal sonoro de confirmação.

— Certo, você ganhou. Estou mudando o modo de rastreio: vamos enxergar *apenas* o que estão transmitindo em stream, apenas o que escolhem mostrar para o público. Sem intervenção invasiva. Mas isso vai reduzir muito o alcance da transmissão. Vamos perder o sinal deles...

— ...Se ficarmos aqui parados — eu termino. — Entendi. Então vamos indo.

Assim, seguimos a trilha de Ágata. Passamos por território de mhudras. Encontramos vários deles abatidos, suas clavas de cristal levadas. Quando não houver mais Arcanautas dentro, a Arca os ressuscitará com seus pertences. Triste, assustador e incrível.

Entre os sinais de luta, alguns só podem ter sido deixados pelo machado flamejante de Vallos.

Ágata é novata, e não tem um curandeiro de verdade. Mesmo assim, seu grupo está mandando bem. Até bem demais.

Se Kayo disse a verdade, Hitomi quase acaba com a gente *sem querer*.

Fico pensando se vamos ter que lutar com eles. Mas, quanto mais eu penso, mais acredito que esse caminho é inevitável.

Antes de embarcar nesta aventura maluca, eu e os outros conversamos muito. Para ser capaz de colocar um grupo dentro da Arca quando ninguém mais pode, o patrono misterioso de Kayo — esse Senhor W — deve ser alguém muito rico e poderoso. Podia recrutar um grupo experiente, em vez de Arcanautas recém-licenciados. Acho que fomos escolhidos por conhecer Ágata e Hitomi. Mas se tivéssemos recusado a missão, Kayo apenas buscaria outra equipe. Gente que, talvez, não se importaria em prejudicar as duas.

Tudo isso sem mencionar os menestreamers sumidos. Não queremos que Ágata seja a próxima. De jeito nenhum.

É isso aí. Não topamos a missão só para conseguir entrar na Arca. Topamos para proteger as duas. Para descobrir em que confusão se enfiaram.

Não vemos mais pelos olhos de Hitomi, o que me conforta um pouco. Vemos apenas o que mostram em stream, pelas câmeras oficiais. Ainda assim, na prática, estamos espionando. Eles acreditam estar exibindo sua aventura para um público espectador, *não* para um grupo Arcanauta rival em perseguição. É desonesto. Não curto.

Já vimos que estão usando algum artefato de localização para rastrear alguma coisa. Mas estão sendo discretos. Não sabemos ainda de que se trata.

Kayo sugeriu vasculhar a memória recente de Hitomi para achar a informação. Eu prometi uma surra se ele tentar. Ela já teve sua privacidade violada demais.

Além do mais, eu acho que já sei qual a missão deles.

— Sendo realista, só Hitomi e Vallos são ameaças sérias. Ágata é imprevisível, e a espada parece bem poderosa, mas dou conta dela. Já o "curandeiro" não impressiona nem um pouco.

Digo isso quando alcançamos, enfim, o portal de granito com runas que leva ao próximo nível. Syndra crava seu cajado no chão, uma proteção esverdeada ergue-se como uma redoma sobre nós. Vai prover descanso e camuflagem parcial. Brutusk senta-se ao lado dela, Kayo se encolhe em outro canto.

Brutusk rosna baixo em resposta ao que eu disse.

— Então você acha mesmo que vamos lutar com eles — Syndra acrescenta.

Eu aceno que sim, sem ânimo.

— A androide não é problema — Kayo diz, enquanto examina suas telas. — Consigo que ela desligue.

Já estou a ponto de voar em sua garganta quando ele ergue uma palma em advertência.

— Você *não quer* machucar a amiguinha de vocês, certo? Posso até ser estreante em exploração de Arcas, lutas e tal. Mas uma coisa eu sei com certeza. O melhor jeito de evitar uma luta, é evitando que o outro lado consiga lutar. Desativando temporariamente a androide, ninguém vai precisar danificá-la. Não é assim que vocês preferem?

Claro que a ideia de apagar Hitomi me perturba demais. Negar a ela uma chance de lutar, mais ainda. Mas infelizmente o tecn tem razão. Tirá-la de combate é o único jeito de evitar que acabe ferida.

E também aumenta muito nossas chances contra o grupo deles. Mas ainda resta Vallos.

— Bruts, você acha que pode com o Touro?

Brutusk arranca um suspiro das profundezas mais cavernosas da alma. Sei que existe rivalidade amistosa entre tanques, são fanfarrões, adoram contar vantagem e medir forças. Mas ele admira Vallos, demais. Não acho que esteja ansioso para sair no braço com ele.

— Sei que Bruts vai ensinar uma lição ou duas — Syndra sorri, gentil. — Vai mostrar que tamanho importa, sim.

O grandalhão anui, agradecendo a confiança, sorrindo até onde a carranca sauroide permite. Leva a manzorra ao cabo da espada. Ele vai lutar com Vallos se tiver que lutar, vai dar tudo de si. Mas não vai gostar.

Brutusk vai ser nossa muralha. Syndra não vai nos deixar morrer.

Quanto a mim, toco minhas blasters. Não quero ter que usá-las contra Ágata. *Preciso* achar um jeito de evitar.

Certo. Já sei como.

— Precisamos pegar o escaravelho.

Todos me olham com estranhamento.

— Mas por quê? — Kayo pergunta. — Já temos a posição deles. Basta seguir. Vão nos levar ao objetivo.

— Que nem sabemos qual é. Mas não importa. Ainda precisamos pegar o rastreador.

Syndra e Brutusk se voltam para mim, animados. Percebem meu entusiasmo, confiam que tenho um bom plano.

— Pensem comigo! É uma corrida ao tesouro. Se eles dependem de um localizador, é porque também não sabem onde fica. Então, tomando deles escaravelho, ficam sem condições de continuar. Serão forçados a desistir. Deixar a Arca.

"Sem que a gente precise derrotá-los!"

Meus amigos se animam. Tirando Ágata e Hitomi da jogada, estamos protegendo-as. Viemos aqui pra isso, não foi?

— Não sei, não sei — Kayo não se mostra tão empolgado. — Fazendo isso, tomamos a dianteira, é verdade. Mas aí seremos nós a enfrentar qualquer obstáculo, em vez de esperar que eles o façam primeiro.

— Ok pra mim. Você pode ficar de boa, deixando que outros se arrisquem em seu lugar. Nós, não.

Ele aquieta e fecha a cara. Acaba de passar por covarde perante a audiência.

Isto é, se ainda estamos mesmo transmitindo. Não tinha pensando nisso antes. Por ser uma "missão secreta", é bem possível que Kayo esteja limitando ou selecionando aquilo que vai na stream. Não vejo problema por enquanto, até prefiro. Vou me preocupar com isso depois.

— Pois não acho que eles vão enxergar dessa maneira — Kayo ainda insiste, contrariado.

Nisso, ele tem razão. Impossível que entreguem o escaravelho de boas, quem deixem a missão por nossa conta, sem protestar ou resistir.

Juntar forças? Propor uma aliança? A ideia até me passa pela cabeça, mas... Esse Senhor W, não conheço e nem confio. Já estamos sendo atrevidos por topar esta missão sabendo tão pouco do contratante. É um baita risco. Mas trazer Ágata e os outros para nosso grupo significa colocá-los em risco também. Eu e meus amigos concordamos em seguir, mesmo que tudo acabe mal. Mas me recuso a levar outros com a gente.

Além do mais, não tenho garantia nenhuma de que topariam. Ágata não aceitou minha liderança lá no teste.

Enfim, por mais que somar nossas forças pareça inteligente, vou ficar muito mais tranquilo tirando Ágata e os outros daqui. Eles não vão gostar, ela vai me odiar pra sempre. Mas paciência.

É isso. Pegar o escaravelho, causar o mínimo estrago possível, e deixá-los para trás.

Só espero não me arrepender depois.

— *Bruts*, respira, inspira, respira, inspira... Já foi.

— Ele tem medo da água? Sério?

— Kayo, não é o momento para isso.

— Alguém ferido? — Syndra pergunta diretamente para mim, com um sorriso nervoso.

— Estou bem. Você foi foda demais.

Ela ergue um ombro, charmosa, e volta a acalmar Brutusk. Assim que passamos pelo portal ele travou. Talvez o estado de alerta constante o tenha feito esquecer sobre o próximo nível. Mas Bruts não é do tipo que deixa a gente na mão, e nem nós o deixamos. Syndra fez o que pôde, usou tudo o que tinha.

Olho para trás, apenas para ver aquilo que não tivemos tempo de admirar. A Lagoa de Savagon. É o mapa mais bonito em minha opinião, mas um dos mais traiçoeiros. As quedas d'água se estendem até o infinito, os sóis brilham majestosos em sua dualidade. Um quente e outro frio.

É um mapa digno de atenção, de exploração, mas não podemos nos dar esse luxo. Precisamos alcançar Ágata logo, antes que a abdução aconteça.

Momentos antes, vimos Savagon.

Brutusk geme baixo, quase como um filhote. Syndra o abraça, tão assustada quanto. Dizem que ver um kaiju de perto, sentir sua energia, muda você para sempre. Achava balela. Não acho mais.

Nem consigo descrever a forma gigantesca. Fazemos o melhor para ficar escondidos, até que ele enfim retorna às profundezas onde hiberna.

Até onde sabemos, foi despertado e atraído pela passagem de Ágata e seu grupo. Sorte que escaparam.

— Ele pode voltar — digo, tirando uma corda do inventário. — Syndra, magia de silêncio. Vou na frente para derrubar quaisquer espinictes que apareçam. Bruts, vem atrás de mim, Syndra e Kayo. Vamos em fila, amarrados pela cintura. Não olhem para trás e muito menos para baixo.

Kayo sussurra algo entre os dentes. Deve ser algo como "vamos morrer".

Desta vez, pelo menos, não o culpo por estar com medo.

— Podemos passar tranquilos — Syndra fala sem palavras, para nos tranquilizar. — São os ataques de espinictes que despertam Savagon. Atravessando sem fazer barulho, não os atraímos.

"Além disso", eu penso, "Ágata e os outros já abateram a maior parte dos peixes voadores venenosos". De fato, apesar do nervosismo de Brutusk, atravessamos a Passarela de Cristal sem incidentes.

Pelo jeito, ninguém no grupo de Ágata conjura magia de silêncio. O curandeiro devia ser capaz. Isto é, se fosse mesmo curandeiro.

Enfim, passamos.

Kayo segue rastreando. Vemos Ágata em suas telas, nos Ermos da Desolação. Vemos quando Ágata briga com Edouard e os outros. Ela tem mesmo dificuldade para se enturmar, para achar seu lugar no grupo.

Também confirmamos várias suspeitas. Foram mesmo enviados por Amon em pessoa. Para localizar os menes desaparecidos.

Fico meio orgulhoso, sem saber por quê. Mas logo passa, quando lembro o que estamos para fazer.

Continuamos seguindo-os até a Floresta dos Ossos, bem de perto, aguardando alguma oportunidade. Chegamos aos túneis.

— Fala sério — deixo escapar, enquanto avançamos pelos subterrâneos forrados de gosma. — Estão indo *direto* para o covil de Primevore!

— Bom, você sabe que não existe outro caminho até...

Syndra se interrompe, arregalando os olhos. Faz sinal com o indicador.

Parece que subestimamos os sentidos felinos de Ágata. Ela nos percebeu. Está voltando pelo túnel, à nossa procura.

Recuamos rápido. Syndra nos acoberta com camuflagens. Bem a tempo.

Discutem algo, ela desiste e volta para junto dos outros. Foi por pouco.

— Vão acordar Primevore — Syndra diz em nossas mentes. — Avisamos? Ajudamos?

— Pode ser a chance que esperamos.

Não estou nada feliz. Mesmo assim, termino.

— Vamos deixar que lutem. Se ficar feio demais para eles, entramos e ajudamos. Mas se derrubarem Primevore, estarão esgotados, sem poder resistir. Se tiverem juízo, podem até se render.

— Você não acha isso mesmo.

Devolvo um olhar triste para Syndra. Ela me conhece bem.

Chegamos o mais perto possível da câmara. Acompanhamos quando são emboscados pelos minhocrânios e as mariposas sonhantes — pelo jeito, não as conheciam. Hitomi, imune ao sono dos insetos, salva o dia.

Primevore desperta. É um dos monstros mais fortes neste mapa. Sei que Ágata nunca encarou nada assim, mas... aquela espada! Cresceu até o tamanho de uma vela de navio! *Praticamente cortou Primevore ao meio!*

Relíquia de família uma ova! Como ela conseguiu aquilo??

Vallos e Hitomi finalizam o monstro. Ágata acaba muito ferida. Edouard tenta usar uma varinha barata, então desiste... e *se transforma em algo celestial.* Mas que diabos?

Ágata é restaurada por completo. Vejo Syndra admirada. Duvido que ela mesma consiga conjurar uma cura mágica tão rápida ou intensa.

Estou cheio de perguntas, e sem a mínima chance de ter as respostas.

— É agora — eu digo, sacando as pistolas.

Kayo parece já preparado. Tecla um comando. Hitomi cai.

Que ódio.

Dou um passo à frente e encaro o grupo confuso. Puxo o ar com força, não posso fraquejar agora.

— Valeu por derrubar o bicho, Ágata — provoco.

— Hermax??!!

Então Vallos ataca...

Chega, chega, CHEEEGA!

Por onde você andou?? Não pode sair zanzando por aí, eu sou a protagonista e também a narradora. Precisa me seguir e ninguém mais, falei?

Como assim "narradora não confiável"? Tá falando de quê? Nunca dei motivos para desconfiar de mim! Não hoje. Não nos últimos minutos!

Certo, essa conversa fica pra depois. Voltando aqui.

— Então vai ser do jeito difícil — Hermax saca as blasters e aponta pra mim.

— Nem adianta posar de valente, porque você não é. Não consegue me olhar nos olhos. Vai fazer o que, soltar outro blecaute para se esconder?

Uma sobrancelha ruiva arqueia. Ele olha de esguelha para Syndra, perguntando algo sem falar. Ela meneia a cabeça em negativa.

— Nem sei lançar essa magia.

— Aquilo não fomos nós — Hermax me devolve. — Foi um de vocês!

E essa agora? Cansei das mentiras desse metido!

— Hitomi, Vallos, Edouard. Ed. Confio em vocês. Bora pra briga!

Espero alguma resposta engraçadinha do Edouard, um resmungo palavreado de Vallos, ou uma afirmativa mecânica de Hitomi. Mas só recebo sons breves de consentimento.

Distendo as garras que sempre tive vergonha de mostrar. O ruivo é meu. A elfa também. Os outros eu deixo para meus amigos.

— Você sabe que não pode comigo sem a espada.

Aqui eu queria dizer que respondi algo bem sacana, mas não rolou. A verdade me corta como dez Korlons.

Mando um olhar vergonhoso para Blazdall, a pobre que foi arrastada até ali. Imagino o quanto meu pai estaria surtando agora.

# 4

*QUEM É CENSOR? ONDE ESTÃO OS MENESTREAMERS? ESTAMOS A SALVO? SAIBA como se proteger de uma possível invasão além-Glifo.*

*Qual dos menestreamers sumidos você seria? Faça o teste!*

*Ameaça ou Trapaça? Veja o que os nossos especialistas arcanológicos dizem sobre as polêmicas da Arca de Vallindra.*

*Disparou! Fortuna de Arturo G. Amon triplica com a atenção voltada às Arcas.*

— Theundor, você está me deixando nervosa. Pare com isso!

Olho Esme por cima dos óculos, está concentrada cortando maçãs. Não de um jeito "normal", mas do jeito... Esme.

— Não estou fazendo nada.

— Sua cauda... — ela aponta com a faca. — Largue esse jornal e vá se distrair.

Me distrair? Impossível. Eu estaria grudado em alguma tela, acompanhando nossa filha, se sequer soubesse mexer naquilo.

Deixo de lado o jornal impresso (bom que ainda existem) e esfrego atrás das orelhas para me acalmar. Uma droga, ter esta cauda tão expressiva!

— Devem estar nos achando os pais mais negligentes deste mundo.

É uma confissão dura, veja bem. Tenho uma noção de como as coisas funcionam nesse meio em que a Ágata está entrando, e essa noção quase não me deixou assinar a autorização para entrar na Arca. Muito julgamento sem base, ataques gratuitos e seres que desejam o mal a quem nem conhecem. É hostil, perigoso e às vezes mortal.

— Por que se importar, Gato? — Esme sorri e volta às suas maçãs. — O que eles sabem sobre nós?

— Nem nós sabemos sobre nós — meu riso inclui algum desespero.

— Sabemos o que sentimos, oras. Já não é o suficiente?

Ergo um ombro, tiro os óculos e aperto a base do nariz. Sem minha resposta, ela continua o que faz, com uma calma e plenitude que me matam de inveja.

— Lembra de quando despertamos aqui? Somente sabendo nossos nomes? Eu, você e Blazdall.

Na verdade, nem aquilo eu conseguia lembrar bem. Memória já antiga, antes de Ágata chegar. O despertar neste mundo, sem lembrança do anterior. Nós, e milhares de outros seres, de todos os tipos. Sem pista de onde todos viemos, apenas a suspeita sobre ser um mesmo lugar comum. Se tinha um nome, não trouxemos conosco. Chamam apenas além-Convergência.

Difícil, com certeza. Mas teria sido pior, não fossem três coisas:

1) Vitória, a semideusa, apoiando e protegendo os Viajantes.

2) Esme, minha esposa, com quem partilhei angústias e multipliquei esperanças.

3) A espada mágica. Blazdall.

Exceto pelas roupas no corpo, foi o único pertence que trouxemos. Não apenas parecia importante, mas poderosa, intensa, *viva*.

Algo na espada me assustava, mas acalentava Esme. Uma força que transbordava e nos puxava para a ação, como se esperando ser empunhada neste mundo. De onde viemos, talvez um de nós fosse seu portador, seu espadachim. Duvido ter sido eu. Sendo Esme, era alguém que não reconheceria hoje.

Talvez fosse valorosa e necessária no outro mundo. Aqui, sem inimigos por perto, apenas um chamariz para o perigo. Ainda assim, sem memórias de qualquer amor que vivemos, a espada nos manteve juntos. Foi nossa ligação, nossa boia de salvação. Manteve Esme comigo.

O tempo passou, nos assentamos e aquietamos. Construímos nova vida. Desistimos de imaginar como seria antes, buscar respostas onde não há nenhuma. Outros não conseguiram achar paz. Rejeitaram Vitória e seu conselho, sucumbiram aos mistérios do passado. Tornaram-se monstros em um mundo que não aceitam.

— Não achei que seria assim tão cedo, sabe? — ela comenta com um sorriso leve. Em suas mãos, um cisne de maçã vai tomando forma.

Esme não aceitou manter Ágata na redoma que, ela diz, eu criei. Foram poucas as vezes em que disse algo a respeito. Mas quando o fazia, mostrava certeza em algum grande destino para nossa filha. Um destino que ela e Blazdall buscariam juntas.

Afinal, a espada nos manteve unidos. Um casal. Sem a espada, não haveria Ágata.

Esse, sim, seria um mundo intolerável.

Então, sempre soube que as duas acabariam juntas. No silêncio da noite, enquanto Ágata ainda era filhote, podia ouvir a espada chamando. Uma canção forte, inquietante. Com o passar dos anos, esmoreceu até calar.

Ou apenas desistiu de chamar os adultos.

— Pensei que ficaria adormecida para sempre — comento, olhando para o relógio, agora vazio.

— A espada? — Esme ergue uma sobrancelha e sorri como quando éramos mais jovens — Eu não. Só estava esperando um espírito aventureiro aflorar nesta casa. Ficamos conformados demais para ela. Coitada.

Deixo escapar um riso resignado.

Nas últimas semanas, sentia uma aura diferente na casa, como se tudo estivesse energizado com magia. Pensei ser defeito em alguma fonte de alimentação na rua, mas não. Na noite em que o primeiro grupo sumiu na Arca, nós a ouvimos vibrar dentro do relógio. Estava desperta outra vez.

E o meu maior medo se concretizou: Ágata e Blazdall se encontraram.

— Meus nervos não aguentam aquelas duas!

Devolvo os óculos ao rosto e pego outra vez o jornal. Esme ri. Demora um pouco a perceber que minha cauda se mexe nervosa. Ah, quando ela voltar, vai ouvir poucas e boas!

— Aliás, muito conveniente ser escalado para o turno da manhã, e o carro não funcionar, bem no dia do teste na tosca...

— BUSCA.

— ...e tive que sair cedo para pegar um BusAwn, hein?

Esme sorri orgulhosa. Não sei se por algum pensamento zombeteiro, ou pelo cisne de maçã finalizado na sua frente.

— Já deixou de acreditar no destino? — ela me olha de canto, segurando a pequena escultura em uma mão.

Bufo uma risada e meneio a cabeça.

— Não pode ser considerado "destino" quando uma mãozinha intervém.

Ela ri, tira uma fatia do cisne de maçã e come.

— O destino também me fez mãe dela.

Minha cauda está ansiosa de novo. Não consigo ver as coisas como Esme vê. Sua tranquilidade, seu otimismo, sua certeza em um bom futuro.

Estaria perdido sem ela. Ainda assim, acabo verbalizando meu medo.

— Não acha mesmo estranho, tudo ocorrer tão de repente? E se algo ruim acontecer com ela, Esme?

Esme desfaz o sorriso, levanta e me oferece o cisne de maçã.

— Acho que Blazdall veio conosco para cuidar de nós. Acho que ela existe para proteger quem amamos. Fazia isso de onde viemos. Seguirá fazendo.

"Então, não existe lugar mais seguro para Ágata, que com Blazdall."

*Qual é, Blazdall? Acorda, vai!*

— Ágata, o diálogo acabou. Entregue agora, ou vamos pegar à força.

Querida criatura que me acompanha, vamos relembrar a minha jornada de desespero?

• Fui petrificada (e com a cauda espichada) por um basilisco.

• Fui reprovada na BUSCA.

• Consegui uma chance (pelo motivo doido que for) do próprio Amon para ser credenciada e ajudar no resgate dos menestreamers, mas nem time eu tinha.

• Hitomi veio com uma solicitação inusitada de amizade e, de última hora, recrutamos Vallos, o Touro Imortal (pena que também veio um traste anexado).

• Vi com meus próprios olhos as belezas e perigos da Arca de Vallindra, lutei pra valer e quase fomos jantados mais de uma vez.

• Minha espada maravilinda apagou quando apareceu esse grupelho de traíras.

Enfim, tive meu momento de meu-mundo-caiu lá atrás, mas passou. Agora eu quero mais é brigar! Arrancar o nariz de alguém com os dentes!

— Cai dentro, amigão — inclino o corpo e mostro as garras. Hora do bote! — Tenta. Só tenta.

Digo minha frase de efeito ~~infantil~~ e sorrio. Mesmo sabendo que (bem provavelmente) vou me lascar.

— Vallos fica com aquele ********* de ************!!

Ninguém tem tempo de fazer mais nada. O grande (pequeno) Touro atravessa a cena como se cuspido por um dragão. Segue direto na direção de Brutusk, o machado girando e deixando um rastro espiralado de fogo.

Quase tenho pena do lagartão. Vai virar bolsa de madame.

— Hitomi, o tigelinha ali é seu. Cuidado!

— Positivo.

— Edouard...

— A elfa. Deixa pra mim! — ele diz, em um tom estranho que depois percebo ser babação. Aff!

— Ela é suporte, não deixa ajudar os outros. Hermax é meu.

*Hihihi!*

Posso resumir a luta em onomatopeias? Ou então, desenhar punhos e estrelinhas saindo de uma nuvem de poeira?

*Você é menestreamer, precisa narrar tudinho. Você que inventou isso, Ágata. Toma vergonha nessa fuça!*

Ok, consciência.

Pessoinha (ou etê) que me acompanha, respira fundo. Agora a porrada vai comer!

*Plotof! Wow!*

Do nada, Brutusk é arremessado para o outro lado e Vallos aparece de um buraco no chão. Estava distraída, não sei o que rolou ali. Paciência.

Hitomi corre (ou flutua, difícil saber pela visão periférica) para o outro lado. Edouard leva uma mão aberta diante do rosto, como se estivesse invocando algum poder misterioso (pra mim, só parece idiota) e segue na direção de Syndra. Vallos e Brutusk de repente estão lutando no meio de uma cratera, não quero nem pensar em como fizeram aquilo.

— Eu sou seu oponente, Ágata.

E distraída que fui tentando contar para você o que acontecia, quase levei um tiro de raio. Tá feliz?

Hermax atira de novo, mas eu dou um mortal para trás, esquivo por cima. Pelo menos uma vez agradeço por ser ~~nanica~~ um alvo pequeno. Mesmo assim, tenho pouca chance de chegar nele sem Blazdall me dando proteção. Preciso ser mais rápida.

Falando em rapidez, Hitomi gira em volta do rapaz com cabelo de cuia em velocidade impressionante, quase um tornado. Vai, Hit!

*Pew, pew* (Não vou prometer parar com as onomatopeias, sorry). Mais dois tiros na minha direção. Diacho, como é difícil narrar batalha estando no meio de uma! Muito respeito aos profissionais da área!

Ok, Ágata, foca nos braços muscu... er... foca nos braços dele. Onde está mirando? Usa essa herança felina de agilidade e fofice.

Hermax segue mirando minhas pernas, acho que tentando não me matar (valeu por isso, mas ainda quero te moer). Sigo o ângulo das armas para prever os próximos tiros. Fácil para quem tem reflexos impressionantes como eu, desculpa aí.

Lembra do filme com as pílulas vermelha e azul? Que o cara Keanu desvia das balas em câmera lenta? Então, o que fiz não foi *naaada* parecido.

E aqueles vídeos de gatos desviando de obstáculos, você viu? Foi mais aquilo, hehehe!

Saltando graciosamente para longe dos tiros, fui me aproximando e vendo o desespero no rosto dele. Garras prontíssimas. Sanduíche de ruivo fatiado, saindo.

Espera, ele tá sorrindo?

Hermax lentamente (isto é, para a minha incrível velocidade) larga uma pistola e leva uma mão às costas, trazendo uma bolinha metálica do tamanho de um ovo. Ele clica um botão na coisa e joga pra mim.

*Joga em mim.*

*Ai, morri.*

— Ágata! — Hitomi surge de lugar nenhum, me agarra e tira dali. Bem a tempo de evitar uma explosão de luz mágica (parecia mágica) bem onde eu estava.

Não sei o que era, mas não achei inofensivo. E se pega no olho, Hermax?

— Hitomi — olho emocionada, queixinho tremendo, para a minha amiga de capa rasgada.

Opa, rasgada?

— O que aconteceu contigo?

— Tome cuidado.

Os olhos de luzinhas parecem piscar para mim, antes de me devolver ao chão e voltar para perto do oponente. Ou nem tão perto. Ela distende o que parecem ser faixas eletrificadas na direção do rapaz de jaqueta estilosa. Fala sério, Hitomi, de onde você puxa tanta coisa?

O cabelo de cuia dá um gritinho frouxo e corre para se esconder atrás de uma ossada. Esqueci de falar onde estamos, né? Sim, nela, a Floresta dos Ossos. *rindo de nervoso*

Se liga na narração: os ossos se elevam como se enraizados no chão, como se plantados por necromantes jardineiros... errr. Em nossos pés uma névoa cinzenta como o céu se espalha, trazendo o frio gélido da morte, não, ninguém vai morrer, eu creio! As órbitas vazias dos crânios monstruosos nos encaram com...

*Rwwwwwr!!*

*Qualé?!*

Imenso como o meteoro que matou seus primos, Brutusk passa voando por mim. Vallos e seu Korlon seguem pegando fogo logo atrás, feito uma bola de magibol desgovernada.

— ******* sai da frente *******!!!

Brutusk já aguarda com o escudo erguido. Quando o choque acontece, acho (só acho) que vi uma expressão de dor passar beem ligeira pelo rosto escamoso do Brutussauro. Não sei se é dor física pela pancada, ou moral pelos insultos. Que sejam os dois.

*Vixe*! Mais ao longe vejo Syndra conjurando um tipo de escudo mágico e fazendo careta para Edouard. É, não a julgo.

Perto, mas nem tanto, estão Hitomi e o garoto lá. De onde conheço ele mesmo? Tanto faz, ele eleva as mãos, tem umas coisas azuis rodando nos pulsos enquanto a Hitomi flutua na frente dele. Ela se move estranho, como se... Não sei, alguma coisa a atrapalhando? Controlando?

*Possuindo?*

É o tigelinha que está fazendo aquilo? As luzes nas mãos têm um visual neon futurista, será que...?

— Hitomi! Reage! — Tomara que meu apoio moral tenha um pingo de efeito.

Ok, enquanto *tuuudo* isso acontecia, Hermax voltava a mirar seus brinquedos em mim.

— Pela última vez — ele parece cansado, que dó —, não quero machucar você, Ágata.

— Promete *mesmo* que é a última vez? Porque esse papinho furado já encheu — respondo atrevida e ainda dou uma piscadinha de puro charme.

Ele atira quatro vezes e rola (??) no chão tentando me acertar. Inútil, pois gata que sou, desvio de tudo e entendo um tipo de padrão. Direita, esquerda, esquerda, direita.

Hermax bufa frustrado, acho.

— Syndra, não perde tempo com esse aí! Ajude Brutusk. Kayo, você sabe o que *não* fazer.

"Não" fazer?

O tigelinha, Kayo, desvia de um belo raio azul que sai dos compartimentos secretos de Hitomi.

— Se não percebeu — ele reclama —, estou sem opções aqui!

Espera, Kayo? Lembro desse nome, desse visu... Tá, depois vejo isso.

Aproveito a muvuca para chegar mais perto de Hermax. Ele tenta me afastar atirando em mim, mas não acerta. Não sabe em que direção eu vou. Na real, nem eu sei.

Vou confessar que estou com um pouco de medinho do Censor aparecer, enquanto a gente brinca de lutinha por causa de algo ainda não muito claro para mim. Pensar nisso, na narração para os seguidores, desviar dos ataques, coordenar uma equipe, acertar um belo sopapo na cara do ruivo... Multitarefa é isso aí.

Ok, estou correndo sem muita estratégia. Olho rapidamente para os lados, estamos nos afastando da saída da caverna e, consequentemente, de Blazdall. *Merda*! Não tenho muita escolha. Salto para um lado, alcanço uma costela imensa (de algo que prefiro nem imaginar vivo), pego impulso e rodopio no ar.

Hermax arregala aqueles olhos boni... *cof cof*, e mira na minha direção.

Te peguei!

Vejo os tiros passando ao redor. Como antes, ele mira nas pernas, então as encolho junto ao corpo e...

*PATOF*! Enfim os dois pés no peito dele. (Que foi? "Patof" é legal!)

Hermax recua uns passos, tossindo. Com o impulso, faço cambalhota para trás, pousando na famosa pose de heroína. *Há!*

Ágata 1 x 0 Hermax

— Eu não sou a mesma Ágata do teste, Hermax. Não sou nem a mesma de minutos atrás — toda luta épica precisa de conversa fiada com frases de efeito, né?

Ele sorri com escárnio.

— Você está bem onde eu queria, gata — e olha para meus pés.

Brincou! Armadilha?

Não creio. Quase sem pensar eu pulo de onde estava. Parece que escapei. Aguardo alguma saraivada de raios, algum ataque de alguém na retaguarda, mas nada disso acontece. Olho onde estava, procurando por algo perigoso; só vejo névoa, cinzas, farelo de osso.

Não tem nada.

Então percebo, tarde demais. Foi *essa* a armadilha.

Agora vem comigo na câmera lenta.

Percebo a intenção real de Hermax, me fazer tirar os olhos dele por um segundo que fosse. Tempo de sobra para ele aumentar o sorriso, elevar as pistolas em minha direção, murmurar beeeeem lentamente um "tchau, tchau". Abro a boca sem dizer nada, apenas caindo a (tal) ficha, me dando conta de ter sido engambelada da forma mais boba e humilhante possível.

O cara aponta, pergunta o que tem na sua blusa, você olha e leva um peteleco no nariz. Esse é o nível.

Ergo as mãos (porque não tem mais o que fazer) e fecho os olhos.

Ele dispara.

*E aqui eu morri.*

Mentira. Mas quase. Tá, passou longe de ser quase.

Enquanto meu rosto se contorce todo em câmera lenta, não percebo alguém vindo em meu socorro. Não apenas "alguém", a salvadora de todo o rolê. Ela mesma. A poderosa, inoxidável, incorrosível, arsenal (não quem você tá pensando) ambulante. Hitomi.

*aplausos e gritos histéricos*

De olhos fechados, prontíssima para levar tiro, meu corpo doeu sim — com o tranco da androide me arrancando da linha de fogo. Não vou reclamar de parecer ter sido atropelada por um BusAwn.

Hitomi 2 x Ágata 1 x Hermax -1

("Ela já fez isso agorinha há pouco, surpresa zero, mimimi." Tô nem aí pra sua opinião.)

Voltando a olhar, posso ver Vallos segurando o braço enorme de Brutusk, virando de costas, flexionando as perninhas abertas e dando um *senhor* puxão no Brutossauro. Joga ele no chão feito um carregamento de batatas. Edouard? Não sei como, mas ele continua vivo e mantendo a elfa ocupada. Isso é o que importa.

Gente! Meu grupo está ganhando!

Espero que Hermax me veja mostrar a língua pra ele, voando longe nos braços brancos da *minha* amiga androide.

— Hitomi! — Quero chorar e abraçar ela, mas percebo algo diferente.

Pousamos perto de um crânio imenso de sei-lá-o-quê, então descubro o que me estranhou. Hitomi tá toda estropiada!

Antes lisa e branquinha, a superfície de cerâmica está toda ralada. A capa e capuz estão em farrapos. O rosto-tela tem rachaduras feias, parece um celular detonado. Metade está apagado, a outra metade cheia de chuviscos. O único olho pisca, alternando entre azul e vermelho.

— O que ele fez com você, Hit? — eu grito, em puro pânico. Não achei que o tigelinha fosse assim perigoso.

— Desabilitou os controles de meus próprios sistemas de armas. Causou detonações internas.

— Espera, ele fez *você mesma se ferir*??

Seguro o rosto dela entre as mãos, pensando em algum jeito de curá-la. Ela tem o autorreparo e tal, mas isso deve levar tempo, não dá conta em emergências. Não tem nada no inventário para curar máquinas. Precisamos falar sobre inclusão, BUSCA!

Hitomi toma minhas mãos. O rosto-tela pisca, ela toda estremece, feito um calafrio. Mas logo está de volta.

— Agradeço pela preocupação, mas é desnecessária.

Faz uma pausa. A tela em seu rosto mostra um perfil social. Tem a foto dele.

— Kayo Jaguaribe — continua —, tecnomago. Arcanauta licenciado como suporte.

Minha boca abre feito um O. Kayo, tecnomago... Claro! Já ouvi falar desse cara! Um metido a sabichão, faz uns vídeos "desmascarando" menestreamers, mostrando quando é edição ou magia de verdade. Cheio de teorias da conspiração e essas coisas de gente chata. Affe, não gosto dele!

— Mas espera, então foi ele que...?

A tela apaga, seu único olho retorna.

— Conforme suas capacidades, por dedução e exclusão, foi ele o responsável por minhas recentes falhas de funcionamento. Colocou-me em modo de descanso em momentos impróprios. Esteve rastreando nossa posição e espionando nossas conversas, provendo informação tática valiosa ao grupo adversário.

"Minha presença colocou a missão e o grupo em risco. Peço desculpas."

Desculpas?? *Você* pede desculpas, Hit? Praticamente mandei uma elfa-do-mar contra um elemental do fogo. Líder de bosta!

— Tá de zoeira? EU mandei você lutar com ele! O cara que pode hackear você, avacalhar seus sistemas, sei lá!

— Não est**a ciente. De**diu sem base em inf***ação correta, que me cabia f***ecer.

A voz dela está falhada. Vai saber o que aquele rato andou fazendo. Mesmo assim, não sinto nela um pingo de ressentimento.

Tudo bem. Eu tenho raiva pra nós duas. Tô fervendo de ódio!

Espio atrás do *crâniozão*, procurando o palhaço. Correu para junto de Hermax, tentando reagrupar. Vallos não dá chance para o grandão fazer igual, cercando com o Korlon, pulando feito pulga (que ele não me ouça).

Edouard ainda está com Syndra. Comigo e Hit fora da luta, Hermax e Caio podem se juntar a ela contra Ed. Se a elfa ficar livre para cantarolar e curar geral, nós perdemos.

— Hit, tenho um plano. Você conseg...

— Acha que sou uma marionete sem alma?

Sim, foi HItomi quem disse isso. Uma pausa aqui até passar o meu choque.

— De onde tirou isso, criatura? — berro mesmo.

— Uma reflexão — ela diz no mesmo tom, como se nem fosse importante.

*Vitória do céu!*

— Hitomi, escuta — aponto um dedo na fuça trincada dela — Você é a Arcanauta mais foda do mundo, e também a *pessoa* mais...

— *Ágataaaaaa...*

É o Edouard. Queria, mas não posso ignorar.

Queria mais tempo. Queria setenta horas só pra achar jeitos de dizer o quanto admiro a Hitomi, quanto ela é importante pra mim, quanto ela merece ser feliz. Queria demais.

— Hit. Bora salvar nosso pessoal. Prometo te bajular depois, tá?

Os olhos de luz achatam, me preocupo que ela tenha sido hackeada. Se me atacar agora, se atirar em mim, vai sobrar só minha cauda.

Momento de tensão. Os olhos voltam ao normal.

— Viu meu sorriso?

E a pergunta dela me destrói mais que qualquer canhão de plasma. Talvez meus olhos estejam molhados e talvez eu nem consiga falar agora, mas balanço a cabeça e finjo costumes.

Limpo a garganta e aponto para Hermax.

— Hora do contra-ataque!

— Vem cá seu ******* ******** de **************** da ***** que o ********* ******!!

— *Rwwwwwwwwr!!*

É, o papo tá animado entre Vallos e Brutusk. Os dois já jogaram fora as armas, partem pra cima um do outro só com os punhos. Confesso que estou impressionada por Brutusk ainda estar de pé. Sorte dele que Vallos não está no auge, porque senão...

Hermax e Kayo se aproximam de Edouard e Syndra. Parecem cientes de nossa presença, mas não precisamos do fator surpresa para meu plano.

— Faz a Ágata escutar! — ele aponta as pistolas para Ed. — Faz ela entregar...

— Que feio, Max! Não estava ali, agorinha, contando vantagem sobre como me conhece bem?

Ele me olha por cima do ombro com uma sobrancelha levantada. Aqui estou eu toda majestosa, no alto do crânio, mãos na cintura, nojenta que só.

— Já devia saber, a esta altura, que sou bem ruim em seguir ordens. Ruim demais. Péssima mesmo!

Tá, minha contação de vantagem não saiu como planejei.

— . . .

Também esqueci de avisar Hitomi sobre esta ser a deixa pra ela atacar. Teria ficado bem épico. Droga!

— Acho que imprudente, teimosa, imatura e ingênua são adjetivos melhores para você.

Ah, pronto. Kayo ri ao lado dele. Certeza, trocaram historinhas sobre mim. Manés.

— *Não sou ingênua!* — reclamo, tentando não fazer bico e falhando.

Todo o resto eu sou, aceito.

— Cansei, Hermax! Devolve o que roubou, se não quiser virar churrasco.

— Na verdade meu poder ofensivo não está ajustado para...

— Hit! Atacar!

Ela surge de onde estava escondida (ou camuflada ou invisível, sei lá; tem precedente), com canhões de respeito no lugar dos braços. Não o mesmo que explodiu Primevore, mas mesmo assim dá medo.

Então acontece o que eu queria, mas não esperava.

Hermax solta as armas, ergue as mãos.

— Parem! Syn, Bruts, Kayo. Parem. *Estamos nos rendendo.*

Kayo hesita, faz que vai reclamar, mas um olhar feio do ruivo leva ele a obedecer contrariado. Syndra está estranha, não parece capaz de se mover (não sei como fez, mas boa, Edouard). Vallos e Brutusk só ignoram e seguem lutando ao longe, entre os ossos da floresta.

Em algum momento, devia ter lembrado de quantos kobolds, zumbis e outros monstros nossa briga podia atrair. Devia ter suspeitado sobre o motivo de isso não ter acontecido. Mas nem pensei nisso na hora, porque tô ocupada.

De fato, quando Hermax se rende, tudo fica bem quieto.

— Ágata — ele diz tão devagar e claramente quanto pode —, o que você pensa que roubamos?

— Meteu essa, ruivo? Serinho?

— Está falando da joia, não é? O escaravelho.

— Vai *mesmo* fingir que não pegou lá atrás? Na escuridão que fizeram?

— Não temos essa magia! Não foram vocês?

— Ah, me poupe! —— reviro os olhos para aquela cara de sonso. — Você mente que nem...

— Não está mesmo com você? Quando o perdeu?

Bato o pezinho no chão/crânio, sem paciência.

— Sério, Hermax! Tem muita gente em perigo. Devolve logo essa...

— Viemos roubar o escaravelho sim, admito!

Certo, aquilo até que parece verdade. Por que ele confessaria algo assim? Mas então...

— Não está com a gente — ele insiste. — É um aparelho de localização, certo? Pensa direito, Ágata! Se o tivesse mesmo, por que *ainda* estaria aqui? Por que tentaria emboscar vocês aqui fora?

Estou emputecida, e fico ainda mais porque ele tem razão. Com o escaravelho em mãos, ele e seu grupo podiam já estar bem longe, sem que a gente pudesse alcançar. Sou cabeça-dura, mas tenho limites.

Kayo dá uma risada debochada. Eu vou afundar a cara dele, juro.

— Tentou obter o aparelho para nos impossibilitar de seguir com a missão.

Hitomi é quem diz isso. Kayo interrompe a risada. Parece tão surpreso quanto eu.

— Como é? — pergunto pra ela.

Os canhões em seus braços desmancham e somem. Imagino se o tigelinha tem algo a ver com isso, mas ele ainda olha espantado.

— Hermax planejava tomar a tarefa para si, a fim de proteger você e eu.

— Ele... Mas como tem tanta... Como você pode saber que...?

— Porque Hermax é cavalheiro, valente e arrogante a esse ponto.

Queria poder apreciar melhor a cara aparvalhada do ruivo quando Hit diz aquilo. Espero que algo ou alguém esteja gravando para eu ver depois. Vai virar wallpaper no celular.

Pena que durou pouco, não demora e ele está gargalhando.

Minha audição sensível percebe o cessar da pancadaria distante. Os tanques enfim se ligaram que nossa briga acabou. Voltam juntos para perto de nós, Vallos todo sujo mas ok, Bruts parecendo que saiu do compactador de lixo. Syndra vai ter que pagar dobrado para remendar o grandão. Falando nela, parece que sarou da paralisia, a bonita. Vou querer saber como Edouard fez aquilo.

Certo, pode parecer que tudo ficou bem, todo mundo é amiguinho, mas não! *Nem ferrando!*

— Tá dizendo que sabia da nossa missão? — eu desço do crânio, apontando o dedo acusador. — Por causa da bisbilhotagem desse bostinha aí?

— Ô!!

— Sim, exatamente isso.

— ÔÔÔÔ!! — Kayo de braços abertos, sendo ignorado.

— Sabe dos menes sumidos? Que estamos tentando achar?

— Soube apenas depois de entrarmos na Arca, mas sim.

— E queria roubar a missão pra vocês? Deixar a gente pra trás? Por achar que não consigo? — *De já vu.* — Você se acha assim *tão* mais foda que eu?

Ele só ergue os ombros.

Fico até sem fala. Não sei onde estou com a cabeça que não arrebento a fuça dele.

— Hermax, o que eu faço com você??

O ruivo faz que vai responder, então se interrompe. Olha em volta. Sente alguma coisa.

Também sinto.

De repente, todos estamos olhando em volta. Alguma coisa está diferente. Uma tensão, um tremor. Como uma manada de búfalos se aproximando. Mas sem manada.

— Ameaça detectada.

Primeira vez que percebo a ameaça antes de Hitomi anunciar.

— 3% para *sugoi*. 17% para *kiodai*. 75% para *kami*.

Espera, quê? QUÊ??

— De que direção? — Hermax pergunta como voz de comando, nem vou reclamar porque estou com medo. — Hitomi, de onde vem?

Ela não precisa responder. No instante seguinte, todos sentimos. Erguemos olhares.

Vem do céu.

O ar fica grosso, parece cola. Minha pele e pelo arrepiam. Sinto magia pura deslizando pelo corpo. Sei que é magia. De algum jeito.

Nuvens escuras enchem o céu, prenunciando tempestade. Mas sabemos, não é chuva que elas trazem. Meu corpo todo começa a tremer, meus dentes batem. Dá vontade de vomitar.

O tempo inteiro, arriscamos que isso podia acontecer. Que ele podia aparecer e nos pegar a qualquer instante. Mas confiamos que não. Seria diferente. Até porque, afinal, quem sou eu? Não sou famosa. Não sou ameaça.

Tá bom, Hermax. Sou ingênua, fui ingênua. Mas todo mundo aqui também foi.

Revejo na memória a última stream do Mestre KedroP. Os céus abrindo. Algo descendo.

Algo de capuz e manto.

Algo que Amon, Cecil, a BUSCA, nem tinham certeza de existir.

— Censor — não reconheço minha própria voz.

Sem olhar, ouço murmúrios do outro grupo. Não quero saber o que pensam, não é hora para picuinha.

Sei que meus olhos devem mostrar todo o terror que sinto, mas encaro Hermax com um pedido mudo de paz. Ele me olha da mesma forma, confuso, apavorado. Anuímos, chegamos perto do outro. Os grupos se reúnem.

Como era pra ser desde o começo.

— Hitomi, ativar... — Hermax começa, mas eu o silencio erguendo uma mão.

— Ele é imune.

KedroP, Amilca, os outros. Muito mais fortes que nós. Despejaram nele tudo que tinham. Não deu em nada.

Hermax me responde com silêncio fatalista.

A aparição vem descendo devagar, inevitável. O manto escuro esvoaçando, quase cobrindo o céu de tempestade, fazendo-o parecer imenso — não, ele é *mesmo* imenso. Como um dragão. Como a morte.

Desta vez, vou dizer que morri e vai ser real?

Nas streams, não se podia vê-lo com clareza. Parecia algum efeito especial ruim — por isso tanta gente achava ser armação. Agora, olhando de perto, entendo o motivo. Sua figura é desfocada, sem nitidez. Não um fantasma meio transparente, alguma outra coisa. Como se não estivesse inteiramente aqui. Como se partes suas não pertencessem a este mundo.

E ele tem rosto. Tem face. Parece humano.

Segue pairando, descendo devagar, como se saboreando nosso medo. Ou esperando que a gente ataque primeiro.

Ouço Kayo. Estou tão hipnotizada que a voz dele parece muito distante. Ele berra o comando de S.O.S. na gema de emergência. Não adianta. Nem preciso olhar para saber que nossas gemas estão todas apagadas, inertes.

— Mas precisamos fazer *alguma coisa* — Hermax rosna entre dentes cerrados, os olhos presos no espectro, as pistolas seguras com força.

Ele tá certo. Mesmo que a chance de vencer seja quase nula (*não* precisa dizer a porcentagem, Hitomi), ainda é melhor que não tentar nada.

Pensa, Ágata! Pensa!

O Censor está bem próximo agora. Ergue as mãos sobre nós. Como algum sacerdote dando bênçãos, só que não.

— Vallos pega ele.

Só mesmo o tanque mais provocador de Vallindra para conseguir nossa atenção nesse instante.

— Vallos, não! A gente não dá conta! Vamos...

— Não damos conta uma *********** — ele me interrompe e apoia Korlon no ombro. — *Vallos escolhe os alvos.*

Ele lança um olhar para Brutusk, até onde dá pra dizer com aquele capacete. O outro tanque acena concordando. Espera, concordando com o quê?

Ninguém acredita quando ele oferece a manzorra, Vallos salta e se acomoda, Bruts o ergue e faz uma pose de arremesso.

Não, tá de zoeira! *Quando* eles combinaram isso?! O que aconteceu de verdade enquanto lutavam lá atrás? Tem algum clube secreto de tanque ou o quê?!!

— *Merda, merda, merda...*

Syndra grita algo, Kayo esgoela outra coisa, Hermax fecha os olhos com força, mas Brutusk não reage a eles. Sem acreditar (e querendo dar um socão na cabeça desses dois), vejo o lagartão recuar um passo e arremessar Vallos na direção do Censor feito uma pedra de catapulta.

E como em câmera lenta (de novo) o nosso pequeno grande guerreiro grita todo o seu arsenal de palavrões enquanto cruza o céu tempestuoso.

Direto contra o ser mais poderoso na Arca.

Ele o alcança. Segura firme o Korlon flamejante, golpeia. O machado lendário expele um arco de fogo gigantesco, que — não acredito! — corta as nuvens de tempestade mais acima, deixa entrever o céu além. Esse ataque podia decapitar um kaiju, certeza que sim!!

Mas passa direto pelo Censor sem efeito nenhum. Nada. Como se fosse fumaça.

— ****** esse ************

Esperamos que Vallos siga sua trajetória e acabe caindo lá longe, mas não. Está parado no ar. Agita as perninhas e o machado, tenta se livrar, xinga muito, mas não consegue. Parece preso no lugar, alguma mão gigante invisível segurando firme.

Certo, já deu. Não dá pra ficar olhando feito tonta.

— Hermax, temos que...

Antes que eu termine de falar ele já está atirando.

— Syndra, proteção! Kayo, análise!

— Hitomi, sabe o que fazer! Edouard, aqui!

Nossa paralisia de medo acaba. Todos buscamos posições melhores. Não que eu tenha muitas opções contra esse cara, mas não vou ficar parada!

Então o Censor olha pra gente. Ignora os tiros de Max, que passam através sem efeito.

Ergue uma mão em nossa direção.

— Syndra! — Hermax grita.

— Protocolo de emergência habilitado — Hitomi estende os braços.

E tudo acontece muito rápido.

Hermax se coloca de joelhos e mexe em algo na cintura. Syndra fica atrás, pousa as mãos sobre os ombros dele, fecha os olhos e começa a cantar baixinho. Ele mira na entidade que segura Vallos no ar.

Hitomi começa a se transformar por completo. Os braços se destacam do corpo em partes móveis, mudam e encaixam para formar uma nova arma. Seu peito e pescoço expandem, ela fica maior, mais robusta. Os pés distendem suportes que cravam no chão feito garras. Aberturas brotam nos ombros, peito e onde estavam as mãos. Parecem lança-mísseis.

A capa rasgada açoita com o vento da tempestade. Acho que vou morrer sem nunca conhecer todos os poderes de Hitomi.

Kayo impressiona muito menos. Por um bom tempo, segue apenas balançando a cabeça ~~oca~~. Quando decide fazer alguma coisa, os dedos riscam à frente, conjuram telas luminosas cheias de dados. Começa a digitar e deslizar loucamente.

Brutusk, de espada e escudo em mãos, apenas aguarda. Enquanto o Censor não se aproximar, não há muito que ele possa fazer — Vallos era sua única munição para atacar à distância. Acho que sei como ele se sente.

O Censor não parece apressado, segue movendo as mãos com tranquilidade. Não manjo nada, mas sei que está conjurando alguma magia. Alguma coisa para acabar com a gente.

Antes que termine, Hitomi inflama como uma estrela, luz jorrando de cada fresta. Seus canhões expelem coisas brancas alongadas, feitas de relâmpago elemental concentrado, eu soube depois.

Hermax também atira. Seus raios, de algum jeito reforçados por Syndra, agora parecem fachos de holofote.

Kayo não parece estar fazendo nada diretamente contra o Censor, segue mexendo nas telas e tremendo as pernas. Queria dizer que ele é um inútil mas, seja o que estiver fazendo, ainda é alguma coisa. Mais do que posso fazer.

Os mísseis de Hitomi e os raios de Hermax atingem o Censor. Ou não atingem. Alguns desaparecem antes de tocá-lo. Outros desviam, esburacando as nuvens. Outros ainda passam através.

Não fazem nada. Ou fazem?

De repente, Vallos começa a cair. Aquilo que o segurava, acabou.

Era uma magia do Censor? Foi interrompida? Ele quis fazê-lo, ou não conseguiu mantê-la? O ataque combinado *teve* algum efeito?

Até pensei em correr para salvá-lo, mas Brutusk foi ainda mais rápido que meu pensamento. Disparou até o ponto da queda, ergueu alto o escudo, amoleceu o braço para absorver o impacto. Vallos pousou bem ali, de pé, com uma graça que eu não julgava capaz.

Vou querer muito saber se ensinam tudo isso na escola de tanques!

— Hitomi, mais uma vez! — Hermax grita e faz uma careta ao erguer os braços queimados. Vejo agora que ele se feriu fazendo aquele ataque especial. Percebo então que Syndra não estava ali para reforçar seu ataque, e sim para curar ele. Evitar que aquilo o matasse.

O rosto da elfa está tenso, sofrido. Acho que ela também sente dor. Talvez a estejam dividindo. Syndra, desculpa por tudo que pensei e falei de você!

— Afirmativo — a voz, sempre cristalina de Hitomi, sai fraca.

Eles disparam de novo. Aquela barragem de raios e mísseis podia derrubar um kaiju, até dois, tenho certeza.

Desta vez o Censor não fica no caminho. Ele desaparece e ressurge bem ao lado. Esquiva de tudo por completo.

Então vem em nossa direção. Rápido.

— Kayo! Alguma coisa?

— Nada funciona! — o tecnomago responde a Hermax, berrando enlouquecido. — Não tem dados! Parece que ele nem está aqui!

Olho para ver se Vallos está bem, mas Brutusk bloqueia minha visão. Hermax grita com os braços fumegando, Syndra aumenta o brilho da cura. Hitomi se ajoelha, o corpo esfriando e voltando ao normal.

Eu preciso fazer alguma coisa! Preciso!

O Censor se aproxima. *Vejo o rosto dele.*

Humano. Cabelo branco. Olhos vermelhos. Cicatriz diagonal cruzando o rosto.

*— O desfecho [incompreensível] para os [incompreensível] de minha Musa.*

Não entendo metade do que ele diz, mas a voz forte e mansa me faz crer que é um anúncio do fim.

Quando chega mais perto, sinto seu poder, sua magia. Como Savagon, lá atrás. Uma força quente, cósmica, sem fim. Ele pode matar todos nós apenas por estar aqui. Não fez isso ainda porque *não* quis.

*Blazdall, por que não tenho você comigo? Por que não acorda?!*

Ele está bem perto agora, o mundo crepitando ao redor, a realidade pulsando, revirando e estrebuchando. Os olhos vermelhos brilham acesos. Os braços cruzam diante do peito.

É isso, acabou. Tudo uma grande besteira. Não devia estar aqui, não devia ter começado nada disso. Perdi a espada, perdi o escaravelho. Não passei em meu teste. Não sou ninguém!

Então lembro da minha mãe dizendo que estamos onde devemos estar.

*Péssima hora para ser otimista, Ágata. Já era para você.*

— Hereges tombarão — o Censor diz lentamente, e aquilo me arrepia inteira.

*Eu não quero tombar!*

Sinto o braço formigar.

Eu não deveria *mesmo* estar aqui, mas se estou...

Vejo Hitomi tentando se levantar, Vallos se recobrando, Brutusk imóvel, Hermax e Syndra ofegantes. Não vejo Edouard, mas sei que deve estar por aqui.

Todos eles, *todo mundo mesmo* — até Hermax, do seu jeito metido —, vieram aqui para me ajudar. Para me proteger.

Não posso deixar que acabem assim. *Não vou deixar!*

Lágrimas jorram, embaçam a vista. Meu corpo está vibrando, mas não é medo. É adrenalina.

Alguma coisa cresce em meu braço. Sobe pela mão, alcança o peito.

— *Você não vai levar mais ninguém!* — eu grito mais alto que a tempestade.

Algo em minhas mãos. A empunhadura de aço mágico que agora é parte de mim.

Imensa. Cristalina. Reluzente. Viva.

*Blazdall está comigo!*

Não sei como. Isto é, claro que sei. Não podia ficar longe dela. Não podia ser diferente.

Ela brilha como se fosse cravejada com sóis. Eu devia estar cega. Mas não, vejo tudo, sinto tudo.

Sei verdades sobre Blazdall que não sabia antes. Sei como ela pode derrotar o Censor. Como pode nos salvar dele.

Vejo quando ele soergue uma sobrancelha. Sua expressão é de asco, repulsa, desprezo... e espanto.

*Ele também sabe!*

Ainda tenta gesticular algo, mas desta vez eu sou mais rápida. Eu e ela. Nós.

Como antes, Blazdall me empresta sua força. Eu salto, quase voo, entre ele e os outros. A lâmina de ouro-prata-cristal rasga um arco imenso, deixa uma trilha mágica em sua passagem.

O golpe não atinge o Censor. Nem era pra fazer isso.

Por onde a lâmina larga passou, a Floresta dos Ossos não é mais.

Diante de todos, uma abertura fixa logo acima do chão. Uma fenda no espaço, na realidade. Um portal planar, como aqueles que transportam pelos mapas. Mas diferente. Podemos ver o outro lado. Céu lilás, limpo. Planícies cinzentas arenosas. Colinas rochosas.

Um lugar melhor que este, com certeza.

Alguém grita com frustração, histeria. Custa-me um instante para entender que é o Censor.

Ele sabe que vamos escapar e não pode nos impedir.

— Bora galera! — Hermax é quem atravessa primeiro, instigando os demais. Ele nem sabe se é seguro, mas não hesita. Esse ruivo é tudo menos medroso, tenho que dar o braço a torcer.

Todos passam, mais rápido do que parecia possível. O próprio portal parece sugar todos que chegam perto.

Eu fico por último, sem saber ainda se minha passagem vai fazer a coisa fechar e sumir. Tomara que sim. (Pois é, falei que agora sabia tudo sobre Blazdall e seus poderes, mas foi empolgação do momento. Mals.)

Atrás do portal (mas o que tem ali atrás?) o Censor grita alguma maldição. Vejo relâmpagos escuros tentando passar para este lado.

Penso em ficar e dar com a Blazdall na moleira dele. Mas alguma parte minha, mais esperta, me diz para deixar de ser besta e atravessar também.

Antes de pensar em como fiz isso, estou no outro lado. Com os outros.

O portal já sumiu. A paisagem necromântica também. E o Censor.

Estão todos olhando pra mim como se eu fosse um etê. Fico esperando as perguntas e comentários clichê, tipo "como você fez isso?" ou "não acredito!" ou "nunca vi nada parecido!" Mas não. Ninguém diz nada.

Estamos todos tão aliviados e agradecidos que ninguém precisa de explicações.

— *Essa espada abriu um portal planar!*

Tá, quase ninguém. Kayo, o boca-aberta, ainda faz questão de anunciar o óbvio.

— Mas um portal pra onde? — Hermax, olhando em volta, é quem faz a pergunta mais relevante.

— Mapa não identificado. Escaneando — Hitomi chia, fraca. Está toda arrebentada, mas ainda assim distende uma antena e rastreia em volta.

Syndra corre até Vallos. Vejo agora, ele está bem mais esgotado e ferido do que parecia.

E falando em esgotamento, minhas pernas bambeiam e eu sento no chão. Estamos todos num bagaço só.

Hitomi. Hermax. Vallos. Syndra. Brutusk. Kayo.

*Não! Tá de brincadeira!*

— Cadê o Edouard?

# 5

DA VARANDA NO SEXTO ANDAR DAVA PARA VER A COLEÇÃO DE carros sendo limpos pelos criados. Daquela altura pareciam de brinquedo, como eram mesmo tratados por meu tio. Dali eu também conseguia ver duas das três piscinas, o jardim exótico com plantas deste mundo e além, e o teto redondo de vidro do herbário. Mais adiante, somente mar.

Uma batida na porta e Seraphim, o mordomo, me chamou como de costume:

— Sr. Piton, seu tio o aguarda.

Seraphim dava um pouco de medo. Não por causa dos chifres torcidos e olhos completamente brancos, achava isso até legal. Mas tinha algo de misterioso e poderoso nele. Aos seis anos eu não sabia ainda sobre o Instituto Maior de Intendência, a academia de mordomos extremos da UniPotência. Mas sabia que não podia ser malcriado com ele por perto.

Seraphim andava sem produzir o mínimo ruído, braços rente ao corpo, olhando sempre à frente e de “queixo em noventa graus”. Eu, moleque de tudo, imitava sua postura ao longo do imenso corredor cheio de quadros feios, até onde o tio estava.

Não só pinturas de gosto duvidoso (realismo fantástico, Edouard!) decoravam a mansão do tio Ezekias. Havia réplicas de construções das Arcas, cerâmicas da Segunda Convergência, galerias com estátuas de figuras míticas além-mundo. Isso sem mencionar incontáveis e impensáveis artefatos guardados no relicário, um pavimento da casa que não existe neste plano. Porque contém coisas que não cabem em casa nenhuma, tipo aquela escama de K'Athanoa.

Meu tio era um colecionador. Tudo que brilhava diferente, ou contava uma história peculiar, ganhava espaço em sua coleção. Ou seja, tudo que vinha de além-Convergência. Das Arcas.

Toda semana, no mesmo horário, os entregadores dos leilões chegavam. Animado feito criança, tio Ezekias mandava me chamar para mostrar tudo. Eu amava, conhecia novas histórias, espirrava com alergia a coisas extra-mundo e acabava ganhando sorvete.

Naquele dia não foi diferente.

Estava a dois passos da porta, cutucando a ponta do carpete com os pés, enquanto Seraphim aguardava ao lado.

— Hallaor — meu tio, hospitaleiro com a visita —, este é meu sobrinho e herdeiro da minha obsessão, Edouard.

Nunca fui uma criança tímida, mas aquele cara me deixava desconfortável. Alto demais, com braços longos demais. Vestia um quimono preto que escondia mãos e pés. E uma máscara com pontos no lugar dos olhos e um sorriso desenhado onde seria seu queixo.

— Temo por sua sanidade, rapazinho — o tal Hallaor riu sinistro, me fazendo correr buscando esconderijo atrás do tio. — Então é filho de...

— Sim — tio Ezekias sorriu pra mim atrás do bigode grosso.

— Entendo. Foi uma fatalida...

— Ed, veja o que nosso bom Sr. Hallaor acaba de trazer — o tio interrompeu aos risos, como sempre fazia para evitar algum assunto sem causar constrangimentos.

"São peças raras, esculpidas por antigos Viajantes. Têm quase dez mil anos, logo após a Segunda Convergência. Consegue ver quanta história existe aqui neste cômodo?"

Ele foi me empurrando até os expositores que ficavam temporariamente no escritório. Naquele dia havia sete pedestais dispostos em semicírculo, expondo vasos quebrados, estatuetas de criaturas que nunca vi, pontas de flechas e outras velharias que nem me lembro mais. Mas o que atraiu meu interesse foi uma escultura em particular. Uma raposa.

Tinha o mesmo tamanho do bicho real, até onde eu sabia; não muito maior que meu antebraço. Sentada de focinho elevado, orgulhosa, envolvida pela cauda cheia. Estilizada, de formas angulosas, sem detalhes. Feita de alguma pedra diferente — e mesmo naquela idade eu já tinha visto *muitas* pedras diferentes, naquela mesma sala. Meio vermelha, meio dourada. Praticamente perfeita, sem ranhuras ou rachaduras.

Nos olhos, gemas que pareciam recheadas de fumaça.

— Ah, essa eu quase tive que surrar um cavalheiro para conseguir. Foi sanguinário, um duelo de lobos famintos! Nossas placas erguidas como alabardas, nossos lances como brados de batalha!

As dramatizações do tio para seus leilões sempre me tiravam gargalhadas. Mas, naquele instante, toda a minha atenção pertencia à raposa de ouro vermelho.

— Mandarei avaliar as joias da expedição A-37 — Hallaor apertou a mão de meu tio em despedida.

— Nah, deixe estar! Riconrimm pode fazer isso por mim.

— O anão da tevê? — Hallaor riu zombeteiro, meneando a cabeça. — Ezekias, deixe que cuido disso.

Meu tio não riu.

— Valorizo o trabalho da equipe dele. Anões têm bons olhos para joalheria.

Concluiu, abrindo a porta do escritório.

Hallaor parou na porta e balançou a cabeça mais uma vez. Seraphim já o aguardava para acompanhar até a saída. Naquela idade eu não entendia as sutilezas dos adultos, mas sabia ser impossível qualquer grosseira com o mordomo abissal por perto. Hallaor também sabia. Sorriu para ele e acenou para mim.

— Sugiro que deixe a raposa em lugar de destaque. É primorosa demais para ficar escondida no relicário.

— Obrigado, Hallaor.

E mesmo sem gostar das insinuações de seu colega, meu tio acatou a sugestão. Deixou a Raposa Dourada (como a chamamos dali em diante) exposta na sala de chá.

Ezekias é meu tio paterno. Dizem que o conheci depois do acidente em que perdi meus pais. Eu era muito pequeno, não me lembro de nada, e nunca ninguém me contou o que aconteceu de fato. Desde então vivi com ele, uma família de dois, sem outros parentes de mesmo sangue. Os únicos na mansão, além de Seraphim e outros criados.

Tinha aulas com professores particulares, mas o tio também ensinava tudo sobre negócios e finanças. Aos doze já ajudava com sua papelada, entendia sua carteira de investimentos, a contabilidade de suas empresas. Também o ensinava a usar dispositivos, mexer com a hypernet.

Acima de tudo, o tio me ensinava sobre o valor do trabalho, dos negócios. E o perigo da ganância.

— Não vivemos sós, Ed. Somos uma sociedade. Feita de Terranos e Viajantes, cada um com sua história, vitórias e derrotas. Ninguém, por mais rico ou poderoso que seja, pode sobreviver sozinho, entende? Por isso, sempre que pensar em se dar bem às custas de outro, imagine-se em seu lugar. Como gostaria de ser tratado? Isso vale para a vida e para os negócios. Se achar justo, pague. Se achar injusto, dialogue, argumente. Mas nunca, *nunca*, trapaceie ninguém.

Meu tio também era o cara gordinho, bigodudo, meio calvo que fazia graça com tudo. Todos na mansão o amavam. Sempre tinha alguma piada, trocadilho ou pegadinha. Colocava apelidos carinhosos nos criados; apenas um escapou.

— Seraphim é um nome chato para encurtar. Seraph? Será? Phimphim?

— Como preferir, senhor.

— Você acaba com toda a graça, Seraphim!

Mas os anos passaram e meu tio mudou.

Foi gradual, quem convivia com ele não percebeu. O corpo sempre redondo foi definhando, o bigode uniu-se a uma barba malfeita e emaranhada, o cabelo que ainda crescia nas laterais ficou sem corte e cobria as orelhas. Eu mesmo percebi apenas tarde demais.

Todos sabiam sobre a antiga paixão por seus artefatos, mas um artigo recebia atenção diferenciada. Começaram rumores de que meu tio falava sozinho na sala de chá. Percebi que ele passava tempo demais ali. "Deve estar de namorico com alguém" eu brincava, mas ninguém achava graça. Todos estavam preocupados.

Tinha quatorze anos quando, naquela madrugada, resolvi que acabaria com o mistério.

Na verdade, não esperava achar nada estranho. Queria apenas alguma confirmação, alguma certeza de não existir nenhum problema. Um motivo para zombar dos temores dos criados.

Não, nada disso. O motivo era outro, mas eu não sabia.

Espreitei pelos corredores na ponta dos pés, a todo momento temendo ser surpreendido — e repreendido — por nosso infalível mordomo abissal. Isso não aconteceu. Hoje, tenho uma ideia do porquê.

Alcancei a sala de chá. Estava desarrumada, diferente do resto da mansão. Cheia de livros empilhados, papelada espalhada, restos de refeições. Estranho, Seraphim nunca deixava um aposento em desordem.

Estranho sim, mas nem pensei nisso naquele momento. Fui logo atraído para algo brilhando na escuridão. Perto da janela, recebendo toda a luz do luar, estava a Raposa Dourada. Fazia tempo que não a via.

Esqueci o que fui fazer. Pensando agora, não fui fazer nada. Entrei ali sem razão. Ou nenhuma que eu soubesse até ali.

A Raposa estava como eu lembrava, mas também diferente. Como se, na escuridão, sua verdadeira beleza fosse revelada. Ali no pedestal, até parecia um objeto de adoração. Um busto sagrado. Uma figura santa.

Não sei quanto tempo fiquei ali, olhando, paralisado. Lembro de ficar com sede, mas sem querer me afastar para beber água. A cada olhar, um novo detalhe pedia atenção, um novo mistério exigia ser estudado. Nos olhos fumacentos, algum mundo distante, escondido, perdido.

A Raposa era meu mundo. Não existia nada além.

Um mundo onde eu não estava sozinho.

— O que você mais almeja, Edouard? — disse alguém naquele mundo.

Era uma voz em silêncio, sem palavras. Sentia mãos invisíveis executando gestos, como alguma linguagem de sinais. Que não se podia ver. Apenas perceber.

Ainda tentava entender aquilo quando a não-voz repetiu a pergunta.

Pensei sobre olhar em volta, procurar quem estivesse dizendo aquilo. Outra pegadinha do tio Ezekias entre tantas. Mas esse pensamento bobo sumiu rápido; já sabia quem estava falando.

— Quem é? — Balbuciei, recuando um passo pela primeira vez naquela madrugada.

— Posso oferecer o que você quiser.

— Posso oferecer o que você quiser — me ouvi repetindo. Estava traduzindo a linguagem estranha em minha cabeça.

Enfim, o encanto da Raposa fraquejou. Meu medo conseguiu ser mais forte. Então fugi correndo.

Claro que não comentei nada com ninguém. Claro que a Raposa não deixou mais meus pensamentos.

Meu medo e minha resistência acabaram três noites depois. Outra vez, voltei furtivo à sala de chá.

Lá estava, brilhando sob as estrelas.

— Você me ouve? — sussurrei em sua orelha.

Um aceno invisível respondeu que sim. É como consigo descrever, não tenho palavras — não *existem* palavras para explicar seu modo de falar. As pessoas que escrevem dicionários nunca passaram por aquilo.

Fiz todo tipo de perguntas sobre ela, se era um ser mágico, de onde vinha, quantos anos tinha. As respostas eram vagas, às vezes retornavam com outras perguntas. Para mim, um adolescente que descobria sobre a rebeldia, era fascinante.

— Qual o seu nome? — perguntei uma última vez, depois de muitas respostas esquivas.

Desta vez, recebi algo com o significado de uma gargalhada sinistra.

— Tive nomes, sim. Inúmeros. Tão verdadeiros quanto um nome pode ser. Nomes são meios para capturar pessoas e coisas. Não me servem, eu que não posso ser visto, rastreado ou capturado. Eu que sou invocado pelos que espreitam na escuridão. Eu que sou procurado pelos esquivos, pelos espertos, pelos que alcançam os redutos secretos da existência. Ainda assim, de todos, deixo que conheça um.

"Sou o Deus dos Ladrões."

Fiquei calado, com um sentimento dúbio diante daquela alcunha. O sagrado e celestial unido a algo proibido, vergonhoso. Anos de lições do tio Ezekias, sobre a desgraça de trapacear e roubar, agora voltavam com tudo. Deus de ladrões? Como podia existir isso? Era algo bom ou ruim?

Percebendo meu conflito interno, o Deus dos — a Raposa riu silenciosa outra vez.

— É apenas um nome. Como eu disse, não tem valor.

— O que você quer comigo?

— Quero que me sirva.

— Não sou ladrão.

— Não é. Nomes são prisões. Não seja capturado.

— Não vou roubar nada para você.

— Então não o faça.

— O que quer comigo? — insisto.

— O que *você* quer com o Deus dos Ladrões?

Amanheceu sem que eu notasse, já podia ouvir os criados. Escapuli sem ser notado. E sem respostas para aquelas perguntas, minha e dela. Dele.

Voltei outras vezes. Já não podia acreditar que Seraphim e sua vigilância implacável estavam falhando todas as noites. A Raposa estava, de algum modo, protegendo nossos encontros. Nossos ritos.

Ela não pedia nada, apenas perguntava sobre meu dia. Aprazia-se em ouvir minhas histórias, qualquer pequena bobagem a agradava. Sem perceber, logo eu procurava tópicos que mais a interessavam.

E aqui comecei a alimentar a Raposa Dourada.

Gostava de quando eu enganava alguém, por qualquer motivo que fosse, mesmo a pegadinha mais inofensiva. Colar em um teste nas aulas particulares. Mudar coisas de lugar para confundir os criados. Me esconder quando procuravam por mim. Contar alguma mentira. A maior parte dessas histórias eu apenas inventava — tio Ezekias me criou honesto demais para gostar de trapaças, quem dirá praticá-las. Mas a Raposa não parecia notar, ou se importar.

— Muito bem, você me agrada — disse certa vez. — Faça um desejo.

— Fazer um...? Espera, você é algum gênio?

— Não. Gênios são escravos. Eu sou um deus, já disse. Eu recompenso aos que me servem.

— Que tipo de desejo?

— Algo ruim, algo bom, o que quiser. Escolha o que fazer com sua recompensa. Não vou julgar, não vou restringir.

— Algo... bom?

Pensei muito sobre aquilo, sobre o que pediria. A Raposa dizia abertamente ser Deus dos Ladrões, fosse aquilo o que fosse. Não queria cair em alguma armadilha, acabar preso a algum pacto sobrenatural sinistro.

Tinha lido, na biblioteca da mansão, várias histórias de pactos com demônios. Sobre pessoas que venderam a alma em troca de riqueza ou poderes, mas então trapacearam o contrato realizando boas obras, não podendo assim acabar no inferno. Por isso não descartei de imediato a oferta.

Cauteloso, disse que faria meu desejo depois. A Raposa assentiu, sem insistir mais.

Nossos encontros seguiram. Queria vê-la todas as noites — mas, às vezes, apenas não tinha nada interessante a contar. Passava meus dias procurando por histórias de artimanhas e golpes, pensando em pegadinhas. Chegava a colocar algumas em prática, quando tinha certeza de que ninguém seria prejudicado. Esses relatos, eu percebia, eram recebidos com mais entusiasmo.

Estava encantado, mas não era ingênuo. A Raposa *queria* fazer de mim um trapaceiro. Talvez tivesse êxito com outra pessoa. Alguém sem a criação que tive. Sem o tio Ezekias.

Meu tio cada vez mais estranho, afastado e doente.

Sim. De tão envolvido com aquele ser sobrenatural, esqueci do bem-estar de meu tio por completo. Até o evitava, aproveitando suas ausências na sala de chá para estar com a Raposa. Por isso, não percebi como definhou ainda mais rápido naquelas últimas semanas.

Até certa madrugada, quando acordei com o bater de portas e passos pesados no corredor.

— Tirem isso de perto de mim! Tirem essa criatura nefasta daqui!

Mal reconheci a voz de meu tio.

Corri por corredores e escadarias até a sala de chá. Todos os criados estavam ali com roupas de dormir, assustados e sussurrando. Seraphim o segurava e levava para fora.

Ele gritava a plenos pulmões. Parecia louco.

Foi medicado, ficou de cama. Fiquei fazendo companhia a ele pelos dias seguintes, ao lado do leito, sob todo o peso da culpa — por encontrar a Raposa às escondidas, por ignorar seu estado de saúde. Segurava sua mão, contando sobre meus dias — era ele, agora, o ouvinte de minhas estripulias. Meu tio ria fraco, lembrando de suas próprias travessuras quando tinha a minha idade.

Não falei nada sobre a Raposa. Não depois de seus gritos naquela madrugada. Soube que, conforme suas ordens, foi levada embora.

Nunca tive coragem de perguntar se meu tio também a ouvia. Se conhecia seu segredo.

Cortaram seu cabelo, fizeram sua barba, mas ele nunca voltou a ser o mesmo. Estava magro, dormia o tempo todo. Os maiores médicos e curandeiros mágicos do mundo vinham vê-lo, sem encontrar explicação para seu definhamento. Até que, um dia, ele dormiu e não acordou mais.

O quarto virou um hospital, cheio de aparelhos para mantê-lo vivo. Quanto tempo duraria o coma? Ele voltaria? Perguntas recebidas todos os dias, sem nenhuma resposta. Os amigos se afastaram, até temendo alguma maldição. Sobraram poucos, tão devastados quanto eu.

Não havia mais opção. A Raposa causou aquilo, eu tinha certeza. Mas também me ofereceu um desejo.

Talvez fosse o único jeito de salvar meu tio.

Perguntei a Seraphim sobre o paradeiro da estátua. Ele se recusou a responder. E avisou — com veemência — para não voltar a procurá-la.

"Não *voltar* a procurá-la." De algum jeito, acho que Seraphim sabia de tudo. E mesmo ele estava impotente.

Procurei por toda a mansão. Vasculhei o relicário, caixa por caixa; foi o mesmo que procurar um documento em todas as gavetas de um prédio de escritórios. Examinei os registros de meu tio — pois nenhum artefato entrava ou saía sem a documentação exigida. Até tentei algumas magias básicas de vidência, de algum grimório na biblioteca. Mesmo assim, não achei sinais de seu paradeiro.

*Eu que não posso ser visto, rastreado ou capturado. Deus dos Ladrões.*

Naquela noite, chorei até dormir. E em meu sonho, ela voltou.

— O que você quer com o Deus dos Ladrões?

Não era mais uma estátua, mas uma raposa de verdade, vermelha e brilhante. Estava comigo em um campo tomado por névoa e cheiro de alecrim.

— Quero curar meu tio.

— Ezekias Piton adoeceu? Lamentável. Sinto falta de nossas conversas.

— Então também se falavam. O que fez com ele?

— Fiz o que ele desejou. Por me servir.

Caí de joelhos, mas não conseguia chorar no meu sonho. Aquilo era sufocante.

A Raposa riu, agora com vozes reais. Entre elas, reconheci meu tio.

— Quero curar meu tio — repeti. — Quero minha recompensa.

— Então aceita me servir. Ótimo.

— Não, eu disse...

— Sei bem o que disse, Edouard.

Não tinha percebido até aquele instante. Nunca, antes, a Raposa havia me chamado pelo nome.

*Nomes são armadilhas.*

— Ezekias Piton coletou tesouros perigosos, Edouard. Atraiu sobre si maldições distantes, mas poderosas. Maldições oriundas de onde venho.

— Como assim, de onde vem? Aquela estátua não era de além-Convergência. Foi feita neste mundo.

— Não sou uma estátua, Edouard. Sou um deus.

— Certo — ouvi-lo repetir meu nome a cada sentença me perturbava. — Diga, o que preciso fazer?

*"O que preciso roubar para você?"*

Àquela altura, já estava disposto a fazer meu pacto com o demônio. Mas recebi uma resposta bem diferente do que esperava.

— Edouard Piton. Como meu devoto, seu entendimento sobre mim crescerá. Saberá mais sobre minha natureza, sobre os favores que posso oferecer. Por agora saiba apenas que, em troca de realizar minha obra, concedo a você meus milagres. Concedo meios para encontrar o que busca.

— Vai curar meu tio? — eu imploro.

— A maldição de Ezekias Piton veio das Arcas. Ali também é onde encontrará a cura.

— As Arcas...?

O sonho acabou, eu acordei. Agora sabendo o que fazer. O que *podia* fazer.

Ainda na cama, ergui a mão. Meus dedos dançaram gestos, como aqueles no idioma mágico da Raposa. Emanaram uma aura dourada.

Eu sabia o que era.

A primeira coisa que tentei, claro, foi tentar curar meu tio.

Corri até o quarto, executei as conjurações de cura. Luz áurea jorrou de minhas mãos até ele, sua pele ganhou um tom mais saudável. Podia ver, nos monitores médicos, sua condição melhorar.

Mas não despertou do coma. Aquele meu poder de cura não bastava. Ainda não.

Mas bastava para outra coisa.

Procurando online, a resposta já saltou na minha cara como um anúncio abusivo.

*Falta curandeiro em seu grupo Arcanauta? Contrate nossos profissionais com condições especiais!*

Diferente de quase todos os outros adolescentes, eu não pensava em ser Arcanauta. Gostava dos filmes, séries e docs como todo mundo — além das histórias das expedições que traziam as relíquias de meu tio. Ele até me levou ao Safári de Vallindra uma vez. Se pensei em virar aventureiro algum dia, foi porque queria buscar mais tesouros para ele. Quando soube, pareceu muito triste, zangado e preocupado. Me pediu muito para tirar aquela ideia da cabeça. Acabei concordando.

Hoje, fico imaginando o motivo. Será que meus pais...?

Enfim, virar Arcanauta virou assunto proibido e eu me conformei. Desencanei de ver menestreamers e realities, virei fã do Torneio da Ilha do Martelo e outros esportes.

Agora, lá estava eu navegando no portal da BUSCA, pesquisando sobre o credenciamento.

A cura do tio só poderia estar nas Arcas.

Passei a estudar e treinar com afinco para o teste de admissão. Fazia exercícios, treinava luta, ensaiava curas básicas. Lia sobre estratégias, geografia das Arcas, fazia cálculos de progressão mágica. Antes de dormir, conjurava melhoras para meu tio, enquanto contava sobre meu dia. Mas nada dizia a ele sobre o treino Arcanauta.

Eu o enganava.

Já entendia como minha mágica funcionava. Conhecia o preço da dádiva da Raposa.

Sempre que fazia uma trapaça, tinha direito a magia divina. Era minha obrigação como seu servo. Devoto do Deus dos Ladrões.

Tudo bem. Se precisava mentir, trapacear e roubar para ter direito aos poderes, ótimo. Mas seria do meu jeito.

Só usaria esses poderes para o bem. Sem envergonhar tio Ezekias. Sem prejudicar ninguém. Sem deixar de ajudar.

Sorte minha, o tio adquiriu alguns itens mágicos de cura em sua coleção. Encontrei uma varinha druídica. Graças a ela, o teste da BUSCA acabou sendo bem fácil. As primeiras expedições, também.

Conseguia integrar grupos e curar meus companheiros. Mas a carga da varinha ela limitada, seus usos logo acabariam.

Então alternava com as curas da Raposa. E para isso, tinha que aplicar golpes. Enganar meus colegas. Roubar suas coisas. Fazer sabotagens. Para mais tarde compensar curando-os, salvando suas vidas. Quanto maior o golpe, mais poderoso o milagre.

Peguei o velho costume do tio, colocava apelidos em todos. Pode ter sido pelo que a Raposa disse sobre nomes. Não queria que, de algum jeito, ela tivesse poder sobre eles também.

Claro que a Raposa sabia disso tudo. Mesmo assim, nunca me rejeitou. Não estava, de certa forma, sendo esperto e enganando-a? Não estava fazendo o que ela queria?

Não fui bem-sucedido todas as vezes. Fui pego mentindo, roubando, trapaceando. Não pude curar quando precisei. Por tudo isso, acabei com má reputação. Mesmo com a grande procura por curandeiros mágicos, encontrar grupos foi ficando mais difícil.

Então conheci Vallos.

Missão simples, patrocinada por algum magnata anônimo. Pegar algum tesouro em uma Arca recente, pouco explorada. Não entendi porque alguém como o Touro acabou envolvido; soube depois que seu curandeiro anterior foi pisado por um gigante. Pois é.

Enfim, lá estava eu cortando a correia da aljava do arqueiro, quando fui apanhado no flagra. Os outros me cercaram, armas em punho. Sabiam ser perigoso percorrer uma Arca sem curandeiro, mas as cabeças-quentes evaporavam todo o bom senso. Minha lábia de pouco adiantava.

Até que Vallos entrou no caminho. Prometeu *********** e ******* o primeiro que tocasse em mim.

Ele era o tanque. Tanques estão ali para sofrer dano pelos outros. Por isso, detestam ficar sem curandeiro.

Ou, vai ver, ele tinha algum outro motivo. Vai ver o curandeiro anterior morreu por sua culpa. Nunca tive coragem de perguntar.

Enfim, ele xingou a mãe de todo mundo (até a minha), todos seguimos para a saída da Arca e tudo acabou bem. Voltamos a formar dupla em outras expedições.

*Se achar justo, pague. Mas nunca, nunca, trapaceie ninguém.*

Uma trapaça em troca de um milagre mágico salvador. É, acho bem justo.

— Claro que aceito estar na próxima expedição, Valoroso!

— Vá para a ************ **** da ********** ************* que o **********!!

O início de uma bela amizade.

Da varanda no sexto andar, a vista não tinha mais graça. Os jardins murchos pareciam sentir falta dos elogios do meu tio, os carros não eram mais lavados e o mar estava escuro. Nada mais era como antes.

Voltando para dentro, apenas o *bip-bip* eterno dos aparelhos médicos.

— Tio, hoje vi um orc chorar de medo quando um hynne levou um golpe de maça, sem nem sair do lugar. Tá, na verdade era um humano grande e careca, enganei você. Mas parecia muito um orc. E a parte do hynne é verdade. O apelidei de Valoroso, ele me defendeu. Foi a primeira vez que alguém fez isso sem querer nada em troca.

Seraphim dizia ser hora do "monólogo do Ed". Jeito estranho de me fazer sorrir, antes de entrar no quarto-enfermaria e contar como foi meu dia. Como de praxe, eu perguntava sobre alguma melhora.

— Patrão Ezekias sempre parece melhor após suas conversas, patrão Edouard. Continue com o bom trabalho.

Nunca tive certeza sobre quanto Seraphim sabia. Talvez tudo.

Depois de papear com ele e conjurar sua melhora, voltava para a cama e esperava o sono, cada vez mais difícil. Falar com a Raposa apenas em sonhos me deixava ansioso, então não dormia, e não poder dormir me deixava mais ansioso... Entendeu, né?

Mas assim que fechava os olhos e era puxado para o sonho enevoado, outra emoção me preenchia. Era medo. Sabia ter feito um pacto com um ser que não compreendia. Estava preso à Raposa, mas por minha vontade.

— Suas oferendas me agradam, jovem Edouard — a voz-silêncio sabia ser manhosa. — Mas tem sido pouco audacioso. Estou mentindo?

— Não — minha resposta de cabeça baixa.

— Você é medroso, Edouard.

— Sou.

Ela riu.

— Medo é saudável, Edouard, mas cobra um alto preço. Covardes não costumam me seguir, embora acreditem que sim. Embora sejam chamados assim.

— Não posso salvar meu tio contrariando o que ele me ensinou.

— Verdade, Edouard. Um dia, precisará escolher uma coisa, ou outra. Ser leal, ou salvá-lo.

— Ou trapacear para conseguir ambos.

Desta vez a gargalhada da raposa foi tudo, menos sutil. Como o riso de mil vozes sussurradas.

— Sua esperteza é deliciosa! Mas cuidado, Edouard. Minha dádiva é para os astutos. Descuide-se, e eu o abandonarei.

— Um dia, vou enganar você de um jeito tão épico, que nunca mais vai poder me negar seus milagres.

— Aguardarei ansioso por esse dia. Edouard.

Foram semanas ao lado de Vallos em expedições Arcanautas, semanas me sujeitando a fazer o que a Raposa queria, mas sem esquecer o que meu tio ensinara. Quando cruzava a linha entre brincadeira e crueldade, imaginava sua decepção. Todas as vezes que enganava alguém, lembrava: *Imagine-se em seu lugar. Como gostaria de ser tratado?*

Então fazia meu melhor, dava tudo de mim, para compensar aqueles que eu trapaceava.

Aprendi uma técnica secreta de antigos ladrões Viajantes para arremessar adagas guiadas por magia, sem ser percebido. Assim podia abater inimigos e ajudar nos combates às escondidas — meus colegas acabavam sem saber como esses alvos tinham caído. Eu os enganava e ajudava ao mesmo tempo. Acho que a Raposa curtiu.

Mas, conforme entrava em expedições mais perigosas, precisava conjurar mais cura. E minha varinha estava quase esgotada.

Até que a Arca de Vallindra foi proibida. Por motivos que ninguém explicou direito, nenhum grupo Arcanauta podia entrar sem um menestreamer — e mais tarde, apenas com autorização especial. Quem entrava, não voltava mais. Rá!

Logo pensei, trapacear essa restrição deixaria a Raposa bem satisfeita, certo?

Procurei Vallos. Roubei sua credencial — como oferenda para a Raposa, para ter certeza de poder curá-lo depois. Não serviria naquela hora, afinal. Enquanto fingia ajudar a procurar, pensava em um jeito de colocar nós dois para dentro.

Até que a Gata apareceu.

Novata de tudo. Não me conhecia, nem sabia da minha má fama. A androide com ela atestou minha certificação oficial, mas pelo jeito não vasculhou atrás de avaliações e comentários a meu respeito. Ou não se importou, porque precisavam muito de tanque e suporte.

Era metida a menestreamer. E tinha uma autorização especial de acesso.

Juro que, por um instante, pensei ser algum milagre da Raposa.

Não gostava de andar com menes, porque mostravam tudo para seus seguidores. Quanto mais gente olhando, maior a chance de ser apanhado com a boca na botija. Por outro lado, quanto mais gente olhando, *mais gente enganada*. Apesar do risco, consegui uns milagres bem fortes assim.

Passar por todos aqueles bloqueios podia ser minha chance de impressionar a Raposa como nunca. Curar tio Ezekias de vez.

Apesar da gata arisca, era um grupo proveitoso e tranquilo. Vallos confiava em mim (ou não se importava com meus truques, eu nunca soube). Hit tinha muitas habilidades, mas não olhos atrás da cabeça — eu conseguia enganá-la também. Todos bons de briga, quase nunca precisavam de cura. Melhor pra mim. Eu corria para pegar as pilhagens, tentando fingir ganância (e recuperar minhas adagas antes que fossem achadas).

Não queria me sentir tão bem com eles. Gostar tanto deles.

Até posei na selfie da gatinha vaidosa, quando ela enfim desencanou de me estranhar.

Saber sobre o tal Censor me assustou, claro. Tinha certeza de não estar pronto para brigar com um sujeito desses. Ainda assim, imaginava esquemas, fazia planos. Trapacear o Censor? Quem sabe?

Tudo seguia bem demais, até deixar de ser. Ágata acabou golpeada pelo tentáculo de Primevore, um ataque certeiro e brutal. Quebrou cada osso do corpo. Morreria em instantes sem uma cura poderosa.

Pior hora possível para descobrir que a carga da varinha esgotou.

Tinha que salvar a guria. Precisava da Raposa, precisava de seu milagre mais poderoso. Mas pra isso, a oferenda tinha que ser equivalente. Não bastavam os truquezinhos até ali.

Então peguei na pochete dela o item mais importante que pude pensar. O item que todo mundo ali queria. A maior trapaça possível.

Peguei o escaravelho.

Então veio o milagre. A luz dourada da Raposa me inundou, me fortificou como nunca antes. Meu corpo mudou para uma forma celestial poderosa; naquele instante, acho que eu poderia até reverter a morte.

A Gata ficou novinha em folha. Obrigado, Deus dos Ladrões!

Mais tarde, fui eu quem invocou a magia de blecaute — é uma das favoritas da Raposa, claro. Para fazê-la pensar que o outro grupo foi responsável. Pela escuridão e pelo roubo.

Estava feliz por salvá-la, mas vê-la devastada com a perda da joia me atingiu. Fiquei pedindo desculpas. Ela entendeu tudo errado, não percebeu meu crime real, ainda bem. Mesmo assim, quebrou meu nariz. Me odiou.

O resto, você sabe.

*Desculpem. Desculpem. Desculpem.*

Desculpem, Valoroso, Hit, Gata. Não pude cumprir a promessa de acompanhá-los. Sinto muito, mas vocês têm mais chances de sair dessa do que eu. Não consigo mais enganar vocês para proteger vocês. Vou falhar.

Então, fiz o que Hermax pretendia. Roubar o escaravelho para proteger vocês. Para que não consigam me seguir. Eu mesmo vou atrás dos menes.

Além disso, tenho um objetivo maior.

Quando o céu escurece e ninguém está atento, sei que o momento chegou. Não posso deixar o Censor me pegar também — minha força está em agir nas sombras, enganar, atacar furtivo.

Se forem capturados, eu ainda estarei livre para salvá-los. Se não forem, agora incapazes de prosseguir, estarão livres para voltar.

Claro que me sinto covarde e traidor. Mas agora vocês têm a elfa Syndra, ela é uma curandeira muito melhor que eu. Consegui prendê-la com um milagre de paralisação antes de escapulir.

Cada passo para longe da Floresta de Ossos, cada pequeno esqueleto esmagado sob meus pés, cada tropeço nas ossadas gigantescas, me faz sentir algo bombar fora do coração acelerado. É borbulhante, quente, quase dilacerador, querendo romper as minhas veias e correr por todo o corpo, pelo sangue. Cada passo para longe dos meus amigos, com o escaravelho nas mãos, é um surto maior daquilo que me contamina.

É poder.

Enganar e trair meus companheiros agrada à Raposa como nunca antes. Mais ainda que o roubo do escaravelho.

Tenho que segurar meu lábio trêmulo entre os dentes e esfregar os olhos cheios de lágrimas. Meus passos ficam mais rápidos, meu corpo mais forte, minha cabeça mais limpa. Não estou mais ofegante, não temo pelo que possa encontrar no caminho. Sinto que posso combater tudo. Até a morte.

A luz no dorso do escaravelho brilha mais forte. Aponta à frente.

Você deve me achar um lixo, eu sei. Também estou achando.

Não importa. Eu faria tudo de novo. Para proteger meu tio, meus amigos, todo mundo.

*"Como saber se algo é valioso, Edouard? Basta saber o tamanho de seu sofrimento se perder. O maior vendedor é aquele que revela ao comprador o valor da mercadoria, transforma aquilo em tesouro. Oferece o que ele precisa. Resolve seus problemas. Isso não é enganar, não é trapacear. Isso é ajudar."*

— Fiz o que ele desejou. Por me servir — a Raposa disse.

O escaravelho esquenta em minha mão. Paro de correr quando alcanço a orla da Floresta de Ossos. Um pântano azulado e malcheiroso se estende a perder de vista. Centenas de pequenas antenas emergem. Voltam-se em minha direção.

Conjuro uma magia de respirar sob a água. Mergulho onde sei estar um portal.

Desculpe por enganar você até aqui.

# 6

A superfície do pântano é uma gosma espessa e fétida, cheia de pequenos esqueletos e insetos asquerosos que morreram grudados. Contudo, diferente do que pensei ao mergulhar, apenas a parte mais superficial tem aquele aspecto. Submerso, a visão é outra.

Enquanto acima não havia nada além de galhos e árvores secas retorcidas, abaixo a água (vou chamar de água, mas não pretendo provar para tirar a dúvida) é cristalina.

O mundo muda por completo. Plantas subaquáticas serpenteiam com flores gigantes nas extremidades. Todas são furta-cor, destacando um tom colorido ou outro, dependendo de como a luz as alcança. Falando nisso, aqui é bem iluminado, mas sem nenhuma fonte de luz própria para justificar.

Algum tipo de coral preenche boa parte do fundo, pequenas criaturas saem dos esconderijos para espiar o estranho visitante. Mais à frente, na imensidão verde-oceânica, cardumes passam rápidos quando percebem minha movimentação estranha. Movem-se como peixes, mas não consigo ver o que são. Melhor manter distância, procurar logo a passagem para o próximo mapa.

Não tenho certeza ser efeito da magia de respiração ou alguma propriedade estranha desta água, mas estou conseguindo nadar bem rápido. Quase me sinto voando.

Tiro outra vez o escaravelho e vejo a direção. Ele quase queima na palma da minha mão e uma luz vibrante aponta para o leste — não que existam mesmo pontos cardeais nas Arcas, mas sempre usamos o ponto de entrada no mapa como "sul" para efeito de cartografia.

Vejo ao longe uma imensa formação de coral cilíndrica, com uma abertura no topo. Parece um vulcão. Ou a toca de monstro. Ou a *boca* de um monstro!

Queria muito, muito *mesmo*, um portal de pedra entalhada como os anteriores. É pedir demais?

Estou tentando ser discreto, mas é impossível com tantos bichos em volta. Mesmo assim, até agora nada tentou me atacar. É como mergulhar nos recifes de Okinawa, onde o tio me levou uma vez. Será um daqueles mapas inofensivos? Posso passar de boa? *Estraaaanho.*

Sem tempo para ficar refletindo, inclino o corpo na direção do não--vulcão (espero) e bato os pés. Sigo atento ao redor, esperando que algo pule dos corais para tentar me abocanhar.

Em vez de fogo, uma luz fraca e dourada emana da abertura naquele monte. Talvez seja mesmo uma passagem.

Visto de longe, não parece amplo. Imagino se mesmo Vallos passaria. Minha imaginação falha em evitar a cena, a bundinha entalada e as perninhas chutando.

(Melhor não rir. Ele pode escutar onde estiver e me alcançar aqui.)

O pensamento engraçado é logo substituído por outro. Será que vou encontrar o Valoroso e as meninas na prisão dos menestreamers? É, meu instante de diversão durou pouco.

Próximo ao monte, sinto a água mais quente. A luz dourada na abertura começa a ficar mais forte.

Sinal de esperança, ou que algo muito ruim vai acontecer? Sempre vou apostar na última opção.

A água fica agitada, vegetação se solta. Flores (ou anêmonas) do tamanho da Gata entram na minha frente, e ainda bem que isso aconteceu.

O brilho fica mais forte, o calor também aumenta, e eu emaranhado nas plantas ou bichos aquáticos vejo algo explodir do cume em erupção.

Grito um palavrão, acabo engolindo um pouco de água, então descubro que não é. Tem gosto amargo e ácido, queima por dentro. Cubro a boca. Ainda bem que, por algum motivo, não afeta meus olhos.

A luz dourada apaga.

Agora o monstro vem, certeza!

Ainda sinto o poder da Raposa correndo em meu corpo, me sinto confiante. Guardo a joia, empunho um par de adagas. Espero que o primeiro ataque venha.

E ele vem. Mas não vejo de quem, nem de onde.

Algo me acerta na barriga. Sou jogado longe (e precisa bater *muito* forte para jogar alguém longe embaixo d'água). Engulo mais daquela coisa, meu estômago retorce.

Procuro ao redor pelo que me atacou, não vejo nada além de bichos--peixinhos em fuga. *Droga!*

E agora meus pulmões parecem se lembrar que precisam de ar. O efeito da magia está acabando? Legal, legal!

Ficar parado não vai me ajudar aqui. Sigo nadando de volta ao cume. Chegando mais perto, vejo um símbolo entalhado perto da borda. Uma coroa?

E agora sou acertado pelas costas. Outro golpe forte — suspeito que o poder da Raposa está me protegendo do pior. Mesmo assim engulo ainda mais líquido amargo, fico com ânsias.

— Gostoso...

Oi? Quem falou isso?

Vou girando devagar. Sinto que meu corpo pede ar; consigo chegar à superfície? A resposta parece ser *não*.

Não sou tanque, não vou resistir a outros golpes. Preciso descobrir quem ou o que está me atacando!

Faço uma prece ligeira à Raposa, executo uma conjuração para detectar inimigos. Meus sentidos se ampliam, abarcam os arredores. Vejo sem olhar, sinto sem tocar. Usei essa mesma magia para me orientar dentro do blecaute, lá atrás. Magia de ladrões.

Serve para ver no escuro. Também serve para ver coisas invisíveis.

Seguro a adaga com força e me volto para uma sombra grande, que não estava ali antes. Sinto uma vibração e o som baixo de um riso infantil. Agora percebendo sua chegada, as mãos com garras que vinham me golpear outra vez.

— Delícia...

Entendendo ser inútil, ela abandona a camuflagem e se revela.

É uma sereia. Colorida, com barbatanas brilhantes e enormes, feito peixe tropical. Linda demais.

Então percebo, não é uma sereia como aquelas no Parque Aquático Benth'ar (é, meu tio me levava a muitos passeios). O cabelo, que pensei ser ruivo, é feito de fogo. A parte peixe não tem escamas, mas crosta rochosa, com rachaduras que deixam entrever lava brilhante. A mesma crosta forma placas de armadura no torso.

A água perto dela borbulha e ferve. Não parecia tão quente quando me atingiu antes. Talvez por estar invisível.

Ela balança a cauda sem tirar os olhos de mim, insinuante. Apesar de tudo, a danada é bem bonita! Em outra situação, já estaria pegando os contatos.

Mas os dentes afiados sugerem que "gostoso" e "delícia" não foram esse tipo de elogio.

Não tem jeito, preciso lutar. Adagas surgem em minhas mãos, eu arremesso. Descubro frustrado que, mesmo mágicas, não alcançam muito longe embaixo d'água.

Ela arreganha dentes ainda maiores do que pareciam e vem pra cima. Do jeito que vai, vou acabar como janta de mulher bonita.

Não posso deixá-la chegar perto, parece muito quente (não no sentido bom). Vai me assar ao ponto antes de me morder.

*Pensa, pensa, pensa. Como me livrar de uma sereia querendo meu corpo para fins dolorosos?*

Ok, não sei se vai dar certo.

*Enganar. Enganar. Enganar.*

Complicado dizer que tenho que confiar na Raposa, logo ela, mas é o que tem pra hoje.

Fechar os olhos é arriscado, eu sei, mas é o que minha intuição diante daquele novo poder. O escuro se transforma em cinza, em linhas finas ondulantes como água. Logo um esboço de mim aparece, e outro. Desenhos lineares de forma e feições iguais a mim, mas com um detalhe diferente: usam lenços cobrindo a metade inferior do rosto.

Seria uma piada da Raposa? Meu subconsciente me mandando algum recado?

Sei lá. Tá acabando o ar, não dá pra ficar refletindo e enlouquecendo sobre isso.

Abro os olhos e lá estão eles. Ajeitados, boa-pinta e com o cabeleireiro em dia. Dois clones ninjas, loucos para mandar a real sobre a exuberante beleza de seu criador e inspiração.

Certo, chega de autobajulação. Hora de enganar a sereia literal devoradora de homens.

Vai dar certo? Não sei. Tenho outra opção? Posso ter, mas difícil pensar sob a pressão de morrer devorado ou afogado.

Antes, um disclaimer anticancelamento: não é como se eu fosse perito em iludir mulheres e dar o famoso *ghost*. Entenda, é caso de vida ou morte aqui, ok? Não precisa confirmar nada com minhas ex.

Faço uma gesticulação dramática, fingindo conjurar alguma magia das boas. Meus clones ninjas me imitam.

Bizarramente linda, a sereia aperta os olhos grandes. Pode ser cautela por estar subitamente em menor número, ou dúvida sobre quem ali é mais saboroso. Consegui detê-la por enquanto, mas não é como se tivesse tempo (ou ar) sobrando.

Preciso passar por ela e chegar à passagem. Mas sinto que, se abandonar esta posição, o disfarce acaba.

*Pensa. Pensa. Pensa.*

De repente, aplico um tapa na própria testa. Meus clones me imitam. A sereia pisca, confusa.

Caramba, Edouard, mas como você é *burro!* Não acabou de passar por situação parecida ainda há pouco? Não lembra mais como resolveu?

Executo os gestos de conjuração da magia de blecaute.

Tudo vira breu. É como se uma lula tivesse jorrado sua tinta.

A sereia de lava deve estar gritando — não tenho como saber, a magia também cancela sons e outros sentidos. Minha própria magia de percepção no escuro ainda está ativa, consigo atravessar a treva sem problema.

Alcanço a abertura. Mergulho lá dentro.

A passagem é mais turbulenta que outros portais. Por um tempo, me sinto dentro de uma lavadora de roupa, chacoalhado em um turbilhão quente. A magia de respiração já acabou, agora é prender o fôlego mesmo.

Então sou ~~cuspido~~ expelido.

Sem nem saber de onde vim, caio de bunda e escorrego ladeira abaixo. Acabo atolado em lama morna. Desesperado, limpo o nariz e boca para poder respirar. Nunca antes o ar pareceu tão saboroso.

Fico ali sentado no barro, recuperando o fôlego. Tonto, cansado. Tudo em mim que não está molhado, está enlameado.

O vigor mágico emprestado da Raposa parece que acabou. Acho sacanagem. Depois de enganar meus amigos daquele jeito, tinha mais é que durar pra sempre! Hunf!

Um som alto e molhado chama minha atenção, eu examino em volta. Parece um pequeno vale alagado, penhascos em volta, sob um céu azul. Vejo vários gêiseres, cada qual como um pequeno vulcão, expelindo jorros coloridos. Acho que fui expelido por algum deles. Serão também passagens para outros mapas? Se sim, devem ser portais de sentido único — duvido conseguir entrar em qualquer deles, com esses jatos súbitos.

Fosse no nosso mundo, tudo aqui estaria fervendo e eu seria escaldado, mas a temperatura é normal. Canja de Edouard está fora do cardápio, mals.

Ok, chega. Meu tempo é caro, não quero pagar e ficar no prejuízo.

Busco o escaravelho, aliviado por ainda estar comigo (claro que está, o ladrão aqui sou eu, haha...). Claro que também está cheio de lama. Limpo um pouco.

A luz que aponta a direção das assinaturas bio-existenciais brilha imóvel, solene, no centro.

Tá, mas não tem ninguém aqui. O que isso quer dizer?

Sem alternativa, procuro uma saída do vale. Sigo um riacho que passa pelo fundo de uma ravina estreita, os paredões altos mal deixando ver o céu. No caminho, faço uma mágica simples para me secar e limpar — que foi, acha que magia não é para resolver esse tipo de coisa?

Chegando ao fim da passagem entendo, embasbacado, que o vale dos gêiseres era apenas um trecho deste mapa. Um trecho bem pequeno.

Um mundo inteiro se apresenta diante de mim.

Uma planície irregular, rochosa, entrecortada por córregos calmos, refletindo o azul do céu. Grandes trechos cobertos de grama muito verde. Aqui é terreno elevado, algum tipo de planalto. Ouço os riachos caindo em cachoeiras ao longe. Mais além, florestas diante de montes coloridos sob nuvens brancas, com tons púrpuras.

Se ainda estamos na Arca de Vallindra, se isto ainda é um de seus mapas, deve ser o maior que existe!

E mesmo tão deslumbrante, eu só notaria essa paisagem mais tarde. Porque logo adiante, algo ainda mais épico aprisionava todo o meu interesse. Algo que quase me derruba.

A estátua imensa de uma mulher.

Não, não apenas uma estátua. Ela atrai minha atenção primeiro, mas não é tudo. A escultura apenas encima uma cidadela descomunal, um tipo de castelo ou fortaleza encravada nas montanhas. Tem muralhas, torres e cúpulas. Ornada com gemas e cristais flamejantes.

A estátua tem um olhar agressivo. Está ereta e orgulhosa, uma mão erguida em garra para o céu, um cristal em chamas pairando acima da mão. Não parece vestir nada, exceto labaredas que escondem a nudez.

É descrita como "tão grande que gigantes a frequentavam". Eu sei, porque *conheço*. Conheço bem demais.

A Catedral do Exílio Esquecido.

Tio Ezekias tem uma pintura desse lugar, na sala de música da mansão. Já parecia incrível em óleo sobre tela, executada por algum pintor élfico que não lembro o nome. Achava que o artista tomou liberdades, exagerou coisas, deixou mais fantástica. Não acho mais.

Não reconheci antes porque, na pintura, não tinha essa mulher. Será o lugar certo, ou outro parecido? Talvez a estátua seja recente? Ou o pintor excluiu por algum motivo? Será maldita?!! Glup!

— Parece que já fez seu trabalho, carinha — eu digo em pensamento, guardando o escaravelho. Aqui é o ponto final. Os menes estão em algum lugar nessa construção. Talvez a Gata e os outros também estejam.

Entrar na maciota, liberar a galera, escapar do vilão. Esse é o plano.

Agora é contigo, Edouard. Raposa, vê se não pisa na bola.

Sigo saltando sobre rochas e cruzando regatos. No planalto, percebo planícies desérticas distantes. A região em volta da Catedral é imensa. Consigo ver animais em manadas e também alguns bichos solitários que, de perto, devem ser colossais. Chegar aqui por outros caminhos deve ser dureza. Tive sorte de adentrar o mapa em um ponto bem próximo.

Ou nem tão próximo, apenas parecia assim por ser tão gigantesca. Quanto mais me aproximo, maior a estátua se ergue, mais o cristal flamejante em sua mão parece tocar o céu. Percebo agora que esse cristal é o que ilumina todo o mapa, como um farol descomunal. Ou melhor, como um sol.

Acho que andei quase uma hora antes de chegar, de fato, aos portões da cidade. Duas torres flanqueiam a entrada principal — tão grande que as afirmações do tio sobre gigantes não parecem mais exagero. O portão é entalhado com vários símbolos nunca decifrados: sóis retorcidos; algo parecido com a cabeça de um dragão, mas sem a parte superior; a metade de uma árvore. O que será?

Circundando o portão, flores de lótus delimitam o arco ogival. Mais acima, uma imensa rosácea representando uma grande flor de lótus.

Agora consigo ver detalhes que não estavam no quadro da mansão. A cúpula principal e as torres maiores têm topos cruzados por arcos dourados. Mais acima pairam cristais luminosos, levitando, sem nenhum tipo de suporte. Brilham cores que a pintura não conseguiu reproduzir.

*Imagina a cara do povo quando a coisa inteira sumiu?* — o tio exclamava em tom de assombro. Tudo que existe nas Arcas, ele sempre dizia, veio de outro mundo. Depois de algum tempo explorando, eu penso diferente. Acho que as próprias Arcas *são* esse mundo.

Fico pensando na cara do tio quando acordar e eu contar que estive aqui. Acho que estou sorrindo pela primeira vez nas últimas horas.

Se estivesse aqui também, a Gata já estaria tirando mil selfies.

Putz, por que fui lembrar dela agora? Tomara que esteja legal. Pronto, voltou a bad.

Percorro ruas pavimentadas e vazias entre os prédios. As construções parecem antigas, com rachaduras, mas não vejo desabamentos ou ruínas. Gramados e jardins sem cuidadores tentam retomar a cidade, cogumelos crescem como árvores formando pequenos bosques. Aqui e ali, estátuas demoníacas bizarras, de guerreiros com cabeças de gárgulas empunhando lanças; sou lembrado que é melhor ter cuidado.

Duas vezes mais silencioso, sigo através das torres rumo à cúpula central. Percebo agora que deve ter o tamanho de um estádio de futebol.

Este é um dos mapas mais obscuros e inacessíveis de Vallindra. Foi explorado raríssimas vezes, e nenhum grupo Arcanauta alcançou suas câmaras mais profundas — tanto que aquele pintor élfico apenas retratou sua face exterior. Tio Ezekias suspeitava que ele não esteve realmente aqui, apenas viu a paisagem por vidência. Isso explicaria a ausência da estátua, acho. (Ou, vai ver, o tio alegou aquilo para barganhar um preço melhor.)

Por isso, não sei quase nada sobre o lugar. Não foi cartografado. Lembro de ouvir sobre espíritos guardiões que rondam aqui, acho que são chamados *kalhynds*. Também sei que existem corredores e câmaras, como qualquer masmorra de respeito — mas não recordo de calabouços, onde os menes poderiam estar presos. Devia ter prestado mais atenção naquela palestra do historiador Arcanauta.

Nem preciso andar muito para entender que será impossível procurar a pé. Tudo é gigantesco. Nem um pouco parecido com os túneis onde achamos Primevore — mesmo os corredores são imensos, uma airship podia passar por eles com folga.

Examino o escaravelho outra vez, mas não adianta. Continua marcando o centro da gema. Parece que foi feito apenas para trazer ao mapa certo, não tem precisão suficiente para apontar mais que isso.

Onde eles estão? Não quero sair gritando e chamando, só vou conseguir atrair os kalhynds e outros monstros.

Parece que vou precisar do Deus dos Ladrões outra vez. Agora sem ninguém comigo para enganar, espero ainda ter "crédito de trapaças" para mais um milagre ou dois.

Procuro um lugar escondido onde possa meditar. Atrás de uma coluna, sento de pernas cruzadas. Sem pensar muito mais, fecho os olhos e me concentro. No que devo pensar? Penso na Raposa, ela me observa por trás da névoa e ri. Não sei se é um riso bom.

Aos poucos a vidência se revela. Vejo linhas traçando o mapa da Catedral naquele mundo meu e da Raposa. Sinto seus caminhos, pavimentos e profundezas. Tudo é ainda maior e mais complexo do que eu imaginava, caberia a população de uma cidade aqui! Minha memória mundana não conseguiria guardar tudo, mas a astúcia emprestada da Raposa, sim.

Sinto presenças, vultos perambulando longe. Estão livres, não podem ser os prisioneiros. São muitos, em todos os lugares. Usam capas.

São os kalhynds.

Não ouso sondar mais. Acho que podem perceber.

Então a Raposa ressurge, se estica, como linhas de rascunho rabiscadas em papel branco. Ela ri, se tornando parte daquele ambiente. Sua estranha risada sem som, gesticulada sem mãos.

— O que faz aqui? Você tenta me enganar, Edouard Piton. *HIHIHIHIHI!* Enganar a mim, e aqueles que lhe apontaram o dedo. O que é seu está guardado.

— O que isso quer dizer?? — Percebo minha voz diferente, rachada. Também me sinto assim por dentro. — Raposa?! Responda, por favor!

Abro os olhos, saio do transe, ou não. Tudo agora é diferente. Aquele poder impetuoso voltou, sinto na pele, sinto até na roupa. Vejo tudo em volta sem enxergar, ouço atrás da coluna onde estou sentado, ouço além das paredes. A Gata se queixava de meus sentidos humanos limitados. Será *assim* que ela percebe o mundo? É irado!

Fico pensando nas palavras da Raposa. Não entendo o que significam, isso se trazem mesmo qualquer significado. Ela curte me confundir, acho.

Disse uma vez que meu entendimento sobre ela aumentaria. Não acho que será hoje. Mas um dia...

— Vou derrotar a Raposa e salvar você, tio. Confia.

Certo, voltando ao plano.

Estou seguindo um corredor para onde sinto ser o caminho até o calabouço. Meus movimentos são ágeis e quietos, felinos (desculpa, Gata).

Passo perto de uma das gárgulas. Percebo quando move a cabeça, tão levemente que ninguém mais notaria. A estátua demoníaca, no entanto, não me percebe; já estou longe.

Sigo deslizando feito uma sombra, tão silencioso quanto. Atravesso jardins de lírios-do-dragão sem tocá-los, sem o mínimo balançar de uma pétala. Insetos do tamanho de meu braço, à espera de alguma presa, não sentem nem meu cheiro.

Queria ver a Gata me zoar agora.

Alcanço uma passagem suspeita. Duas aranhas, de corpos grandes como minha cabeça, espreitam de tocaia. Suas teias atravessam a abertura; não vou conseguir passar sem tocá-las. Adagas em mãos, cortes ligeiros fazem uma abertura. Os bichos saltam dos esconderijos, tentam me pegar — aproveito para atacar quando o fazem. Arremesso as lâminas como bumerangues. Ambas as aranhas caem fulminadas.

A luta não produziu mais ruído que uma folha caindo.

Sigo em frente, começando a acreditar que meu plano pode *mesmo* ser bom. Entrar ninjamente sem ser notado, livrar a rapeize, vazar. Pode dar certo!

Não. Falei cedo demais.

Alguém atrás de mim. Sentado no alto de um cogumelo-árvore, a capa escura escorrendo atrás. Galhadas aflorando do capuz. Rosto branco, reptiliano, sem expressão. Cajado de conjurador.

Espírito guardião. Kalhynd.

Ele só observa — diferente das outras criaturas, *sei* que ele me percebe. Se metade das histórias for verdade, poderia me deter aqui e agora, com um movimento curto do cajado. Paralisar e devorar, matar e devorar, transformar em rato e devorar.

O medo me mantém preso ao chão. Fico esperando para tentar reagir — "tentar" sendo a palavra-chave.

Os segundos passam. O kalhynd segue de olhar fixo, sem menção de fazer coisa alguma. Por quê?

Sem resposta, sem tirar os olhos dele, eu ensaio um passo para recuar. Outro. E outro. Ele ainda não reage.

Quando parece distante o suficiente, retomo meu caminho.

Enquanto sigo, minha cabeça luta com o mistério. Um "espírito guardião" não devia, supostamente, *guardar* o lugar contra invasores? Criaturas como essa deram bastante trabalho aos poucos Arcanautas que chegaram aqui. Por que ele me deixou ir, sem mais nem menos? Não acho ter sido alguma bênção da Raposa.

De repente, eles gostam do Censor menos ainda que eu.

Será isso mesmo? O cara invadiu a Arca, tomou o controle, pegou a Catedral como seu cafofo. Se eu fosse um espírito guardião do lugar, não estaria feliz. Nem tentaria atrapalhar os inimigos do maluco. Até que faz sentido.

Ou é algum lance tão misterioso que ninguém nunca vai descobrir. As Arcas são assim mesmo. Perguntas sem respostas, mistérios sem explicação, lógica zero.

Alcanço uma parede com escrituras, tão leves e discretas que passam despercebidas por sentidos normais. Não consigo ler, mesmo com vidência; pode ser algum idioma de além-Convergência (mais um ponto para o tio). Mesmo assim, meu toque encontra uma saliência suspeita. Pressiono, uma porta secreta se revela. Sei que é um atalho. Mergulho dentro.

Saindo no outro lado, vasculho ao redor rapidamente. Estou em algum salão com vitrais coloridos e um altar, como em qualquer catedral, mas as semelhanças terminam aí. Não há bancos para sentar, nem imagens ou esculturas sacras. O piso é revestido de ladrilhos em padrão de verde e azul. As figuras nos vitrais mostram o florescer de um lótus, do botão até a flor completamente aberta.

As paredes são de um dourado mais escuro, quase âmbar, com castiçais sem velas ou gemas. As colunas apoiam abóbadas de aduela azul brilhante. São decoradas com gravuras que se assemelham a galhos, ou raízes, difícil saber.

Muita poeira. Esbranquiçada, como farinha. Parece que ninguém vem aqui há muito tempo.

Não faz sentido. O calabouço deveria ser por estes lados. A vidência da Raposa mentiu? O enganador acabou enganado? (Rindo de desespero.)

Ok, muita calma nessa hora!

Estou ainda quebrando a cabeça quando percebo uma ondulação no piso, como se fosse água. Agora atento, percebo novos movimentos — mas não é o chão se movendo, é a camada grossa de poeira.

Como se percebesse que foi notada, a coisa toda se ergue e amontoa no centro do salão, rodopiando no ar. Assume uma forma discoide, com filamentos poeirentos pendurados embaixo. Como uma imensa água-viva mumificada ou algo assim.

Não conheço esse tipo de monstro. Acho que nenhum grupo Arcanauta encontrou algo assim por aqui. Hitomi talvez o tivesse no banco de dados, ou apenas diria algo como "não catalogado".

Empunho uma adaga, pronto para lutar, mas a coisa não parece sólida. Duvido que qualquer ataque com armas cause dano. Como lutar com isso?

Talvez a Gata pudesse resolver com a espada mágica, ou Vallos com o machado de chamas, ou Hitomi com alguma de suas setenta armas. Por *isso* Arcanautas andam em grupos. Ninguém tem, sozinho, todas as diferentes habilidades para vencer uma Arca. Beleza de plano, Edouard!

Uma grande fenda horizontal se abre. Pronto, lá vem a morte do curandeiro!

A fenda (que vou chamar de boca) abre mais. Me encolho. Fica mais frio.

A boca emite um suspiro longo, com entonações estranhas. Em algum momento percebo serem palavras.

*Podemos machucar sem nos mover.*

*Podemos envenenar sem tocar.*

*Carregamos a verdade e a mentira.*

*Não nos julgue pelo tamanho.*

*Quem somos?*

Então se aquieta. Suspeito ter sido uma distração, fico atento a algum ataque. Mas nada acontece.

Espera, então é *esse* tipo de monstro?

Soube que em algumas Arcas existem esfinges e outros seres misteriosos. Fazem enigmas e devoram quem não os decifrar.

*Podemos machucar sem nos mover...*

Ele repete a charada. Se não responder, se errar, o que acontece? E se acertar? Sou liberado para seguir, ou também ganho algum um brinde?

Vou apostar que, acertando, a água-viva pelo menos me deixa sair daqui inteiro.

Não lembro agora de nenhuma adivinha parecida. Pensando bem, "água-viva" podia ser uma resposta certa para quase todas as frases, menos uma: *"Carregamos a verdade e a mentira."*

Machucar, envenenar, verdade e mentira.

O que pode machucar, envenenar, carregar verdade e mentira, e não deve ser julgado pelo tamanho?

*******, essa é difícil!

Os movimentos da coisa são quase hipnóticos, estão me distraindo. Desvio o olhar para me concentrar melhor. Percebo o piso ladrilhado completamente limpo, agora sem a poeira que forma o bicho.

Então, qual a resposta? Uma serpente? Elas têm veneno. O lance da verdade e mentira pode ser porque é fácil confundir as peçonhentas e não-peçonhentas. Mas não, uma cobra ainda precisa se mover para picar. Não é isso.

Talvez não seja algo vivo. Uma magia? Deve existir alguma conjuração que faça tudo isso. Magias de ilusão carregam verdade e mentira. Mas e a parte de julgar pelo tamanho? Caramba, viu...

Ele repete o verso. Aplico soquinhos na cabeça para pegar no tranco. Será que tenho direito a tentativas? Quantas? Se não, quanto tempo tenho? Se perguntar sobre isso, será que ele vai entender como minha resposta? Que nervoso! Pelo menos esfinges explicam as regras!!

Funciona, cachola, funciona! Pensa, pensa, pensa!

Claro, eu podia outra vez tentar a vidência divina — mas algo me diz para não fazer isso. Isto é um teste de inteligência. A Raposa sempre disse que gosta dos espertos. Se pedir ajuda aqui, estou reconhecendo ser lerdo, idiota.

Faço um esforço mental como nunca antes. Penso em dezenas, centenas de coisas, todas flutuando diante de mim como em algum jogo cósmico de caça-palavras, esperando encontrar aquela que falta.

Uma palavra para algo que machuca, envenena, carrega mentira e verdade, não julgada pelo tamanho.

Uma palavra.

*Quem somos nós?*

— Palavras — eu digo enfim.

E o chão se abre sob meus pés.

Estou me esgoelando de gritar, mas não sai som, e isso é ainda mais desesperador. Uma queda sem fim, tudo escuro e frio. Às vezes vejo passar meu próprio reflexo tentando berrar de volta, os dreads voando. Espelhos?

*Aaaaaaaaaaaah!!*

Errei a resposta e estou indo direto para *Niflheim*? Só pode. Passagem direta. Tenho recursos para argumentar contra? Talvez não. Posso tentar apelar para o lado emocional? Talvez não tenha oportunidade.

Quando eu dizia que desceria de tobogã para o inferno, não era pra ser literal, sabe?

E de repente, paro. Não toco o chão com meus pés, nem com a cabeça (ainda bem), parece que estou flutuando, ou nadando em melado, sei lá. Abro os braços tentando me equilibrar, mais por medo inconsciente, mas estou firme e forte. Tá, não tão firme. Também nem tão forte.

Luzes amarelas acendem. Vejo que estou, sim, pisando em alguma coisa — mas não algo físico. O piso é totalmente preto, tipo escuridão concentrada. Essa coisa de magia sempre enrola minha cabeça. E ao redor, espelhos. Muitos espelhos. Milhares de Edouard me olham de volta, com caras de quem saiu de um bombardeio. Tô bem acabado.

Braços meio abertos, pernas separadas e levemente dobradas, boca aberta. Fico nessa postura nada digna por um tempo, até ter certeza de que nada estranho vai acontecer. Certeza, mesmo, é querer demais.

Não vejo saída. Sem ideia melhor, penso em consultar o escaravelho — sim, eu sei, lembro que ele não serve para localizações mais precisas que estar no mesmo mapa. Mas depois desta queda maluca, nem isso eu posso dar como certo.

Minha mão busca o bolso onde a joia está. Onde *deveria* estar.

Cadê o escaravelho, Edouard? Boa pergunta, lado responsável do cérebro. Tá liberado para surtar. E eu surto mesmo. Vasculho todos os bolsos (curandeiro precisa de muitos desses, sabe como é) várias vezes, milhares de outros eus fazem o mesmo. Somando todos, não chega a um que preste.

Pode ter caído. Tento apalpar aquele chão estranho — parece de borracha, mas também de fumaça — sem sentir nada exceto uma pressão contrária. Olho para cima e nada também. Só escuridão. E eu.

Começo a minha saga à procura da porcaria do escaravelho. Devia ter sido mais esperto e amarrado ou algo assim. Dou voltas hesitantes, com medo de ficar perdido naquele labirinto de espelhos. Sempre encontrando minha cara de perdedor.

Posso enganar todo mundo para agradar à Raposa. Mas não tem como *me* enganar.

Sento no chão estranho, enfio o rosto nas mãos (minhas luvas fedem). O que eu faço? Resgate da BUSCA, sem chance. De repente os outros me encontram? Nem, já foram todos capturados a esta altura. Ou não? E se eles venceram o Censor? Vai saber, Hit é cheia dos lances inesperados, e ninguém derruba o Valoroso. E a Gata... não, ela não tem jeito. Não sem a espada. Coitada.

Coitada nada! Quebrou meu nariz (gastei cura), me avacalhou até dizer chega, me fez de saco de pancada! Me esnobou por ser "apenas humano", tem cabimento isso?

Levanto na força do ódio.

Uma população de Edouards faz o mesmo, me olhando derrotados de volta. Caraca, tô todo ferrado mesmo.

Fecho os olhos e me concentro. Rápido, já estou naquele mundinho meu e da Raposa, mas sem ela dessa vez. Retângulos vão se desenhando como desalinhos de um lápis grosso, são os espelhos. Olho esperançoso para todas as direções procurando uma saída, uma forma diferente que me dê uma direção, mas não. Em vez disso, perto de mim, a cinco espelhos de distância, vejo o rascunho fraco do escaravelho caído no chão.

Ufa, menos um problema. Faltam só uns trinta.

Vou até ali e alcanço a bugiganga. Dou uma olhada. Está como antes, a luz indicadora parada no centro, mas... agora ela pulsa. Meio rápido.

Talvez já estivesse pulsando antes, e não reparei por olhar com pressa? Ou por pulsar mais lenta? Pode ser algum modo de escaneamento local, não indicando mais a direção, mas sim a *proximidade* do alvo? Por que pitombas essa coisa não vem com um tutorial?!

Tudo bem, tudo bem. Passei pelos monstros e guardiões, pela esfinge de poeira, pela queda. Ainda estou no jogo.

Nem o escaravelho, nem o super-GPS mental da Raposa me mostram uma saída.

O que fariam os outros? Valoroso sairia quebrando tudo, lógico. Eu arrisco uma cotovelada sem convicção em um espelho. *Ouch*! Mesma coisa que tentar em uma parede de tijolos. Tá, não deu.

A *HitGirl*, o que faria? Aquela lá veio completa de fábrica. Rastreadores, voo, raio laser, canhão, canhãozinho, canhãozão, super força, artes marciais... Ela com certeza daria um jeito. Não tenho nada parecido.

E a Gat... ah, ela ficaria chorando e reclamando da vida. HAHAHAHA!

Ficar parado é a única coisa que, com certeza, não vai funcionar. Sigo andando a esmo, torcendo que o acaso me leve a uma saída. No caminho, uso um marcador para deixar sinais nos espelhos por onde passei — sempre tem um destes no equipamento Arcanauta padrão, com essa finalidade. Então por que as Arcas não ficam cheias de vandalismo, você pergunta? Na real, seria ótimo poder deixar avisos de armadilhas e passagens secretas para os próximos grupos. Mas você já devia saber, as Arcas reiniciam quando um novo grupo entra. Tudo volta a ser como antes.

Olho para Edouard abatido do meu lado e balanço a cabeça, ele me segue. Empunho a caneta hidrográfica, desenho uma seta, ele faz igual. Sorrio satisfeito.

Ele não sorri de volta. *Iiiiixi*!

Segue com a mesma expressão de derrota. Abatido, estropiado, atropelado por vinte trolls em motocicletas. O que tá rolando?

Faço uns testes, careta, sorrisão, piscadinha, beijinho. O reflexo acompanha meus movimentos, mas não a expressão facial. Ainda tem essa cara triste de quem pisou no cocô. Até parece filtro de rede social, manja?

Certo, Ed, deixa pra lá. Outro efeito especial maluco das Arcas, grandes coisas. Ou alguma distração para dificultar ainda mais a saída do labirinto. Esquece isso. Foco na missão.

Sigo rabiscando setas nos espelhos seguintes, mas é difícil olhar o reflexo sem me sentir chateado. É como estar no conto do Narciso, só que ao contrário. Minha imagem me gera repulsa.

De repente, sem perceber, estou parado diante do reflexo, olhando fixo. E se estou *mesmo* daquele jeito? Difícil ficar de boas após enganar e largar os camaradas, né? Vai ver, estou pagando o preço. A Raposa está cobrando algum tributo.

Acabo lembrando do que rolou na câmara de Primevore, quando as mariposas fizeram a gente dormir e sonhar. Trouxeram de volta a debilitação do tio Ezekias, os encontros sinistros com a Raposa, as tapeações com os colegas para poder curá-los, tudo de uma vez. Piores pesadelos, e não conseguia acordar. Tenso demais.

Se estiver rolando algo parecido aqui, desta vez não vai ter ninguém para me salvar.

Entender isso acaba ativando algo coisa em mim, feito alguma magia engatilhada. Minha mente se fecha, fortalece. Os medos e inseguranças vazam. Se foi a Raposa, ou minha própria vontade, não sei. Sem tempo para pensar nisso. Bola pra frente.

Sigo firme entre os espelhos. Reencontro alguns marcados, ajudam na orientação, consigo identificar os caminhos já percorridos. A vidência da Raposa fica mais clara. O lugar não parece mais tão confuso.

Encontro uma moldura vazia, sem espelho. É a saída.

Quase com um suspiro de alívio, me lanço fora daquele lugar.

Exceto que acabo em outro lugar ainda mais estranho. Isto é, estranho para uma Arca, se isso faz algum sentido.

Não é nenhuma caverna ou masmorra. Não é nenhuma construção medieval ou fantástica. São paredes lisas de alvenaria, normais. Com portas metálicas e luzes elétricas. E corredores, passadiços e escadarias. E grades. Muitas grades.

Nunca estive em lugar assim, mas claro reconheço de filmes e documentários. Parece uma prisão. Uma penitenciária moderna.

Certo, isto *consegue* ser mais confuso que uma catedral com poeira enigmática e um labirinto de espelhos depressivos. Como um lugar destes pode existir em uma Arca??

*E por que ********** estou sentindo cheiro de pizza??*

Sigo em modo furtivo total, sem saber o que esperar. Apuro os ouvidos. Percebo sons abafados mais adiantes. Parecem vozes. Sem ninguém nos corredores, só posso presumir que vem das celas.

Algo vibra em meu bolso, como um celular. Após quase infartar de susto, descubro ser o escaravelho.

A luz na gema está verde.

E eu, tão orgulhoso de minha esperteza, preciso de uma eternidade indesculpável para entender o que significa tudo aquilo.

A localização dos Arcanautas abduzidos.

Este é o lugar! Uma prisão. *Um diacho de uma prisão.*

Uma parte minha quer pular, gritar em celebração e dar socos no ar. Outra parte, mais inteligente, vem e dá uma muquetada na primeira. Lembra que, se os prisioneiros estão aqui, o Censor também pode estar!

Concordo e sigo na ponta dos pés, mais silencioso que um morto (brrrr!). Examino as celas vazias conforme avanço. Nem tudo é normal ou mundano, percebo. Tem *inibidores*. Aparelhos que cancelam magia, cancelam várias coisas. Usam isso em instalações de segurança, ou onde não querem Viajantes fazendo das suas.

A cada passo, o medo de ativar alguma armadilha ou alarme, ou o Censor chegando pelas costas. Mas acabo conseguindo alcançar as celas de onde pareciam vir as vozes.

Estico o pescoço para olhar dentro.

Rostos olhando de volta. Espantados, incrédulos, desesperados. Rostos conhecidos.

Caio de joelhos, sem acreditar. Deixo escapar toda a respiração presa de uma só vez.

— Você...? — Amilca sussurra com lábios trêmulos.

Achei eles! Achei! ACHEI!!

Antes de conseguir dizer qualquer coisa, estou soluçando e com os olhos molhados. Faço meu melhor para enxugar as lágrimas e recuperar o controle da fala. Não parece que eles precisam de *mais* motivo para preocupação.

— Vim buscar vocês — só consigo dizer isso.

— Estamos salvos. *Estamos salvos!* — Mestre KedroP repete sem acreditar.

Bom, acho que sim.

Todos os rostos, inclusive o meu, se iluminam com sorrisos.

Acontecem umas coisas que a gente só consegue explicar depois de digerir bastante e a emoção dar aquela acalmada.

Eles são muitos, mais do que eu esperava. Pelo menos uma dúzia de grupos, mínimo de quatro membros em cada, chutando umas sessenta pessoas. Poucos humanos, a maioria pertence a outras raças. No mundo lá fora, somos maioria — mas quando o assunto são grupos Arcanautas, não espere ver muita gente comum. Mesmo os humanos são bem diferentões.

Muitos são familiares, claro, mesmo para alguém pouco ligado em streams. Reconheço boa parte deles.

Não vejo a Gata e os outros. Nem o tal Hermax e sua tchurminha. O que isso quer dizer?

Depois que todo mundo comemora, chora e quase desmaia, já estamos nos apressando pra vazar daqui. O problema é que não tenho ideia de como abrir essas celas.

Antes de tudo procuro por algum molho de chaves pendurado na parede (tá, sei que é pedir demais), slot de cartão, leitor de retina, palavra mágica anotada em algum papelzinho esquecido (talvez *isso* seja pedir demais). Não tem nada disso. Obviamente.

Um deles me diz para olhar os cadeados. São robustos, retangulares, sem nenhuma abertura para chave. Só vejo um pequeno furo na parte de cima, de onde emana um cheiro amarelado. Sim, é como eu sinto, como meu sentido mágico para armadilhas funciona, reclame com a Raposa se não gostou.

— Isso vai matar a gente se vazar — comento em voz alta sem querer.

Alguém grita, o grandão chamado Olec.

Nunca vi um cadeado como este, e olha que meu tio guarda uma coleção incrível dessas coisas (sim, até isso). Mesmo assim, parece que as engrenagens enferrujadas (ou novas, nunca saberei) do meu cérebro resolvem o quebra-cabeças em segundos. Com cuidado para não derramar o conteúdo tóxico da armadilha, tateio até sentir as runas que imaginei existirem. Fecho os olhos; várias palavras, caracteres e números emergem como fumaça azul na escuridão.

Meus dedos dançam quase sem pensamento, traçando tudo aquilo. Sigo tentando entender o significado. Nada vem à mente, mas parece certo.

— O que ele está fazendo? — alguém sussurra.

— Deixe-o se concentrar — outro ralhou.

Minhas mãos param. Uma palavra-chave secreta surge, estrangeira, mas muito clara.

*Alohomora.*

Não, tô zoando.

— *Aperutum.*

O cheiro venenoso desaparece. O cadeado estala forte e abre. Guardo no inventário, vou levar para o tio.

O grupo na cela dispara celebrações e agradecimentos ligeiros, então se espalham em direção às outras celas, tentando abri-las. Ninguém consegue.

Pelo jeito, ninguém por ali é ladino. Isso acontece muito quando o grupo tem um menestreamer; ele acaba assumindo o papel do "trapaceiro", cheio de habilidades sociais, mas sem tanto jeito com portas trancadas e passagens secretas.

Eu mesmo examino cada cela, repito a operação. Leva um tempo, mas os cadeados mágicos são todos derrotados.

Alguém encontra o depósito contendo os equipamentos confiscados, todos pegam de volta suas coisas. Queria que fizessem silêncio, mas é impossível segurar a empolgação da galera. Dá pra entender. Só espero que o Censor não ouça, esteja onde estiver.

— Já deu, rapaziada! Vamos dar o fora da Arca.

— Espera! — interrompo o Azz'ecos. Todos me olham. — Ainda falta meu grupo, meus amigos. Vocês não viram?

— Uma Herdeira do Gato com uma espada mágica?

Arregalo olhos enormes para Mestre KedroP.

— O Censor nos mostrou imagens de quando ela e seu grupo foram derrotados. Você também estava lá. Achei que logo estariam aqui, capturados também.

— A gente... se separou...

Certo. Por *isso* Amilca pareceu me reconhecer quando cheguei.

Estou encanadíssimo com a Gata, Hit e Valoroso, mas preciso confiar que eles conseguem se virar. Por agora, tirar logo o pessoal daqui é mais importante.

Ainda tenho o mapa mágico na cabeça. Sair acaba sendo bem mais fácil que entrar. Claro, não seria uma prisão sem medidas de segurança — existem sentinelas e armadilhas, mas consigo guiar todo mundo por caminhos alternativos. Uns poucos guardas-criaturas que encontramos, o pessoal trata de derrotar rapidinho. São sessenta Arcanautas loucos por revanche; acho que pouca coisa consegue nos deter agora.

De repente, até temos chance contra o próprio Censor. Mas não estou muito a fim de testar essa teoria.

Não aparece mais nenhum labirinto de espelhos — fico pensando se aquilo existiu mesmo, ou era alguma ilusão. Nem múmias com enigmas. Nem espíritos guardiões ociosos. Menos mal.

Passamos por duas câmaras mofadas e sujas até encontrar uma escadaria, com estátuas prateadas de leões a guardando.

Eu sigo na frente, com vários tanques perto para me escudar em caso de problema. Paramos. Alguém manda magias coloridas em volta dos leões, para garantir. Nada acontece, são mesmo estátuas comuns.

— Tá limpo, vamos.

Sigo conduzindo todos, me deixando guiar pela Raposa e seus poderes. Avançamos por corredores lustrosos com castiçais e esculturas, quadros com criaturas estranhas e cheiro de magia.

— Tá fácil demais — uma voz de mulher lê meus pensamentos.

— Talvez ele tenha confiança demais que não sairíamos de lá — Tigoah responde.

Pode ser. Mas está mesmo fácil para um mapa jamais vencido por completo. Até hoje, nenhum grupo Arcanauta conseguiu explorar além de suas áreas mais periféricas, superficiais. Eu entrei na base furtividade, passei por bichos bem perigosos. Agora somos praticamente uma torcida organizada; cadê todos aqueles monstros?

Enquanto seguimos, compartilho com eles minha teoria sobre os espíritos guardiões kalhynd, sobre não gostarem do Censor. E também sobre a água-viva de poeira que, mesmo de um jeito estranho, me colocou no caminho certo.

— O inimigo do meu inimigo é meu amigo — KedroP conclui, concordando.

Enfim, alcançamos uma área a céu aberto. Ainda falta um tanto para sair da cidade, mas pelo menos podemos ver o céu.

Muito acima, está a estátua gigante que segura a chama-farol, iluminando tudo ali. No momento, é a única coisa ameaçadora por perto.

— Estão vendo aquilo? — mais de uma voz questiona.

Bem quando eu cogitava sair dali sem enfrentar algum guardião-chefe, algo aparece nos céus, diante da estátua.

Parece um portal.

# 7

MINHA ESPADA MÁGICA SABE ABRIR PORTAIS, SOMOS OS PRIMEIROS a escapar do Censor (até onde sei) e estamos vivos. Mas a que custo? Deixamos o coitado do Edouard para trás.

Sério, não foi de propósito, juro que não! Tá, mandei todos os sinais de saquinho cheio, de querer o cara longe, de achar ele um traíra sacana sem-vergonha que devia apanhar muito. Mesmo merecendo. Mas não, ele não merecia.

Apesar dos pesares, ele ajudou a gente quando precisamos, né? Né?

Quero acreditar que, pelo menos, não está morto. Se estiver, está melhor que nós. Não, espera, não quis dizer que estamos tããão desgraçados assim! Quis dizer que a BUSCA consegue ressuscitar quem morre e tirar da Arca, então ele estaria livre e salvo. Espero. Vai saber, as regras que todo mundo conhecia e confiava não valem mais nada.

Não, ele ainda está por aí. Vamos achar. Trazer de volta para o grupo, onde é seu lugar. Com a gente.

Eu, Valoroso, Hit e Blazdall.

— Eu tenho um plano. Mas precisamos aceitar que Edouard...

Ah pronto, Hermax e seus planos infalíveis para ser o dono da rua.

— Cala a ********** da sua boca de ***********!

— Rwwwwww!!!

Falei antes que juntar as turmas foi maneiro? Posso ter falado cedo demais. Vallos e Brutusk já voltaram a se estranhar.

— Chega! — enxugo o rosto (talvez eu tenha chorado um pouco, talvez não), estufo o peito e ando até eles para acabar com aquela patifaria.

Desde que chegamos está essa bagunça. Ninguém sabe onde estamos e nem como acabamos ali. Ok, "como" a gente sabe, mas *como*? Dou olhadas para a Blazdall com desconfiança e orgulho.

Pausa para olhar em volta. Céu sem nuvens, meio lilás, com uma textura engraçada — parece todo atapetado com gemas minúsculas. Correntes gigantescas sobem até sumir no infinito, penduradas sabe-se lá onde; cada elo deve ter o tamanho de um estádio olímpico. São cobertas de algo que parece musgo amarelo ou, pela escala, podem ser *florestas verticais* de musgo amarelo. As correntes pendem alto, não chegam ao chão, mas algumas descem muito longe, atrás do horizonte. Torcendo muito aqui para não precisar escalar nenhuma.

Sob as correntes, até onde dá pra ver, é algum tipo de deserto com dunas de areia cinza e morna, mas não faz tanto calor. A gente afunda na areia fofa até os tornozelos (menos Syndra, porque elfa). A paisagem, como em outros grandes mapas da Arca, parece sem limites; dunas altas a perder de vista. A cor cinzenta parece de algum modo reforçada pelo céu arroxeado.

Em alguns pontos na distância, vultos que parecem estátuas. Mesmo com minha boa visão, é difícil discernir suas formas — mas parecem esqueletos de capuz com foices, o ceifeiro clássico. Todos concordamos que é melhor não chegar perto de nenhuma; nas Arcas, essas coisas têm uma tendência irritante de ganhar vida e atacar.

Falando nisso, ainda tem uma coisa martelando nossa cabeça: ninguém tem certeza se ainda estamos na Arca de Vallindra.

Eis que entram Hitomi e Kayo. Ela diz estimar em 85% a chance de ainda ser a Arca. O tigelinha discorda, diz que seria preciso mais tempo e "sensibilidade biológica" para atestar com "100% de certeza". Mala pra caramba.

Já sentiu que o clima não anda dos melhores, né? Curti quando todo mundo se uniu contra o Censor, mas foi uma trégua forçada e temporária. Sem inimigo comum por perto, nossas diferenças estão voltando com tudo.

Não está fácil ignorar que Hermax nos seguiu, espionou, sabotou Hitomi, tentou nos roubar e nos tirar do caminho. Uma parte minha ainda quer arranhar a cara dele até chegar ao outro lado. (Vou dar uma folga pra Blazdall por enquanto, vai que, né?)

— Então, galera. Edouard ficou para trás, junto com o Censor. Pode ter sido capturado como os outros...

— *Ou* ele fugiu com o escaravelho — Hermax me interrompe dando um passo à frente. Ele precisa mesmo ficar cruzando os braços e jogando o cabelo daquele jeito?

— Você está sem um pingo de moral para fazer acusações, ruivo. Então fica na sua, belê?

Ele responde revirando os olhos. Que neste instante eu queria muito arrancar.

— Voltando ao que interessa. As gemas de emergência, olha só que surpresa, não funcionam. Nem sabemos se ainda podem nos ver ou ouvir lá fora; todas as vezes que o Censor apareceu, a transmissão caiu. Não rola suporte da BUSCA. Certeza de que nos dão como desaparecidos também.

Kayo parece querer competir com a Hitomi (coitado) para ver quem dá informações com mais rapidez. Ele abre um monte de telas e sai vasculhando sei-lá-o-quê dos algoritmos sei-lá-quais, até anunciar que nosso sinal está mesmo bloqueado. Coisa do Censor, certeza.

— Ou isso é causado por sua espada — Syndra com seu rostinho belo e irritante.

Queria retrucar, mas o comentário me pega de surpresa. A metida pode ter razão. Se o Censor é assim tão poderoso, se está dominando a Arca e pode chegar aonde bem quiser, por que não vem atrás de nós? Já sabemos que Blazdall tem, tipo, poderes planares. Será que ela está mesmo nos isolando, criando alguma interferência para nos proteger, sei lá?

Ou será outra coisa? Vai ver, o Censor *não quer* nos alcançar.

— Certo, então qual é o *seu* plano? — insiste Hermax, que não parece ter outra palavra no vocabulário.

— Meu plano ainda é o plano original. Achar os menestreamers. E vocês *não* fazem parte dele — eu aponto os quatro xeretas.

Hermax, incapaz de ficar quieto sem tentar mandar em todo mundo, segue questionando e reclamando. Syndra o apoia. Eu fecho os ouvidos para tudo que dizem. Posso ou não estar com o nariz empinado e um bico presunçoso enquanto eles tagarelam.

Minha atenção vai para quem devo proteção e lealdade.

Ouso dizer que conheço Vallos o bastante para perceber que ele está estranho, inquieto, deprimido. Sei que todos temos razões para ficar mals, mas nunca o imaginei abatido antes. Já deixou todo o vocabulário (ou metade dele, nunca saberemos) de impropérios desde que chegamos. Agora, sem motivo algum, está cavando a areia com o Korlon. Ouvi falar que hynnes gostam de tocas, mas duvido que esteja pensando em fixar residência por aqui.

Pode ser que esteja preocupado com Edouard. Certo, os dois andavam juntos, faz sentido.

Hitomi voltou ao modo de meditação e autorreparo. Antes disso, tentou de todas as formas (e usando suas funcionalidades ilimitadas) descobrir onde estamos e como sair daqui. Mesmo sendo máquina, dá pra ver que ela se esforça, se preocupa. Pode me achar boba, mas suspeito que ainda está se culpando. Porque Hermax só conseguiu nos rastrear por causa dela.

Tudo culpa do hackerzinho babaca. Se desconfiar que ele está aprontando com Hitomi de novo, juro que vou enterrar ele na areia. Sim, é isso mesmo que você está pensando.

— ...descobrir como ela fez isso, Ágata!

De repente o metido a pistoleiro e a elfa-elfa voltam a existir em meu mundo.

— Ela quem? Descobrir o quê?

— Argh! Desisto.

— Sua espada, Ágata — Syndra explica, exasperada, mas ainda musical. — Ela nos trouxe aqui. Deve ser capaz de... Você poderia tentar...

— Eu tenho Blazdall desde *ontem*!!

Silêncio. Olhos arregalados, chocados, em mim. Até Vallos para de cavar.

— Você...? — O ruivo parece que vai explodir de tão vermelho, só falta soltar fumaça pelas orelhas. É, sei que parece uma eternidade, mas não passou nem dois dias, parça.

Eu grito, sem paciência. Blazdall vibra na minha mão.

— *Não sei* usar Blazdall. *Não sei* como ela abriu o portal, nem estava com ela em mãos um minuto antes. Tinha ela em casa. Achei bonita para aparecer no teste da BUSCA e nas streams, então peguei.

"Agora, dá pra esquecer essa ideia de sair abrindo passagens mágicas, e tentar achar uma saída normal deste mapa?"

Posso ter ficado nas pontas dos pés para encarar Hermax de pertinho, mas me sinto gigante quando ele deixa cair os braços e dá as costas, resfolegando. Acho que caí ainda mais no conceito dele. Pergunta se me importo.

— Não é o momento para discutir — Syndra tentando apaziguar as coisas só consegue me irritar mais.

— Não é?? — retruco abastecida com ódio e desespero. — *Quando* vai ser o momento de discutir? *Depois* que vocês tentarem nos sacanear e estragar tudo *outra* vez?

Hermax bagunça o próprio cabelo e volta pra briga.

— Não é *nosso* grupo que tem um falso curandeiro ladrão, Ágata!

— Olha, eu tomaria muito cuidado antes de defender a integridade dos seus amiguinhos! — digo apontando para o Kayo.

O ruivo bufa com raiva, sabendo que tenho razão.

— Confio em Edouard muito mais do que posso confiar em vocês (que ele nunca me ouça!). Se soubesse como abrir um portal, minha vontade seria largar vocês aqui mesmo. Então, quanto menos pegar no meu pé, melhor pra sua saúde!!

Hermax e Syndra até balbuciam algo, mas trocam um olhar e se calam. Voltam para perto de Brutusk, que estava ali quietão, na dele. Muito que bem.

Hitomi finaliza sua autorreparação e se levanta. Ela não está brilhando e toda retocada, mas parece bem melhor que antes. Me alivia ver os dois olhinhos de luzes brilhando azuis. Bom ter o cérebro/arsenal da equipe de volta, certeza que ela vai ajudar com nosso pequeno problema planar.

Eu ensaio me aproximar para conversarmos, mas Hitomi tirou o dia para pegar a gente de surpresa.

Ela aponta na direção de Kayo. Por um instante imagino seu braço virando algum canhão e explodindo o nerdinho. Mas, em vez disso, só um dedo branco e acusador.

— Minhas capacidades cognitivas estão sendo afetadas pelas ações e declarações deste indivíduo.

A voz é clara e limpa como sempre, mas tem algo diferente. Hitomi está brava? Uuuui!!! Não tiro sua razão, de jeito nenhum!

O rapazinho espia por entre aquelas telas cheias de códigos, une as sobrancelhas.

— Novas intrusões em meu programa não serão toleradas.

Vai, Hit! Dá na cara!

— Consequências de seus atos pregressos serão determinadas e aplicadas em território fora da jurisdição da BUSCA.

Mandou um "te pego na saída"! Eitaaaaaa!

Kayo rola os olhos e se volta para as suas telas. Mas acho que vi uma engolida em seco ali. Todos (inclusive Vallos e Brutusk) olham assombrados para a androidezinha. Eu tô que nem respiro.

— V-vai nessa... — Solta o corajoso, protegido atrás de uma tela.

— Cala a ********* ***** ******** seu merdinha de *********** — Vallos, sempre muito espirituoso, retoma o nível de baixaria que a gente tá acostumado.

Ali vira uma cacofonia de insultos e rugidos, mas percebo Hitomi ainda estranha. Difícil dizer, mas chutaria que ela está magoada. E não somente com Kayo, não.

A androide me avisa que vai, mais uma vez, "fazer cálculo de estatística espaço-planar" e códigos rolam no rosto-tela. Enquanto Vallos ainda entretém o outro grupo com seu repertório, eu me afasto para ficar com Blazdall. Tentar entender o que rolou.

Em uma coisa, Hermax e Syndra estão certos. Entender como a espada funciona, pode ser nossa única saída daqui.

Mas vou confessar, tenho medo de "quebrar" ela outra vez. Ainda não sei o motivo de Blazdall apagar lá atrás. Ou ainda, posso abrir um portal sem saber pra onde, mandando a gente para algum inferno planar ou pior. Algum lugar onde a BUSCA não pode ressuscitar a gente.

Eu movimento a lâmina, sinto-a leve e viva como sempre. Faço outra vez um gesto de arco. Imagino um portal. Mas nada acontece.

Meio que já esperava. Acho que só rolou antes por ser emergência. Ou vai ver, tem limite de uso e precisa recarregar. Ou então — medo — ela só podia fazer aquilo *uma vez.*

Blazdall, eu sei que você escuta meu pensamento, sabe o que estou sentindo, querendo. Coopera, vai? Como você funciona, bonitinha?

Sei que, com o tempo, a gente vai se entrosar. Mas tempo é coisa que não temos sobrando. Não dá pra ficar aqui, temos que juntar todo mundo (eu *sei* o que falei antes, vá plantar batata!) e achar uma passagem pra fora. Achar um mapa catalogado, recomeçar a procurar. Voltar para a Floresta dos Ossos, torcer pela ausência do Censor e retomar dali. Precisamos tentar.

Ainda estou pensando nisso quando percebo comoção. Vallos, o Touro Maluco, também cansou de ficar parado.

— Vallos! Pra onde você vai? — eu grito, olhando o nanico (não-me--mata) marchar com dificuldade pela areia.

— Vallos vai achar a *********** do ********** da saída.

Hermax me olha de um jeito que diz “faz alguma coisa sobre esse seu tanque!” Eu empino o nariz em resposta, sem vontade de admitir que tenho zero controle sobre Vallos quando ele enfia uma ideia na cabeça.

— O tanque define o caminho e o ritmo, não sabia? — digo, tão metida quanto consigo, e isso é metidez pra caramba.

Já estou sinalizando para Hitomi interromper o programa e seguir também, quando Hermax entra na minha frente. Ele me olha com a cabeça meio inclinada, uma mecha ruiva do seu cabelo sobre os olhos... *Err.*

— Olha... — ele parece fazer um esforço monumental para falar com calma. — Um dos dois precisa ceder.

— E você tem alguma sugestão sobre quem seria? — Aperto os olhos, desconfiada.

Ele sorri sem graça.

— Você ganhou, tá? Trégua. Você lidera. Nós ajudamos. Sem sacanagem.

— E o que maaais? — cruzo os braços, com certo esforço para fazer isso ainda segurando uma espada enorme.

Ele suspira fundo, muito fundo. Como se precisasse reunir toda a coragem do mundo para assumir que pisou na bola e pedir desculpas. Vamos lá, seu metido a machão, sei que você consegue!

— Ágata, de coração, eu...

Já preparava minha risada debochada quando...

— Esperem!

Syndra é quem interrompe Hermax. Eu ficaria emputecida, mas não posso. Vejo em seu rosto, sinto na voz: ela está assustada. De verdade.

Uma pequena pausa antes de algo grande acontecer.

Você já assistiu "Runa"? Aquele filme com uma Arca desértica (bem parecida com isto aqui, aliás, risos) e um kaiju verme tocando o terror?

Já ouviu também sobre a vida imitar a magia? Ou que nada se cria, tudo se plagia? Ou algo assim?

A última coisa na minha lista de mortes mais honrosas em uma Arca era ser engolida por uma minhoca.

Demorei para sacar o que está acontecendo e não me orgulho disso.

— Estão sentindo isso também? — Kayo vem correndo e se esconde atrás do Brutusk.

Um tremor. Começa bem leve, gradativamente aumentando. Olho para o chão e vejo a areia estremecer, pular. *Ixiiiii*

Hitomi acorda de seus processamentos e diz o que ninguém queria ouvir.

— Ameaça detectada, localização indefinida. 92% para *sugoi*. 8% para *kiodai*.

Respondo com um miadinho indigno. Nenhuma porcentagem de monstro gigante é baixa o suficiente.

— Reagrupar! Formação B — Hermax grita. A promessa de me deixar liderar não durou cinco minutos.

Tudo bem. Eu grito também, mas não é nenhuma estratégia de batalha.

— Vaaaaaallos!

Afastado de nós, o pontinho com chifres e machadão começa a ser erguido, no topo de uma duna que não deveria estar se movendo, mas está. Outro qualquer cairia, mas Vallos apenas segue firme (não, eu *não* sei como alguém segue "firme" sobre areia em movimento).

E então faz o que, tenho quase certeza, não deveria fazer.

Ele ergue alto o machado. Move em arco, desce a lâmina de fogo na duna.

Praticamente abre um desfiladeiro no deserto.

O som é como alguém enfiando uma pá na terra, multiplicado por doze mil. Chove areia em cima da gente, aqueles que precisam protegem os olhos.

O tremor para.

Ninguém diz nada. O único som é a areia escorrendo fenda abaixo, fechando o abismo. Vallos, ainda ali (sei lá como), segura o machado e espera. Mantém postura de luta.

Seguro Blazdall com força. Minhas mãos estariam suando se eu fosse humana. O silêncio agora é tão denso que consigo ouvir o ranger das correntes lá do céu. Ou seriam meus dentes?

Até que, lá longe, o pinguinho de chifres e machadão no alto da duna se torna um pinguinho de chifres e machadão no alto *dos céus.*

*O que aconteceu?*

Hitomi age mais rápido que meu pensamento e dispara até Vallos. Hermax ergue as pistolas e grita alguma coisa. Syndra apoia um joelho no chão e espalma as mãos. Brutusk rosna vendo Vallos lá longe, bate a espada com força contra o próprio escudo. Kayo coloca uns óculos escuros (?) e aqueles braceletes brilham em seus pulsos.

O tremor volta. Com ele, um rugido abissal.

— É um... — as palavras morrem na boca de Kayo quando o monte de areia que arremessou Vallos explode.

E a criatura aparece. Rochosa. Descomunal.

Kaiju.

Deve ter o tamanho da montanha-russa de Vallindra.

Sua cabeçona é achatada, com quatro olhos miúdos e uma bocarra sinistra. Tronco largo, sustenta dois braços alongados, formados por rochas marcadas por runas douradas. Os punhos se apoiam no chão, fechados; certeza de que um único soco daqueles bastaria para esmagar todo mundo aqui.

Rios de areia escorrem pelo corpanzil, como uma ampulheta contando nosso tempo restante de vida.

Lição de hoje, criançada: chances de 8%, às vezes, *acontecem*.

— Brutusk, reconhece? — Hermax pergunta e o lagartão responde com um rosnado negativo. — Droga!

— E-espera, vou procurar no banco de dados. Merda, sistema instável!

Daria tudo para abrir um portal agora mesmo e não precisar descobrir quem é o simpático. Mas mesmo que consiga, Hitomi e Vallos estão longe, são pontinhos no céu granulado. Posso acabar deixando os dois aqui.

O monstro ergue a cabeça, arreganha a bocarra. Podia engolir um navio sem mastigar.

Vallos está caindo em sua direção!

Como um jato, Hitomi corta o céu e segura Vallos pelo pé, levando-o longe dali. Todo mundo solta uma interjeição de alívio (ou surpresa, no caso do Kayo). Ele está salvo, por enquanto.

O kaiju de pedra logo esquece deles e volta-se para nós, rugindo outra vez. Seu urro tem o som de ecos em uma caverna. Chega aqui como um vento quente com cheiro de terra molhada.

Ele se desprende da areia por completo, revelando dois pares de pernas grossas. Vem em nossa direção, cada passo estremecendo tudo, desmanchando as dunas mais próximas.

Hitomi solta um Vallos esperneador e pousa suave na areia. Antes que eu consiga dizer qualquer coisa, nosso tanquinho grita um insulto e corre direto até o monstro. Meus deuses! Em outra situação eu até poderia rir das perninhas que afundam na areia; Edouard, mesmo agora, estaria.

— Vamos tentar um ataque combinado — Hermax me diz, acenando a cabeça. Minha resposta é ergue os ombros, não entendi seu plano.

Sem explicar mais nada, ele corre atrás de Vallos. Seu time (Kayo com certo *delay*) o acompanha.

Blazdall, até então quietinha na minha mão, vibra e começa a me puxar para o combate. Espadinha querida, agora entendo meu pai me querer longe de você!

Facilmente eu e Hitomi passamos Hermax, Kayo, Vallos e Brutusk na corrida; humanos pesam, lagartões mais ainda. Syndra, por outro lado, sequer deixa pegadas. Pensei que ela ficaria com os companheiros, mas acelera para nos acompanhar. Ok, estou surpresa com isso.

— Criatura não catalogada — Hitomi soa ao meu lado. — Análise revela foco de distorção planar incomum.

— Não deve ter nada de "comum" nesse bicho, Hit!

— Elaboração. Coordenada errática de oscilação planar dentro dos parâmetros permissíveis para um acesso trans-dimensional.

— Dá pra elaborar mais? Ou menos?

Syndra, com voz intensa, porém linda, pergunta logo atrás.

— Um portal? Está dizendo que em algum ponto da criatura existe um portal?

— Afirmativo.

— *Claro* que ela disse isso! — minha disfarçada desavergonhada.

A passagem do mapa fica em algum lugar *no corpo do monstro*?! Fala sério, quem inventou esse lugar não quis facilitar *mesmo*, viu?

Certo, entendi. Nossa saída deste lugar envolve escalar o kaiju-montanha e achar a passagem na sua nuca ou sei lá. Não parece um plano assim tão ruim. Sou boa em escalar. Acho até que joguei um game de escalar monstro gigante uma vez. Fácil.

— Sugestão — Hitomi diz. — Abater ou nocautear a criatura para que, enquanto imóvel e inconsciente, aqueles sem habilidades de locomoção próprias também consigam alcançar o ponto de acesso.

Errr... Certo, é um plano bem mais inteligente que... Algum outro plano de escalada que alguém teve.

— Gostei do plano! — Hermax grita sua opinião que ninguém pediu.

— Pra cima dele, então! — desisto de tentar parecer esperta e empunho Blazdall contra o colosso.

Vallos já alcançou o bicho e está golpeando. Parece um baixinho lutando contra uma montanha (certo, é *mesmo* um baixinho contra uma montanha). Outro qualquer nem chamaria a atenção do bicho, mas Vallos faz muito estrago, arranca pedaços do tamanho de minivans. O gigante baixa a cabeça, parecendo notá-lo.

Em seus braços do tamanho de prédios, as runas brilham.

— Vou *bufar* vocês, não posso chegar muito mais perto — Syndra canta em língua élfica, uma aura quente e calmante invade a minha pele. Me sinto revigorada! — Tomem cuidado! Arrasem!

Ela fica para trás.

— Valeu!

Eu não tô sorrindo. É mentira de quem disser que eu sorri.

O chão começa a tremer de novo e as runas brilham ainda mais fortes no braço do bicho. Hitomi e eu trocamos um olhar. Nosso tanque está fazendo sua parte, atraindo a atenção do inimigo — mas se levar um murro daqueles, acabou Vallos. Hora de atacar!

Empunho Blazdall com determinação, ela vibra com isso. Hitomi, ah Hitomi... Seus braços se unem, trazendo de volta aquele canhão Yamato que fulminou Primevore. Eu já estava com saudades!

— *Protocolo de eliminação...*

Não ouvi o fim da fala poderosa de Hitomi, pois um mamute passa galopando entre nós.

— *GRRAAAAARRRR!!!*

Mentira, era Brutusk. Um mamute seria mais sutil.

O lagartão parece cansado de não ser mais o tanque principal. Segue rosnando e golpeando o próprio escudo com a espada, faz uma barulheira dos infernos. Deve ser o jeito dele irritar os inimigos e atrair seus ataques.

— *Aliados em alcance de efeito.*

Ai, pitombas! Vocês, hein?

Com machado em mãos, Vallos salta e alcança o ventre da criatura, acerta um belo golpe. Crava o machado ali, pega impulso e sai escalando. Ele corre por trechos quase verticais feito um besourinho!

— Hit, consegue um ângulo melhor para atacar do alto? Eu vou nas pernas — grito, vendo os tiros de Hermax acertarem o peito de pedra.

— Positivo.

Com um estampido sônico (meus pobres ouvidos sensíveis!) ela dispara, voa até acima da cabeça do bicho, enquanto Vallos dá golpes e cambalhotas para fugir da mãozona que tenta tirar ele dali.

— Brutusk, dá apoio para a Ágata! — ouço Hermax gritar. Estavam perto.

Chega a minha hora.

Pego impulso e corro mais rápido, com a ideia de passar deslizando de joelhos e cortar uma perna fora. Vai ser bem legal se acertar de primeira! Quase chegando eu começaria meu espetáculo em posse da minha espadinha super mágica, porém, a areia em volta do monstro começa a mover em círculos. Consigo parar bem a tempo.

Assisti streams suficientes para saber o que é. Vários bichos elementais da terra usam esse truque.

— Cuidado, Brutusk! É areia movediça!

O grandalhão, que já estava perto de outra pata, me escuta e percebe a tempo. Consegue pular fora antes da coisa o alcançar. Ele rosna e eu quase entendo como um palavrão.

*Pois é, amigão.*

Nisso o monstro bate no próprio peito com aqueles braços longos e lentos, atrás de Vallos. Hitomi lança esferas explosivas no topo da cabeça rochosa — acho que não ousa ainda tentar o ataque mata-tudo. Hermax continua atirando no peito e cabeça.

Ok, parece que o bicho tá distraído o bastante. Se evitar a areia movediça, posso saltar, escalar e alcançar algum ponto fraco. De preferência um ponto fraco sinalizado como uma runa brilhante em forma de alvo, bem chamativo, didático e intuitivo.

— Beleza! — Hermax adivinha minha intenção. — A gente dá cobertura. Vai!

— Valeu! Valeu! — Ele nem percebe que continua dando ordens, aposto. Paciência...

A área movediça se estende demais, nenhum de nós pode atacar corpo-a-corpo, mesmo com o alcance absurdo da Blazdall. Talvez consiga contornar? Ou talvez Brutusk consiga me arremessar igual ao — Nah, esquece gata! Isso só deve funcionar com durões que não viram pizza quando acertam o outro lado.

Meu planejamento é interrompido por uma bola de fogo que quase me acerta.

— Hitomi! Cuidado aqui embaixo! — eu grito, agitando a Blazdall em protesto.

Então percebo, esse ataque *não veio* dela.

O céu lilás granulado. Os grânulos estão se movendo, tremulando. Acendem.

Se desprendem. Saltam. Caem.

*Chovem em cima de nós.*

O que pareciam pontinhos de longe, são *meteoros flamejantes explosivos* de perto. Perto demais!

— Ai, ai, ai, ai... Inimigo vindo do céu! *Ataque do céu!* — eu berro e escuto Kayo e Hermax confirmarem (com gritos também) que perceberam.

Chuva de meteoros, por que não? Estava tão tranquilo e tedioso aqui!!

Caem por toda parte. Nem todos explodem, alguns produzem crateras e ficam meio enterrados, fumegando, liquefazendo a areia. Muitos acertam o kaiju, ele não dá sinais de sentir. A gente aqui, por outro lado, só precisa levar um desses para estragar o dia.

— Brutusk, voc... *Nyaaaaaah!*

Com uma agilidade surreal, Brutusk acaba de me proteger com seu escudo. Ele *parou um meteoro* com o escudo, foi isso mesmo.

Desconfio que, se Brutusk já estivesse por aqui na época, os dinossauros tinham sido salvos!

— Obrigada! Acha que conseguimos passar, grandão?

— Rwwwwr!

— Mas não é impossível, né?

Ele arreganha os dentes como resposta e eu arreganho os meus em concordância.

*Blazdall, deixa de preguiça, bora brilhar.*

Avanço correndo, girando a espada acima da cabeça, com uma só mão — ela parece ainda mais leve que antes. Rodopia mais e mais rápido, feito uma hélice hipermágica, escudando contra os meteoros. Aqueles que acertam, são despedaçados.

Gente, que incrível! Nem imaginava que eu... ela... *nós* podíamos fazer isso!

Blazdall, minha linda! Bora fazer história neste mapa! Espera, será mesmo um mapa não catalogado? Não tem nome ainda? EU QUE DESCOBRI? Vou poder dar nome para este mapa, que tudo!! E também para os monstros! E para essas... *Kyaaaaah!*

Foco, Ágata, FOCO! O requisito para nomear um mapa não é achar primeiro, é *sobreviver primeiro*.

Parece que os meteoros caem em maior quantidade perto do gigante, Hermax consegue abater aqueles que ameaçam os outros.

Juntos, eu e o grandão seguimos vencendo as bolas de fogo. Brutusk segue bloqueando com o escudo cada vez mais estragado, eu e Blazdall destroçamos tudo sem dó.

Vallos está praticamente destruindo um braço do kaiju, Hitomi e Hermax seguem esburacando outras partes. Kayo mexe em telas flutuantes com uma agilidade impressionante, mas o que ele tá fazendo? Acho que todo grupo tem seu humano inútil.

E ainda precisamos salvar o nosso.

Então percebemos, a área movediça está rodopiando cada vez mais lenta. Quase parando. Arrisco uma pisada, parece areia comum agora. Talvez fosse uma habilidade especial com limite de tempo? Ou vai ver, os meteoros estouraram o orçamento de perigos que o mapa consegue jogar na gente ao mesmo tempo!

Tanto faz! O importante é que, agora, consigo chegar junto e bater. Escalar. Bater e escalar.

Brutusk prefere lutar no chão, ele não parece mesmo muito adepto dos lances acrobáticos. Nos separamos, eu subo correndo sem o menor problema exceto pulverizar um meteoro aqui ou ali, nada demais.

Passo correndo por Vallos, acho que ele percebe, faz uma pausa de surpresa. Então retoma a peleja.

Sigo até alcançar o pescoço. Não acho que um colosso de pedra tenha mesmo "pontos vitais", mas decepar aquela cabeçorra parece uma estratégia decente.

Blazdall brilha poderosa, eu me preparo para acertar ali. Antes de desferir o golpe, no entanto, sou quase esmagada por um punho cheio de runas, maior que nosso apartamento. Não me pega em cheio, mas a onda de choque — não, algum efeito mágico das runas — explode e me derruba.

Sou jogada lá de cima. Vallos também é atingido e cai. Hitomi também. Acabamos todos enterrados nas dunas à volta.

E a gente morreu.

Tá, ainda não.

Blazdall me protegeu com alguma aura, evitou o pior. Mesmo assim, me sinto toda arrebentada, a vista turva. Sinto gosto de sangue. Vallos emerge da areia atordoado, com um chifre do elmo faltando. Hitomi está com um braço torcido, talvez quebrado.

Syndra aparece como o anjo que é (eu nunca disse o contrário). Uma canção élfica, cajado mágico, aura quente e a vida volta ao meu corpo.

Vallos também recebe sua dose de cura, logo está verbalizando puro suco de ódio e procurando seu machado.

— Syndra, abaixa! — ouvimos a voz de Hermax.

Puxo a elfa pelo braço sem pensar.

Antes que meus neurônios funcionassem corretamente, mais um ataque. Uma explosão azul cria um círculo horizontal de *desintegração* ao redor do monstro e expande. Tudo que estivesse a um metro e pouco de altura teria virado poeira. Como sei?

— Verme ******* ****** ******* ******!! ******************!

Metade do chifre restante de Vallos virou paçoca. Aquelas runas nos braços são mesmo cheias de truques.

Sendo assim, acho estranho o kaiju estar atacando com apenas um punho mágico destruidor, enquanto o outro fica recolhido junto ao... peito...?

Então eu vejo. Ali onde Hermax estava despejando rajadas. Uma abertura na rocha. Um brilho azul cristalino.

*Santa Vitória, Rainha dos Arcanautas!*

Só pode ser o coração da coisa. É ali que precisamos atacar.

— Todos bem? — Syndra pergunta, se recobrando e olhando ao redor.

Procuro Hitomi enquanto Vallos tenta vencer a areia atrás de seu machadão. Encontro nossa androide diante de Kayo, apavorado. Quê, ela o salvou? *Eitaaaaa*. Depois eu pergunto.

— Hit, olha o ponto fraco! Corre usar seu aniquilador de monstro!!

— A designação correta...

— Antes que o Vallos corra na frente! Vai!! — me desespero vendo aquelas runas voltarem a brilhar. — Hermax, continua acertando o centro!

Ele não responde. Está olhando em volta preocupado.

— Reagrupar! Reagrupar! — ele grita com urgência.

Quê? Não entendo. Logo agora que estamos para derrubar a coisa, achar o caminho para fora daqui, parece até que...

Então percebo, enfim. O tremor. *Outro* tremor.

Como quando o kaiju apareceu. Mas bem pior.

As dunas chacoalham, desmancham, tomam novas formas. Ganham volume. Erguem-se.

Muralhas e torres afuniladas surgem ao longe, emergindo da areia. Em pânico, percebo não serem torres ou muros. São *chifres e cristas.*

Outros dois kaijus se levantam. Bem devagar.

— A gente não vai dar conta — eu sussurro, acabada. Syndra consegue ouvir.

— Vamos, sim.

A voz élfica ressoa com determinação. Penso em retrucar, mas ela fecha os olhos e começa uma canção poderosa de proteção, a aura cintilante vai passando por todos ali.

É reconfortante. É vibrante.

— Sem moleza, galera! — Hermax grita, batendo as pistolas e abrindo os braços para mirar em dois monstros de uma vez.

— *Roaaaaaaar!*

— Protocolo de emergência extrema ativado.

— Contem comigo — Kayo suspira soltando os ombros e abrindo uma tela imensa à frente.

— *********** e Vallos vai ************ ************!

O primeiro colosso se recobra, a abertura no peito já sumiu. Está curado. Os três nos cercam. Rosnam juntos, as runas brilhando vermelhas e lilases nos recém-chegados.

Blazdall me puxa. Estou em pé. Me achando tonta por pensar em desistir.

Formamos um círculo. Todo mundo pronto pra briga.

— Obrigado, gente — eu engulo o orgulho entalado na garganta. — De verdade.

Os kaijus elevam os punhos gigantescos, as runas crepitando antes de algum ataque destruidor final. As correntes no céu balançam.

Não tenho medo.

Com meus companheiros aqui comigo, não tenho medo de nada.

De repente, um brilho especial. Maravilhoso. Já conhecido.

Então é isso, Blazdall? Foi isso que esteve tentando me ensinar esse tempo todo?

Por isso você desligou lá atrás? Quando quis usar você para lutar com Hermax? Lutar com *companheiros Arcanautas?*

Tudo bem, já entendi. Obrigada. Te amo.

Um gesto em arco. Luz mágica. O mundo abre à frente.

O portal planar nos acolhe.

Os kaijus ficam para trás. O mapa que depois eu chamaria Dunas dos Colossos, também.

Juntos, chegamos à Catedral do Paraíso Esquecido.

# 8

EU QUERIA DIZER QUE NOS ABRAÇAMOS E CHORAMOS, DANÇAmos uma ciranda e agradecemos pela dádiva da vida. Mas não foi isso que aconteceu, não.

Vou mandar um pequeno contexto antes de narrar a gritaria. Aguenta aí.

Catedral do Paraíso Esquecido, um dos mapas (catalogados) mais perigosos e difíceis na Arca de Vallindra. Poucos menestreamers se aventuram por aqui, pois não é o tipo de lugar com lutas interessantes de assistir. Vou explicar.

Em qualquer outro nível da Arca você pega tesouros que podem ser levados para fora. Para conseguir esses itens, os Arcanautas precisam lutar contra monstros, explorar construções e afins. Certo? Isso traz ação, é dinâmico, empolgante.

Este mapa não é bem assim. Nem toda a pilhagem pode ser removida. Por quê? Ninguém sabe com certeza. Há muitas teorias, a mais aceita é que alguma propriedade mágica dos objetos não é compatível com nosso mundo. É passar pelo Glifo e sair sem nada. Nadica.

Porém, entretanto, todavia... Há ocorrências raras em que um tesouro não desintegra quando removido. Por quê? Outra vez, sem resposta concreta. Nenhuma teoria me convence, mas tem uma de que eu gosto: "apenas os escolhidos são merecedores" (isso já deu fama e fortuna para cada maluco!). Nem preciso dizer que só colecionadores PODRES de ricos possuem essas peças, não?

Tem mais. Diferente dos outros mapas que contam com uma diversidade de ameaças, aqui uma só importa: kalhynds, os guardiões.

São seres espirituais bem poderosos, manipulam a realidade — ou nossa percepção da realidade, o que acaba sendo a mesma coisa. Já ouvi histórias de Arcanautas que enxergavam tudo invertido, tinham alucinações, ou perdiam o controle do próprio corpo; mexiam o dedão do pé quando queriam dobrar o joelho. Outros ficavam confusos, atacavam os próprios companheiros, ou decidiam ficar por aqui mesmo pensando ser sua casa. Os kalhynds fazem você sentir/ver/ouvir o que eles quiserem, podem até deixar alguém louco. Muita gente saiu daqui direto para alguma clínica de terapia por encantamento.

São lances mentais ou espirituais, que não se enfrenta na base do tiro/porrada/bomba. Alguns grupos sequer percebem quando foram capturados ou derrotados. Minha mãe diz que Arcanautas treinam o corpo e esquecem a mente.

Ninguém sabe o que querem os kalhynds. A única certeza é que eles rondam, vigiam e protegem a Catedral.

Enfim, com esses reptilianos de manto mexendo com sua cabeça, e ainda o risco de sair com as mãos abanando, este acaba sendo um dos mapas menos procurados e explorados de Vallindra. Só equipes muito fortes ou sem juízo se arriscam. Soube de um grupo que passa reto por todos os outros mapas para chegar até aqui, com proteções mentais pesadas, para resistir aos kalhynds e tentar trazer relíquias. Teve um especial sobre eles no *Discovery Ark*, um canal que meus pais assistem. Tem louco pra tudo.

Pois então, pode até ser muito perigoso e pouco lucrativo, mas gente, é bonito demais (em minha nada humilde opinião, claro). A Catedral que dá nome ao mapa fica no alto de um planalto com regatos sob o céu azul. Magnânima, esplendorosa, majestosa. Toda ornada com cristais flamejantes. Tem um imã na geladeira lá de casa no formato dela, é o favorito da minha mãe.

Mas uma coisa, tenho certeza, não deveria estar ali.

Aquela estátua de mulher. Gigantesca (sei que já usei a palavra "gigantesco" umas duzentas vezes, desculpa aí), encravada na montanha logo atrás da Catedral. Toda envolta em chamas. Mão erguida em garra, segurando um sol — um cristal queimando e brilhando como um sol, na real. Olhar duro, zangado.

Ela é quem nos recebe quando passamos pelo novo portal planar de Blazdall.

O portal abre nas alturas, por um instante parece que vamos cair e nos espatifar lá embaixo. Mas não, algum efeito de levitação (Blazdall? Syndra?) carrega todo mundo em segurança até dentro da cidade, entre as construções.

Recém-saídos de uma luta contra três kaijus do deserto, estamos todos completamente moídos. Desabamos na grama irregular, gemendo e arfando (quem precisa). Kayo repete "estou vivo" a intervalos regulares. Hermax, deitado de costas, dá boas risadas. Syndra o acompanha. Não demora, sou contagiada e acabo rindo também.

Um pouco descansada, faço um esforço para levantar a cabeça e olhar em volta. Vallos e Brutusk estão sentados juntos, costas com costas (de outro ângulo, nem conseguiria ver o Touro). Hitomi recarrega, em sua postura de monja, o braço já regenerado.

Estou feliz demais por ver todo mundo bem. Deito de novo, me aconchego com Blazdall. Obrigada, sua linda.

— Precisa aprender logo a usar essa sua espada — Hermax provoca.

Eu respondo mostrando o dedo do meio.

Brutusk rosna. Por um momento de bobeira, acho que foi pra mim. Levanto para olhar.

Está olhando para cima. Não só ele, todos os outros. Assustados.

— Agora ferrou tudo.

Kayo é quem proclama a profecia fatalista.

Eu acompanho os olhares de todos, tentando encontrar o motivo de tanto medo. Não vejo nada diferente de quando chegamos, está tudo nos mesmos lugares. O céu azul, a catedral-cidade e suas torres, a montanha logo atrás, a estátua de cara azeda.

Olhando para nós.

Tenho quase certeza de que não olhava para nós antes.

Como que para confirmar, ela move o rosto. Olha direto para mim. *Sei* que está olhando pra mim, não posso explicar como.

Sinto todos os meus ossos virando pudim. Toda a esperança vazando e escorrendo pelo chão.

Vejo movimentos na estátua. Coisas percorrendo sua superfície, milhares de coisas. Algum tipo de enxame. Descendo. Em nossa direção.

— Reagrupar — Hermax entra no modo líder, salta de pé com as pistolas em mãos. Nem parece estar absolutamente vazio de vontade, como eu. Mas sei que ele está.

Os outros reúnem toda a força restante para ficar de pé. Eu uso Blazdall como apoio para levantar.

A horda desce pelo ventre da estátua, alcança a Catedral, enche suas ruas. Chegam de todos os lados, zumbindo. Não como o zunido dos gafanhotos-tigres, agora é bem pior. Parece metal raspando em metal.

O enxame nos alcança. É feito de criaturas que parecem amontados de trapos ou bandagens, de algum material coriáceo, cinzento. São rápidos, deslocam-se rolando como aqueles arbustos secos em filmes de faroeste, mas também distendem faixas como patas ou tentáculos. Quando se movem, deixam entrever núcleos brilhantes no centro. Olhando melhor, vejo que as faixas/patas/tentáculos são serrilhadas.

Aposto que são também cortantes e afiadas. Aposto que machucam.

Tenho vontade de chorar. Isso não é justo! Saímos de uma luta contra kaijus do deserto não faz dez minutos. Estou cansada, fraca, todos estamos. Desde que entramos na Arca, tudo é luta e correria. Um ataque de monstro atrás do outro. Não aguento mais, não...

Enquanto ainda estão longe, emergindo das ruas em volta, Hermax e Hitomi disparam suas armas. Derrubam uns duzentos deles. Não adianta, milhares de outros seguem atrás. São inesgotáveis, infinitos.

Vallos e Brutusk tomam posições opostas, devem tentar atrair os bichos para si. Syndra ergue uma barreira. Kayo faz o mesmo, as duas se sobrepõem.

Eu avanço até perto da borda. Mal me aguento em pé, Blazdall que me carrega. Sinto a magia dela tentando me animar, me energizar.

De algum jeito, sinto que ela ainda não consegue abrir outro portal, não depois do anterior ainda tão recente.

Tá bom, sua linda. Fez o que podia. Vou me esforçar mais um pouco, por você. Mesmo que tudo acabe aqui. Mesmo que ninguém veja. Vamos dar um show.

Atrás de mim, ouço Vallos e Brutusk já engalfinhados com as criaturas. Ouço as lâminas serrilhadas raspando o metal das armaduras.

Mais ao longe, bandos dos seres-trapos se amontoam e enroscam. Formam criaturas maiores, bípedes, cada uma grande feito um troll. Dúzias delas.

Cinco daquelas coisas saltam sobre mim. Um único golpe de Blazdall reduz todas a retalhos. Outras cinco aproveitam minha guarda aberta para me alcançar. Tentam me transformar em picadinho com seus tentáculos-serras.

Então morri.

Tá. A esta altura, você já sabe que não.

As cinco coisas que ainda não sei os nomes — se é que têm — recebem ataques certeiros vindos do nada. Estrebucham e caem. Desmancham como montes de farrapos que são.

Consigo ver, em meio aos restos, lâminas de arremesso já conhecidas.

— Tá me devendo uma, Gata!

Uma barulheira danada, gritos e ordens, lâminas pesadas, tiros, flechas, conjurações... Tudo ao mesmo tempo, mas meu cérebro é lento

demais para entender tão rápido. E agora a cachola está limitada a distinguir um rosto sorridente em meio ao fumaceiro.

— Edouard??!

— Aí, ficou com saudades?

— Seu... seu...

— Mals, sei que tenho muita coisa pra...

Ele cala, surpreso com o ato mais inesperado em toda esta história, pelo menos para alguns de nós: meu abraço.

Foi rápido, impulsivo, não vamos fazer caso disso.

— Ahn, er... — ele coça a nuca. sem graça. Aff! nem foi nada de mais — Prometo explicar tudo, tá? Aqui, pega.

Ele toma minha mão e deixa algo ali. Outra sensação familiar. É o escaravelho.

Que eu jurava ter sido roubado por Hermax. Quase detonei ele por isso. Mas foi mesmo Edouard! Filho da mãe!

Está apagado. Sem luz, todo cinzento.

— Que diacho...? — Quando volto a olhar, Ed não está mais ali.

— Crianças, vocês estão bem?

Um *elfo* surge à minha frente. Quem...? De onde...?

Então, música. Música *épica*. Instrumental, grandiosa, empolgante, inspiradora. Música de quando todos os heróis surgem para salvar o dia, para a batalha final.

Como se entoada por uma orquestra inteira de bardos. Menestréis.

*Menestreamers.*

Enfim percebo o que *realmente* acontece ao redor.

Nemesin, o elfo curandeiro desaparecido, examina meus ferimentos. Azz'Ecos e Kalendra trazem Hitomi, Vallos e Brutusk cercados por um escudo arcano.

— Oi, moça. Bom que você está bem — Azz'Ecos sorri e ajeita os óculos.

Ele então toca os tocos quebrados no elmo de Vallos com uma intimidade que eu nunca teria coragem.

— Não esperava rever você nesse estado triste, amigão! Andou sendo pisado por kaijus de novo?

— Me cura logo seu *********** de **********!!

— É, também senti sua falta. Esperem aqui, ok? — Azz'Ecos conjura em Vallos uma cura rápida, mas poderosa; até os chifres crescem de novo. Então corre dali.

Kalendra pisca pra mim como se me conhecesse. Nemesim dá um tapinha no meu ombro e sai correndo.

Desculpa aí se você espera alguma reação minha, mas está difícil acreditar.

Os grupos sequestrados. Todos eles. Uma multidão, um exército de Arcanautas! Todo mundo se engalfinhando com a horda de seres-trapos.

A música cresce, preenche meu vazio de antes. Renova minha esperança. Minha vida.

Sinto Blazdall sacudindo em minhas mãos, querendo entrar na treta. Mas por agora, só consigo olhar de boca meio aberta. É a cena mais linda do mundo. De todos os mundos.

Eles avançam correndo, saltando, voando, teleportando. Estão em número muito menor, mas nem parece; formam grupos compactos que lutam como gigantes, limpam o caminho, derrubam tudo pela frente. Disparam todos os tipos de raios e projéteis e magias, cada equipe é um chafariz de efeitos luminosos. Dizimam os pequenos em volta, enquanto avançam contra os gigantes compostos e os derrubam.

Espero, espero *mesmo*, que alguém esteja transmitindo isto. Espero que vejam esses aventureiros, guerreiros, *heróis*. Especialmente aqueles que detestam menes, não acham que são Arcanautas de verdade. Vocês não podiam estar *mais* errados!

Barreiras de proteção levantam ao redor de nós. Ataques mágicos, coloridos e letais são atirados com precisão e sincronismo. Magias de cura tocam nosso corpo e nosso espírito.

E a música, a música!

Ouço a voz embargada de Syndra perto de mim, unida ao coro celestial. Ouço os palavrões de Vallos querendo transpor a barreira. Ouço e vejo o encorajamento que antes só assistia em telas.

Amilca surge com seus bongôs, bem ao meu lado. Minha cauda arrepia até quase voar.

— Bora timeeee! Estamos firmes feito prego na areia? Sim! Mais sede de vitória que passarinho no deserto? SIM! — Amilca e seu grupo seguem buscando os maiores inimigos.

— Sem perder tempo! — KedroP brada se unindo a Montrak.

Olec, enorme e invulnerável, avança sozinho contra um dos gigantes. Punhos feitos de serras o atingem, mas só conseguem irritá-lo. Ele abraça e aperta como um urso, até fazê-lo desmanchar em bichos menores outra vez. Então esmaga um a um com pisadas estrondosas.

Outros gigantes percebem o destino de seu amigo e avançam para cercar Olec. Vallos e Brutusk, agora curados e impossíveis de deter, correm para ajudar o colega tanque.

Arqueiros e arcanistas conjuram efeitos de área contra a horda. Seus números parecem, enfim, estar diminuindo.

— Quase acabando aqui — Cellbyte grita de seu grupo, a Ordem dos Sulfures.

— Cuidado com os kalhynds! — Alguém avisa e isso me assusta.

Meus olhos correm ao redor, procurando. Será que tudo isto, esta batalha épica, não passa de ilusão? Estão mexendo com a realidade? Com minha mente? Não me tirem o pouco que resta, pelamor!!

*Respira, inspira, respira...*

— Não estamos sob ilusão — Syndra ressoa baixinho ao meu lado, sua voz clara mesmo em meio à sinfonia. — Mesmo os kalhynds não poderiam pegar *todos* nós.

Certo. Pode-se enganar algumas pessoas por muito tempo, ou muitas pessoas por algum tempo, mas não todo mundo o tempo todo. Lições do papai me perseguindo até aqui, viu?

— Não acho que estejam nos afetando — Edouard ressurge de repente. — Acho até que estão *ajudando*.

Ah é? Não sei de onde ele tirou isso, mas boa notícia é algo de que estamos mesmo precisando.

Os gigantes que restam decidem amalgamar em algo *ainda maior*. Ele avança pesadão contra os menes, mas as cordas de Kalendra são ainda mais fortes, o prendem como gordas serpentes negras.

— Não consigo segurar! — ela grita.

Outros juntam-se a ela, pousam as mãos em seus ombros, conjuram. Mandam energia, emprestam força. As cordas se multiplicam, apertam, esfacelam o gigante. Os seres-trapos sobreviventes se espalham outra vez.

E eu, quando dou conta, já estou na peleja — Blazdall me trouxe aqui enquanto estava distraída. Derrubamos uns cem bichos antes que eu perceba. Sei de histórias sobre espadas mágicas com vontade e objetivos próprios, que dominam seus portadores por completo. Se estiver fazendo isso comigo, danadinha, vamos ter uma conversa séria mais tarde.

— Leituras estranhas vindo da estátua! — o alerta vem de Kayo, vidrado em suas telas. Quem diria que ele achou algo útil pra fazer na grande batalha final?

Todos olhamos para a mulher gigante de pedra. Ela ainda olha com ódio, inferno ardendo nos olhos. Não apenas nos olhos. O corpo cinzento, vestido de chamas, começa a arder como brasa. Rachaduras correm, luzes sangrentas vazam.

Isso nunca é algo bom.

— *Vai explodir!* — grita alguém, talvez Tigoah.

É a sensação que fica. Algo horrível vai acontecer e a gente não tem como evitar. A horda ainda mantém quase todos ocupados, não tem como ignorar seus ataques de todas as direções e focar na estátua-bomba.

Pode ser a morte (desta vez sem drama), porque nada mais é previsível aqui dentro.

Meu corpo vibra junto de Blazdall quando a abraço, não sei se por influência dela ou pela emoção que transborda de mim. Minhas orelhas baixam, colam à cabeça. Minha cauda enrodilha entre as pernas. Mas não por medo. Difícil explicar.

De algum jeito, conseguimos nos reunir no centro do campo de batalha. Aqueles com esse tipo de poder projetam barreiras semiesféricas sobrepostas, uma redoma de luz nos recobre. Outros preparam suas curas mais fortes, engatilhadas para restaurar ou reerguer todos depois da explosão. Se tiver depois. Se aquilo não varrer tudo feito alguma detonação nível Morte Estelar.

As rachaduras na estátua crescem, jorram fachos de luz. O rosto desmorona, se espatifa sobre um templo próximo.

Percebo os outros aqui comigo. Vallos à frente, machado em riste, como se pudesse parar uma explosão nuclear com ele (pensando bem, vai que ele pode). Brutusk atrás dele, usando o corpanzil para nos escudar. Hitomi reforça a redoma com um campo de força ou sei lá. Kayo digita e desliza telas feito louco — acho que vejo diagramas da Hitomi nas imagens, mas estou sem tempo para protestar.

Syndra chora. Acho que esgotou sua mana, não tem como ajudar mais. Ela é linda chorando. Hermax a afaga.

Blazdall brilha uma luz diferente. Sinto que ela também reforça as barreiras a seu modo. Ergo-a mais alto para encorajar.

Edouard aparece de lugar nenhum outra vez, olhando aflito para o alto. Tenho que me acostumar.

— É agora! — ele grita.

E acontece. Tudo é luz branca. Sem som, sem detonação. Silêncio abafado.

Atravessa a redoma como se fosse nada. A brancura me engole, engole todos. Vejo-os desmanchar, um a um. Virar cinzas.

Não sinto dor. É tudo lento mas, ao mesmo tempo, rápido demais para sentir qualquer coisa. Um átimo de segundo. Sem tempo para me mexer, para pensar em me mexer. Pensar em nada.

Só observar meu corpo virando cinzas. Devagar. Sem dor. Sem medo.

Então morri.

Desta vez pra valer. Morri mesmo. Todos morremos.

Será verdade que, agora, a BUSCA pode tirar a gente daqui? Ressuscitar fora da Arca? Ouvi dizer que nem sempre é possível, porque isso exige um *corpo*. A maior parte de um, pelo menos. Aqui, agora, não vai sobrar nada.

Acabou. Essa é a realidade.

⚄⚅⚅

Então a realidade *muda*.

Fico pensando em como consigo especular sobre a BUSCA, ressurreições e tal. Para isso é preciso poder *pensar*. Para poder pensar, é preciso ainda *existir*. Estar viva.

Abro os olhos.

Vejo o céu azul. Vejo a cidade ao redor. Vejo todos os menes, olhando em volta, tão confusos quanto eu.

— "Estamos vivos?" mais de uma voz murmura, ainda tentando entender.

Até onde consigo ver, a Catedral não tem danos. Ainda parece antiga e abandonada, ainda tem vegetação crescendo nas frestas, construções caídas — mas nada recente. Não vejo qualquer vestígio da horda de seres-trapos.

Quase ao mesmo tempo, todos lembramos de olhar a estátua. Ela sumiu quase por completo. Digo "quase" porque a mão erguida, segurando o sol-cristal flamejante que ilumina este mundo, ainda está no lugar. Mesmo sem um braço para sustentá-la. Parece fixa no céu, para sempre.

— Aquilo... aconteceu de verdade? — Azz'Ecos é quem traz o questionamento muito válido.

— Aconteceu. Tenho certeza que sim. Mas *eles* deram um jeito.

Edouard aponta longe. Bem distantes, levitando acima de uma torre, vejo figuras em mantos com cajados. Kalhynds!

— Foi tudo uma ilusão deles? — Hermax verbaliza o que todos suspeitamos.

Cellbyte e o seu grupo acenam, trocando olhares.

— Estamos todos preocupados com ilusões, com manipulação de sentidos, percepção da realidade. Muitos relatos sugerem que os guardiões são mesmo capazes disso. Mas outros também dizem que, na real, eles são poderosos o bastante para *mudar a realidade.*

— Eles cancelaram a explosão? — pergunta Amilca. — Salvaram a gente?

— Também salvaram a Catedral.

— É como falei antes — Edouard acrescenta. — Acho que não curtem o Censor invadindo seu pedaço e usando como cativeiro. O inimigo do meu inimigo é meu amigo, né?

Ele termina com uma risada tosca, fora de lugar. Seguro minha vontade de dar um safanão na nuca dele.

— Ok, então — Mestre KedroP ergue as mãos. — Todo mundo felizão por não morrer, beleza. Agora que tal sumir daqui, antes que o Censor volte?

— Francamente, — Bartoh diz, erguendo os ombros — não faço questão de revanche contra ele.

— Não alguém que pode erguer algo *assim* — Amilca gesticula na direção onde ficava a estátua.

— Presume-se ser ele o responsável pelas criaturas não catalogadas — Hitomi diz.

— Sim, tipo aquele kaiju-zumbi.

— Nenhum ataque o acerta, nenhuma magia o afeta. É como se fosse fumaça! — Tigoah diz os fatos.

— Acho que ele tem algum domínio especial sobre coisas planares — Azz'Ecos coça o queixo. — Consegue existir e não existir ao mesmo tempo. Estar no caminho de nossos ataques, ou não.

— Além de conseguir selar a Arca — Edouard acrescenta — e até *mudá-la*. Criar aquela penitenciária de mundo moderno dentro da Catedral.

— Mas se ele pode percorrer os mapas livremente, por que não está aqui agora? Impossível não ter percebido a fuga, muito menos a explosão.

Carien é quem levanta a dúvida, deixando todo mundo aflito. Fico pensando se Balzdall está, mesmo, atrapalhando ou impedindo sua chegada.

— Então — enfim me sinto segura para falar, no meio de tanta gente pra quem eu pago pau —, tenho tantas perguntas quanto vocês mas, por agora, que tal fazer como Mestre KedroP disse?

— Aproveitar que o Censor saiu pra um cafezinho e vazar?

KedroP sorri pra mim, simpático. Soube depois que ele me viu, toda deprê, após a surra no covil de Primevore. Se preocupou comigo. Fofo demais.

— Então, Ed? Sabe onde fica a saída?

Ed? Eita! Quando eles ficaram tão chegados?

— Cheguei por ali — ele aponta algum lugar fora da Catedral. — Um campo de gêiseres além de um desfiladeiro. Mas pareceu passagem de sentido único. Duvido que a gente consiga usar para voltar.

Ué, então ele não foi capturado? Chegou aqui viajando sozinho?

Edouard percebe minha cara de interrogação, manda um sorriso cheio de dentes em resposta. Vem com essa, carinha! Vai ter muita coisa pra esclarecer mais tarde, ah vai!

— Certo, — Azz'Ecos começa — os gêiseres são entradas, chegam de outros mapas. Se lembro das expedições anteriores, a saída deve ser...

Enquanto ele fala, percebo um cutucão no quadril. Encontro Vallos tentando chamar minha atenção. Estava até estranhando sua ausência no debate, mesmo duvidando que seus palavrões pudessem contribuir grandes coisas.

— Faz seu lance.

Tudo que eu menos queria, acontece. Todos silenciam e olham pra mim.

— Ahn... Er... E-eu...

*Parabéns, Ágata! Cadê o discurso motivacional, épico e megalomaníaco que você estava preparando para este momento? Você é patética!*

— Verdade! — Edouard fala como se tivesse descoberto uma nova Arca. — Vimos quando vocês chegaram. Por um portal!

— Uma *magia* de Portal Planar — Amilca completa. — Gente, como pode isso? Essas coisas não funcionam nas Arcas.

— F-foi minha espada. Não sei ainda c-como ela faz — minha resposta mais parece um miadinho. Socorro.

— Você abriu o portal, Gata?! — Edouard, inconveniente, berra apontando para mim.

— Se estivesse lá, você saberia — Hermax rebate.

— Se eu estivesse lá, a gente não estaria aqui — Edouard devolve na lata.

Alguém ri, Hermax fica vermelho e se afasta.

— Sem tempo para tretas, galera.

KedroP se aproxima, pousa as mãos em meus ombros.

— Tudo bem, guria. Artefato além-Convergência, certo? São mesmo difíceis de dominar. Sei de gente que teve um desses por toda a vida, sem nunca destravar todos os poderes.

Ele está sendo atencioso e gentil, tudo bem. Mas eu queria muito, muito mesmo, evitar esse tratamento de calouro na frente de *toda* a elite menestreamer de Vallindra!

— Você foi incrível chegando até aqui. Agora deixa a gente ajudar. Arcanos!

Se pudesse me enrolar e virar uma bola de pelos, eu faria.

Não vem querendo me julgar e me chamar de *fangirl*, não! Já falei que sou tímida, mesmo você não acreditando. Agora estou aqui recebendo atenção dos menestreamers que admiro, que só conhecia pelas redes. E digo mais! Em minha defesa, todos os novatos estavam calados e meio encolhidos diante dos grandes.

— Blazdall consegue abrir portais — acabo interrompendo um debate entre Azz'Ecos e Tigoah sobre cosmologia planar —, não eu.

Encolho os ombros e ofereço a espada. Alguém ali deve saber lidar com ela melhor.

Sim, dói admitir.

Azz'Ecos sorri e, suave, a empurra de volta para mim.

— Não é assim que funciona. De nada vale a melhor espada mágica nas mãos erradas. Ela é uma extensão sua, posso ver. Os melhores artefatos escolhem seus mestres.

Espanto em meus olhos. Aquilo é parecido com algo que minha mãe sempre diz. Palavras diferentes, claro, mas acho que dá para colocar nesse contexto.

*"A ferramenta e a pessoa, quando solo, de nada servem. Juntas, podem mudar o mundo".*

Morta de vergonha e com medo da Blazdall falhar e morrer de novo (foi traumatizante), empunho a espada. Ouço todos em volta.

*"Sinta a energia que ela compartilha com você."*

*"Visualize seu objetivo com clareza."*

*"Aceite o que ela te oferece e compartilhe a sua vontade."*

*"Canalize o poder dela até o seu coração, una-o ao seu próprio poder."*

*"Abre essa ********** de **********!"*

Ah Vallos, até você!

Sei o que está pensando — você aí, que adora me julgar. *"Ain, mas agorinha teve aquela cena toda linda, ela percebendo que a espada ajuda os companheiros, aceitando o poder da amizade, nhénhé!"* Eu *não* esqueci aquilo, certo? Estas pessoas são importantes para mim, eu *vou* conseguir abrir um portal para levar todos daqui. Uma parte minha sabe disso muito bem!

Mas outras partes, ainda não. E elas ficam se amontoando no caminho.

Tipo agora. Na maior parte do tempo, a gente se entende e funciona. Mas quando o assunto é abrir esse portal, parece que não consigo sincronizar. (Entra no robô, Ágata!)

É isso, preciso recuperar aquele sentimento. Aquela certeza na amizade de meus companheiros. A certeza de merecer você. Blazdall.

*Manda a ver, Blazdall.*

Eu golpeio em arco.

Não preciso abrir os olhos para saber que vai funcionar.

As reações são diversas: exclamações, risos nervosos. Até alguém pedir silêncio e todos se calarem.

Não consigo segurar o sorriso de orgulho da minha lindinha.

O portal ainda está se formando. Preciso, *sinto* que preciso, mentalizar o local de destino. Desejar muito estar ali.

Estou pensando, claro, no palco diante do Glifo de Vallindra — o lugar mais seguro e querido que consigo imaginar agora. Minha memória reúne os detalhes, de quando assisti as streams, quando presenciei a partida de Amilca, quando eu mesma pisei ali. Posso ver a clareira, as arquibancadas, bandeirolas e telões (será que meu rosto está ali agora? FOCO!). Posso ver o Glifo de Vallindra, brilhando, levitando, girando.

Sinto cheiros. De magia, pipoca, alcaçuz. Ouço a música do parque, o riso das crianças, o bradar dos Arcanautas.

Meu coração dispara. Mana dourada e líquida de Blazdall corre em meu pulso. Eu sinto. E deixo me levar.

Vamos para casa, Blazdall!

Enfim abro os olhos. Vejo a realidade rasgada. É como tinta sobre tela, uma paisagem pintada sobre outras, partes espessas e partes ralas. Bordas brilhantes. Um estrondo contínuo.

Mais além, o Parque do Glifo.

Azz'Ecos quase surta atrás de mim, os outros urram de vitória.

— Não vai durar muito — eu aviso, sorrindo e chorando, Blazdall fazendo vibrar meus braços.

— Vamos de uma vez, pessoal! — Nemesin diz ansioso.

Todos se aproximam, ansiosos, mas sem pânico. Chegando perto, é como se fossem sugados, com estampidos abafados. Tem muita gente, temo que o portal feche cedo demais, mas enquanto mantenho a espada erguida ele fica firme.

Está acontecendo. De verdade. *Estamos salvando todo mundo.*

Não sei se recebi elogios e agradecimentos, estou tentando me concentrar aqui até todos irem. Mas lembro que Hermax me cumprimentou, felizão.

Os últimos são Hitomi, Edouard e Vallos. Sinto-os hesitantes, preocupados que eu fique para trás. Eu sorrio e aceno.

— Vão logo, seus tontos!

Edouard parece querer dizer algo, mas pula e desaparece. Hitomi, me pegando total de surpresa, segura a minha mão e me puxa junto.

Antes de passar, ainda consigo ver os kalhynds ao longe. De algum jeito, acho que estão satisfeitos.

Então voltamos pra casa.

Só que não.

Sem parque. Sem glifo. Sem pipoca.

— *Cidadela do Exílio Infernal* — alguém sussurra, quase sem voz.

O que foi que eu fiz? Onde eu errei?

Vermelho lava é a cor predominante. Está entre as rochas negras dos paredões que sobem titânicos ao redor, nas cascatas de magma que escorrem lentamente até o lago imenso à frente, o Flume Infernal (melhor não pensar nas criaturas que vivem ali); nas colunas que, zombando de qualquer regra arquitetônica, sobem até o teto enevoado.

Com toda certeza o mapa mais profundo, assustador e quente já catalogado. Belo cenário para o fim. Fim de quê? De qualquer coisa.

Foi palco de uma das lutas com mais visualizações nas redes: "O Chamado de Mefisto". Dalla Corte, o anão arqueiro (eu também não entendo, não pergunte), antes de surtar nas redes e sumir (anões não são muito sociáveis, você sabe), foi protagonista dessa batalha lendária.

*"Não chamem o suporte! Eu dou conta desses diabos!"*, ele gritou (isso virou meme).

A barba chamuscada, metade do peitoral quebrado, Dalla lutou contra quinze *fyros*, o povo-salamandra que vive nas torres daqui (ai). Seus companheiros, despreparados para uma peleja corpo-a-corpo contra elementais do fogo, se protegeram atrás das rochas vulcânicas.

Dalla atirou três flechas de uma vez, era mestre nessa técnica, acertando em cheio os cabeças de lagartixa. Todos caíram, mas outros vieram das profundezas do Flume e o cercaram. Tudo parecia perdido, até um rugido monstruoso calar os fyro. Um demônio púrpura foi invocado a partir de seu arco. Congelou os elementais de medo. Então Dalla os dizimou.

Ele nunca deu nome para essa invocação; ficou puto com o pessoal enchendo o saco e sumiu. Nós... caham... esses fãs obcecados dos fóruns organizaram uma enquete. Virou "O Chamado de Mefisto".

Tá bom, *tá bom!* Estou aqui contando historinha nada a ver porque *preciso* me distrair do momento presente. *Aaahhhh!*

Certo, voltando (mesmo não querendo).

Ponho minha mão no fogo (de forma figurativa) que não vai ser tranquilo sair daqui. Sim, mesmo com um batalhão Arcanauta.

Estou internamente gritando a pergunta que todos querem de fazer, mas escolhem calar.

— Que *************** de ************** rolou??

Quase todos.

O portal *levaria* para o Parque do Glifo, para fora da Arca. Eu vi, todos vimos através. Mostrava aquele lugar desde a abertura até o instante em que passei.

Como é que acabamos aqui? *Como??*

— A gente consegue sair — é Hermax quem tem a coragem de dizer uma coisa dessas.

Todos acenam, otimistas. Quase todos. Eu fico amuada.

Ninguém me acusa de nada, ninguém me olha feio. Isso só me faz sentir mais culpada, mais incompetente. É como se nem estivessem surpresos.

Como já esperassem minha falha.

Não posso culpá-los.

Logo o pessoal está se organizando para alcançar o portal de saída; este lugar já foi cartografado, os caminhos são conhecidos. Uma rota é traçada, tarefas são distribuídas. Nosso grupo acaba com o papel de batedores, pelos sensores de Hitomi e sentidos de gata.

Eu acato, sem motivo ou ânimo para discordar.

Blazdall esquenta na minha mão, mas não vibra.

— Não é culpa sua — digo baixinho, perto da lâmina. Não é mesmo culpa dela. É minha.

Sinto-a puxar/empurrar junto a meu peito. Como um aconchego.

— Ágata.

Ouço o meu nome de novo e vejo todos me olhando. Na lista de coisas que preciso treinar quando sair da Arca, "atenção" está em primeiro lugar. Não sei quem chamou, mas é Edouard quem se aproxima. Passa um braço sobre meus ombros.

— Fica sussa, Gata. A gente vai sair dessa na molezinha.

O pessoal sorri e concorda. Despejam elogios para Blazdall (ela é impressionante mesmo) e eu (sem comentários). Já fazem planos, marcam passeios, baladas e outras expedições, para quando a gente sair.

Muita gente acha que menestreamers são rivais, inimigos. Os fãs curtem se hostilizar, defender seu favorito. Mas na real, mesmo quando rola alguma competição, todo mundo é bem chegado. Fazem collabs. Ajudam novatos.

Pisei na bola feio, e mesmo assim me acolhem.

Melhores pessoas.

Sou chorona e isso é extremamente inconveniente para manter minha pose de gata foda.

— Vallos não espera ********** ninguém.

Claro que nosso tanque boca-de-latrina acaba com o clima, puxando Edouard pelo braço. Brutusk os acompanha.

— Sua forma de demonstrar saudades é meio violenta, Valoroso.

— Vá se ********** seu ***********de ***********!

Aqueles não chocados com o vocabulário de Vallos riem.

— Ok, vamos embora — digo, devolvendo Blazdall às costas.

Seria legal terminar aqui e dizer que passamos por todos os mapas sem problemas, até porque somos um grupo grande e bom de briga, né? Muita gente poderosa e tudo o mais.

Seria ainda mais legal dizer que fomos salvos pela BUSCA, ou achamos um atalho para o primeiro nível. Ou Blazdall surta e abre uma passagem pra fora deste inferno (literal), direto até a cobertura do Sr. Amon, com uma festa de recepção esperando, a Cecil me fazendo cafuné... Gasp, cof...

Mas você não acredita que vai acabar assim, e nem eu.

Ainda presa em minhas costas, de repente Blazdall me *empurra* com força. Quase me derruba, reflexos felinos evitam um tombão. Deixo escapar um belo palavrão de surpresa.

Estou sentindo-a *quente*. Tem algo errado.

Hermax percebe, faz que vai perguntar algo. Antes que consiga, somos atingidos por um estrondo. Um trovão abissal.

Alguns se desequilibram, quase caem. Alguém segura Kayo pelo braço, evitando que kaya. Caia.

*O que é isso?* Várias vozes perguntam, eu acho. Digo que acho porque ninguém consegue ouvir nada. Se isso é um rugido, não pertence a nenhum monstro deste mapa que eu conheça.

— Agrupar! — Hermax consegue bradar acima do estrondo ecoante.

Os arcanistas conjuram magias de reconhecimento, rastreamento, identificação. Os tanques avançam, os DPS de ataque à distância recuam. Os suportes deixam as curas e buffs preparados.

Blazdall, quando percebo, voltou para minhas mãos. Ela me puxa para a direita e eu vou.

Ninguém consegue dizer de que direção chegam os estampidos, parece vir de todo lugar. Vibra no chão, entra nos ossos, martela o cérebro.

Então, um arrepio quase me arranca a cauda.

Não é um rugido. Eu *sei* o que é. Outros também percebem. Vejo pelo medo em seus rostos.

É uma *gargalhada*.

— *Inspirador* — a voz que eu mais temia ecoa por todo aquele mundo.

*Ele achou a gente*, penso em dizer. Não digo. Ninguém precisa de mim anunciando o óbvio.

— *Homéricos como ratos.*

É a voz dele, certeza. Mas diferente. Antes, parecia controlada, contida. Cheia de desprezo, mas ainda calma.

Agora, não mais. Tem raiva contida. Muita, *muita* raiva.

Voz de alguém com uma vontade imensa de esganar todo mundo.

— Vem dali — um dos nossos aponta. Todos olhamos.

É para onde Blazdall me puxava.

Então vemos. O manto esvoaçando logo acima das cachoeiras de lava. Pairando sem temer o fogo líquido.

A paisagem pulsando, retorcendo em volta. Como se a própria Arca não o suportasse.

— Já ouviram falar sobre Homero, não? — a voz-trovão diz, casual, mas ainda colérica. — Particularmente prefiro o nome que recebeu aqui, ao que era conhecido em seu mundo de origem. *Homero, homérico*. Forte, notável. Quão grande um homem mediano consegue ser, em um mundo tão fraco? Sinônimo de heroísmo, quem diria?

— Não respondam — KedroP avisa baixo, mas com urgência. — Ninguém responda.

Eu queria perguntar o porquê, se tem alguma consequência por cair na provocação dele. De qualquer forma, não entendo de quem ele fala. Eu fugia das aulas de História das Convergências para jogar RPG.

Todos seguem calados, acatando a ordem de KedroP. Todos menos Blazdall. Ela vibra, faz a lâmina zunir, "cantar".

*Blazdall, pelo amor de Vitória, fique quieta!*

— A escolha de seus campeões diz muito sobre esta civilização — o Censor continua. — De fato diz tudo. Vocês são consagrados heróis porque eles são fracos.

— Nunca o vimos falar tanto assim — Nemesin comenta.

— A premissa do tolo eloquente: fale bem, fale alto, fale com convicção.

Como algum espírito, o Censor vem em nossa direção. Ele não se move, não se desloca; desvanece de um lugar, ressurge um pouco além. Acho que está se *teleportando*. Ou algo parecido.

— Aqui, neste plano, os fracos de espírito sucumbem ao carisma irresistível de tolos eloquentes. Tolos eloquentes que usam armas, armaduras e proferem a palavra sagrada da magia.

— O maluco tá viajando — Edouard, perspicaz como sempre.

— Mantenham as posições, não se distraiam — Azz'Ecos alerta. — Não sabemos como o poder dele funciona. Qualquer coisa que fizemos pode nos deixar vulneráveis.

— Vamos atacar no último segundo — alguém sugere lá atrás. A maioria concorda.

Fico calada por medo de falar merda, mas vou confessar aqui para você. Acho que o último segundo pode ser tarde demais.

— Não! — Hermax lê meu pensamento. — Deixar que tome a iniciativa é mais perigoso!

— Nossos ataques normais não o atingem — KedroP relembra, sem precisar. — Ele é um mestre dos planos. Não apenas consegue esquivar. O Censor deixa de *existir* no ponto em que atacamos.

— Sabemos disso — Hermax de novo. Argh! — Atacamos com tudo que tínhamos. Só escapamos de ser capturados graças a...

Ele se interrompe. Todos os olhos e expectativas se voltam para mim novamente. Valeu, Hermax.

Acabo lembrando de algo que alguém me disse ainda ontem.

*"Coragem, energia, audácia, ambição. Vejo tudo isso em você. Vejo o futuro em você, senhorita Badeaux. São uma grande dupla, vocês."*

Certo. Nesse cabo-de-guerra entre ter a confiança de todos e me achar uma bostinha, as palavras do Senhor Amon me puxam para o lado certo.

— Conseguem distrair ele? Ganhar tempo pra mim?

— Quero ver alguém impedir — Carien, a elfa mais gata e gótica, me dá um sorriso.

— Vocês protegem a guria.

Vallos nem se preocupa em sussurrar. Quando percebo ele está na dianteira do grupo, só esperando pelo Censor.

— Vallos segura esse ********** **********!!

*Oi?*

Não duvido da força de Vallos, ninguém com algum miolo entre as orelhas o faria. Mesmo assim, a bravata pega todo mundo de surpresa.

Todos acenam positivos. Todos se posicionam.

Um grupo alcança a beirada do Flume Infernal, logo atrás de Vallos, armas e magias prontas. Os demais, incluindo Hermax, Syndra e Hitomi, formam um círculo em volta de mim. Vários domos de proteção são conjurados ao redor, filetes de magia fortificante alcançam os combatentes na vanguarda.

Censor não parece impressionado. Vem pisca-piscando em nossa direção, como uma imagem defeituosa, um fantasma em filme de horror.

Não diz mais nada. Mas parece que segura algo. Uma tiara? Espera, eu *reconheço* aquilo.

Seus olhos brilham chamas. Olham para mim.

Estou com medo, então já peço desculpas aí se não rolar muita piadinha daqui pra frente. Você entende, né? Situação de estresse extremo aqui. Duvido que até os menestreamers mais experientes estejam se importando muito com a transmissão.

Aliás, se estamos mesmo streamando, é algo que Kayo ainda vem tentando confirmar. Mesmo em situações comuns, não tem como saber se o público pode ver ou ouvir dentro da Arca — nosso sinal sai, mas nada entra. Tomara que sim. Se estivesse em casa, eu assinaria *qualquer* pacote de serviço para ver esta luta.

E pensar que dias atrás estava no conforto da minha cama, comendo salgadinho com refri e vendo a transmissão de KedroP ser cortada, xingando o Wi-Fi e depois duvidando do que noticiavam. Minha única preocupação era passar no teste da BUSCA, virar webceleb e fechar publis com as marcas.

Eu, moreau, Herdeira do Gato, nascida e criada em Neo Sampa. Eu, que achei uma espada ultra mágica em casa, e levei para meu teste, falhei, e ainda assim estou aqui.

Pronto, lá vem outra das lições da mamãe. Alguma coisa sobre destino, não lembro bem, mas acho que nunca acreditei tanto em destino quanto agora. Assim, estou aqui porque preciso estar aqui. Ou preciso que Blazdall esteja, que faz muito mais sentido (síndrome da gata vira-lata aqui).

E como este parece ser mesmo o "meu lance", como diz Vallos, me concentro em fazer o melhor que posso. Preciso abrir um portal, desta vez um que preste. Para a gente escapar do Censor e, quem sabe, sair da Arca. Ou, pelo menos, ganhar tempo até alguma ajuda chegar.

O problema é que Blazdall parece estar mais interessada em cair na treta. Fica me puxando e vibrando loucamente. E eu achando que, depois de abrir portais, ela se cansava.

Magia crepitando ao redor, colorindo tudo. Armas erguidas ameaçadoras, feições de atenção e determinação. Todos me protegem, mas ninguém me observa; estão de olhos presos à aparição demoníaca, o vulto de manto que existe/não existe, pairando acima do Flume Infernal. Chegando mais e mais perto.

Mesmo desta distância, consigo ver que ele me encara.

O cabelo branco, a cicatriz cruel cruzando o rosto, os olhos vermelhos. Como pode parecer humano e, ao mesmo tempo, tão inumano?

Blazdall puxa mais, quer escapar do círculo de proteção. Não, querida, agora não! Pior momento para sair de perto dos amigos. Em outro momento, talvez eu quisesse mesmo partir pra cima do grande vilão, ter uma luta heroica e salvar o dia, impulsiva sem noção que sou. Mas agora não!

— Quem apenas enxerga o reflexo, superestima a própria força. As Arcas não serão mais palco para suas vaidades.

Não entendo metade do que ele diz. A outra metade, parecem insultos chiques.

— Aí tio! — Edouard grita. Não vi quando ele se afastou tanto da gente, pelo amor dos deuses! — Você deve ser muito legal nas festas, hein? Mó gente boa.

O Censor deixa de me olhar, volta-se para ele.

Move a mão livre.

*Edouard, seu tonto! Isso é hora de zoar o tiozão do mal? Você precisa ficar vivo, para levar umas bifas por enganar a gente!*

Pois é. Sem aviso prévio, Vallos *salta* na direção de Censor. Quase voa. O tipo de salto épico, olímpico, que um tampinha de metro e meio nunca deveria ser capaz.

Era *esse* seu plano?! Distrair o cara com um comentário besta de Edouard, para atacar de surpresa *com o mar de fogo logo abaixo?*

Pensando bem, julgando por aquela vez em que Vallos queria recuperar sua credencial *intimidando todo mundo em volta*, já devia suspeitar que ele pode ser bem ruim de estratégia.

Censor, que eu duvido ser besta, ergue aquela tiara na direção de Vallos. Espera, agora consigo ver melhor. O Diadema da Deusa! A relíquia que KedroP e seu grupo estavam tentando pilhar — aham, resgatar, quando o Censor os pegou. Mas por que...?

Muito antes que eu termine de formular minha pergunta, o Touro urra como um touro, as runas do Korlon brilham chamas de ódio. Não tenho a menor dúvida, qualquer coisa no caminho daquele ataque vai virar pó. Espero o impacto já com um grito preso na garganta.

Mas o impacto não vem. Pelo menos, não do jeito que pensei.

Vallos desaparece.

Por um segundo, temo que o Censor tenha feito ele sumir. Transportado para longe, para algum inferno ainda pior que este.

Mas não. Ele ressurge, de volta ao platô onde estamos. Arfando, esfriando.

Ele não sumiu apenas. Onde estava, no caminho até o Censor, *algo* surgiu em seu lugar. Uma esfera escura, envolta em fumaça púrpura. Como alguma bala de canhão mágica. Continuando de onde Vallos parou.

Eu conheço! Eu conheço!

— Cellbyte...

— É o ataque especial! — Amilca se empolga.

Sim! Esfera da Extinção, o ataque final de Cellbyte! Ele usa para abater monstros escala *sugoi* ou mais. Uma bomba arcana que troca de lugar com um aliado, pegando o alvo de surpresa, e ao mesmo tempo resgatando o colega. Imagina fazer isso com o tanque que acaba de ser engolido por um kaiju!

(Você já imaginou e está pensando em aprender essa magia no seu jogo de RPG, que eu sei!)

Sendo meio óbvio que o Censor não vai engolir ninguém, a detonação acontece tão perto dele quanto possível.

*Acho* que ainda consigo vê-lo soerguer a sobrancelha.

Então tudo some. Explode em luz negra, que não ofusca, mas ainda arde. Preenche tudo, atravessa o corpo, atravessa os globos oculares. Quando consigo olhar de novo, a negritude encolheu, voltou à forma de esfera, como um buraco negro.

Tudo que estivesse ali perto, foi sugado para algum plano elemental que apenas Cellbyte conhece.

Não tem mais nada ali.

— Deu certo? — Alguém pergunta atrás de mim, espantado. — Funcionou desta vez?

*Desta vez?* Isso quer dizer o que eu acho que quer dizer?

Então acontece algo inesperado, mas não surpreendente. Cellbyte distende as asas de morcego para fazer sua pose icônica: mãos em garra para o alto, queixo erguido, língua bifurcada para fora, olhos azuis arregalados.

Não, ele não vai fazer isso!

— *Calamidaaaaaade!*

É, ele fez.

— Não é hora de soltar bordão, Cellbyte! — Bartoh fareja o ar e aponta o arco, já percebendo outra coisa não surpreendente.

Quando a emanação fumegante residual da Esfera de Extinção enfim dissipa, o Censor ressurge. Sem sinal de dano ou mudança, exceto o capuz caído, a cabeleira branca descoberta.

Ainda com aquela mesma expressão nojenta de quem cheirou um pum.

Ele vem mais rápido, pisca-piscando pelo caminho — só para nos enervar, porque tenho certeza que podia teleportar até aqui se quisesse.

Ninguém precisa de comando para atacar, todos que podem o fazem. Uma chuva de disparos voa até o Censor. Flechas, virotes, raios. Bolas de fogo, relâmpagos, setas infalíveis. Adagas, shuriken, ursos de pelúcia explosivos teleguiados (queria um desses).

Nada. É o mesmo que jogar farofa nele.

Acaba sendo uma repetição multiplicada das outras vezes. Muitos ataques só apagam, se desintegram, quando chegam perto. Outros resvalam em barreiras invisíveis. Os demais passam através sem efeito algum.

Ele sequer fala ou move as mãos para conjurar suas proteções. Como se não precisasse. Como se isso fosse sua natureza.

Ser intocável. Indestrutível.

— Vallos! — Alguém grita lá na frente.

Não consigo ver, nem prestar atenção enquanto cuido do portal, mas o pessoal que me protege fica tenso.

Soube que Vallos voltou a atacar, não mais como dublê de bomba para o Cellbyte. Outra vez, o machado atravessou o Censor sem fazer nada, como se fosse um fantasma. Antes que o Censor pudesse reagir (isto é, se ele quisesse), outros dois vultos passam como raios em diagonal, cruzando-se com ele no centro. São companheiros do Azz'Ecos e seu Ataque Cruzado, ambos expelindo rajadas de senbons (é um negocinho ninja, vai pesquisar).

Fazem nem cosquinha.

O Censor estala os dedos, só para efeito dramático pois acho que nem precisa. Os ninjas do Azz'Ecos desaparecem no ar. Ressurgem caídos perto da gente.

Alguém grita, atingido. Dúzias de senbons (tá bom, são agulhas de metal para incapacitar ou matar, tá feliz?) aparecem cravadas em seu peito.

— O cara *teletransportou* o ataque contra nós? — Hermax grita em algum ponto atrás de mim.

— Alguém ferido?

— Já tratamos! — Kalendra responde — Viram ele fazer isso antes?

Ninguém se manifesta. O pessoal está tentando descobrir seus poderes, seu padrão de ataques. Aposto que foi o assunto principal deles enquanto estavam presos: estratégias para uma revanche. Pelo menos, é o que eu faria.

Problema é que o Censor, pelo visto, não mostrou ainda uma fração do que é capaz.

Será que ele é mesmo escala *kami*? Um deus?

— *Supoooorte!*

Barreiras sobem diante dos que atacam à distância.

O chão sob os pés da linha frente é enfeitiçado por alguém do nosso grupo (difícil saber quem está fazendo o quê, tem gente ali com ataque especial que eu nem sabia!). Fica elástico, todo mundo consegue saltar muito alto e longe. Show!

Quem voa, tenta cercar o sujeito. Quem ataca de longe dispara sem parar; quem ataca corpo-a-corpo salta com armas em punho, tentando acertá-lo — sem cair na lava, de preferência.

Nem consigo começar a pensar em como estão fazendo isso sem acertar uns aos outros. O poder de todos aqueles ataques reunidos podia demolir a Torre Amon, certeza!

O Censor, no entanto, não é atingido por nada! *Nada!* Ainda que não seja ferido, ele também não ataca. Ao menos, não faz nada que seja tão visível.

E, como se planejado, todos param de atacar. Apontam mãos, cajados e armas na direção dele. Está encurralado. Isso me preocupa, nessas horas apelamos para o que temos de mais forte. É a simples lei da natureza. Vida ou morte. Olha eu toda cheia de sabedoria, até parece.

— Volte para seu mundo! — Bartoh vocifera com uma flecha rubi apontada.

Então, pela primeira vez, o Censor se torna *nítido*. Aqueles efeitos de transparência/chuvisco/saltos planares acabam. Até me distraio da tarefa, do portal; não posso evitar. É a primeira vez que consigo enxergá-lo *bem*.

É mesmo um rosto humano, pálido como se feito de papel. Olhos vermelho-sangue, cílios e sobrancelhas quase transparentes. Rugas profundas em volta dos olhos e na testa. Cabelo prateado de tão branco, despenteado, rebelde. Cicatriz assustadora, cortando o rosto na diagonal, da entrada do cabelo até o pescoço, quase cegando um olho.

— Não. Minha missão aqui só começou.

Ouço murmúrios de espanto. Nas poucas vezes em que fala, o Censor só discursa ou comunica intenções. Esta deve ser a primeira vez que ele se incomoda em *responder* alguém.

O Censor puxa um sorriso enojado e cruza os braços diante do corpo, ainda segurando o Diadema da Deusa. Isso chama a atenção de KedroP atrás de mim.

— Arcas são sagradas, sítios de provações para verdadeiros heróis. Mas é muito pedir que compreendam isso, já notei. Minha missão aqui é protegê-la de infames como vocês. E eu vou.

Proteger as Arcas? Contra os *menestreamers?!*

Quando ele abre os braços, todos se protegem. Blazdall fica enlouquecida, me empurrando com mais força e vibrando muito. Seu fio começa a brilhar, mas é diferente de quando vai abrir um portal.

Uma luz se expande do peito do Censor e começa a crescer. Vem coisa grande!

Quando algo assim acontece, normalmente há uma liberação de poder, tipo uma onda que sai arremessando, explodindo ou desintegrando tudo. Pelo menos na minha cabeça é assim (consumo muito anime, me deixa). No entanto, não é nada disso que acontece.

Ele simplesmente desaparece.

Ficamos até atordoados. Isso, sim, foi uma surpresa inesperada. Pleonasmo, desculpa.

Melhor que sair destruindo todo mundo? Sim, com certeza. Mas não dá para comemorar, não.

— Pra onde ele foi? — Uma voz murmura trêmula.

— Rastreadores! — KedroP comanda.

Vejo Hitomi, Kayo e Syndra se unindo ao grupo de rastreio. Morro de orgulho delas ali no meio dos grandões. Se bem que Hitomi é grandona, Syndra... tá, ela também é foda. Kayo não.

Várias mãos se elevam e sinto a magia nos tocar. O cheiro de mágica se sobrepõe ao magma.

— Alvo detectado em L-2.

Hitomi!

Sou a única que não sabe o que é L-2, mas descubro da pior maneira.

Não, Censor não apareceu bem atrás de mim, pronto para me mandar para outra dimensão. Pior, bem pior.

— Não o vejo! — alguém grita.

E Blazdall (que também sabe o que é L-2) me puxa ainda mais forte para fora do círculo de proteção, na direção que todos olhavam, onde nada havia além de uma vista surreal de uma montanha cuspindo fogo.

*Confie.*

Oi? Quem disse isso? Foi a voz interna na minha cabeça? Foi Blazdall, se comunicando como um ser civilizado que não fica puxando os outros para a muvuca? Nunca saberei. Talvez um dia, mas hoje não.

Só decido confiar.

Deixo que ela me leve, de olhos fechados, tentando entender o que Blazdall quer de mim. Não sou ninguém sem ela. Mas aqui, agora, é como se ela também precisasse de mim. Mamãe não erra mesmo.

Eu sinto. Entendo. Sei o que ela precisa que eu faça.

Como vou explicar? Não é como se ela me dissesse, é mais como saber a intenção dela. É natural, mas mágico. Entende? Nem eu!

— Ágata! — Ouço meu nome na voz de Edouard (me chamou pelo nome, deve estar assustado mesmo!) e mais gente. Braços tentam me puxar. Eu esquivo e salto.

— Suporteeeeee! — Alguém grita, mas escuto a voz lá no fundo, abafado. Outras vozes se unem, mas nada é compreensível ou alto o suficiente.

Mesmo através das pálpebras, vejo uma luz estranha, fosca, furta-cor. O ar fica gélido e quente logo em seguida, mas não o mesmo calor infernal da Cidadela, é mais para um calorzinho da manhã. O cheiro também é diferente, adocicado e fresco, ainda que um pouco do enxofre e magma permaneçam.

Tenho medo de abrir os olhos e descobrir que morri, ou pior, fui enviada para outro mundo. Que é? Se morrer, posso ser ressuscitada pela BUSCA. Não que eu esteja ansiosa por essa experiência, que dizem ser terrível e... ah, você entendeu.

Blazdall dá um impulso leve, mas compreendo a sua intenção e coloco força na investida. Todos os sons somem, apenas uma voz corta aquele silêncio abafado.

# 9

— Como você...?

Abro os olhos. Vejo o Censor.

Ele flutua diante de mim, olhos grandes e desacreditados. Nem sabia que ele tinha a capacidade de se espantar.

Agora consigo ver suas feições com mais detalhes, as rugas em volta dos olhos sangrentos, o cabelo descabelado, a cicatriz antiga.

Percebo Blazdall com a ponta quase tocando seu peito, tentando avançar, só detida por alguma barreira mágica. Ele franze o cenho, seja por esforço para deter a espada, ou indignação por minha ousadia.

Não está mais espantado que eu, garanto.

Sigo encarando, com medo de desviar o olhar. Não sei o que ele pode fazer, mas é melhor... Espera aí.

*Que lugar é este?*

Não estamos mais na Cidadela do Exílio Infernal. Na verdade, ela também está ali, mas... Todos os cenários das Arcas estão girando ao redor como partes de algum quebra-cabeças em 3D. Não vejo chão sob os pés, apenas florestas, cavernas, torres, castelos e monstros distorcidos na realidade.

*O que está acontecendo?*

— Cadê todo mundo? — consigo perguntar, mesmo temendo a resposta. Eu morri? Ou eles morreram? Tá, acho que desta vez fui eu.

— Então você realmente guarda esse poder, moreau? — sua voz sai forçada entre os dentes cerrados, raivosos.

Nunca tinha visto tanto ódio e desprezo em alguém. Tanta vontade de matar. Fazer *pior* que matar.

Sinto que, se fraquejar, ele acaba comigo feito uma barata, sem remorso nenhum. Empurro mais a Blazdall contra seu escudo arcano. Estamos ambos presos nessa postura, sem desviar um passo (é possível andar aqui?). Aquele que ceder, deixa a guarda aberta para o outro. Aquele que tiver medo, perde.

Não acho que ele sinta medo.

— Que poder?

Eu, por outro lado, estou com *muito* medo. Minha voz sai quase choro. Mesmo assim, quero saber o que ele quis dizer.

Dá pra perceber que tô apavorada? É assim que acaba?

Nunca mais verei meus pais? Meus amigos? Lynna? Genevive? Sandro Galtran?

O Censor me encara em silêncio, a boca crispada, o queixo trêmulo. A cicatriz fica mais evidente e os olhos mais vivos.

Estou sozinha e cara-a-cara com a maior ameaça já vista nas Arcas. Enquanto isso, o mundo de Vallindra continua uma ciranda surreal em volta de nós.

— O artefato — ele olha para Blazdall de um jeito estranho, curioso talvez?

Não consigo parar de tremer. Minha garganta parece ter um bolo, talvez eu chore. Não! Segura, Ágata! Ergue o queixo e as orelhas! Aquieta essa cauda. É como encarar um bicho selvagem e perigoso, não posso demonstrar o medo que estou sentindo.

Fala alguma coisa! Não deixa ele ver seu medo!

— Ela tem *nome*. E vai acabar com sua raça — de onde tirou essa caradura, Ágata? Do mesmo lugar onde Edouard conseguiu noção?

Até achei que ele fosse rir. Pensando bem, acho que ele nem tem essa habilidade.

— *Blazdall* — e quando diz isso, o nome brilha na lâmina, como quando apareceu para mim. Soa diferente quando ele pronuncia. Algum sotaque.

— Blazdall! — eu repito, só por birra. Tonta.

— Não deveria estar com ela. Não é sua. Não lhe pertence.

— É da minha família — respondo sem pensar. — Não é deste mundo.

Preciso parar de tagarelar sem filtro. Merda, e se esse maluco resolve perseguir meus pais?!

— Não é — ele confirma. Inclina a cabeça, observa Blazdall como se a estivesse lendo. — Sei de onde ela vem.

Fico calada, tentando controlar a tremedeira nas mãos. Aquela bola na garganta (não é bola de pelo!) quase me sufoca. Quero perguntar o que ele sabe, de onde ela vem, quero saber das minhas origens. Mas a voz de Mestre KedroP vem como um aviso na minha cabeça.

*"Não o responda."*

Não vou deixá-lo me controlar. Não posso deixar.

Blazdall vibra forte tentando romper o escudo invisível. Quase sinto sua sede de combate, mas não sei de onde isso vem. Continuo mantendo-a firme, sem desviar o olhar.

— Cadê os outros? O que fez com eles? — pergunto. O silêncio examinador dele me deixa doida.

— Nada, ainda. — Ele endireita a cabeça e me encara novamente — Continuam ali, os indignos. Onde os deixei.

— Deixou? Mas fui eu que...

Calo quando entendo, enfim, o que aconteceu. O portal para o Parque do Glifo. Mudando e trazendo para a Cidadela.

Poderes sobre os planos. Sobre a Arca.

*Foi ele. O Censor fez aquilo.*

— E onde é aqui? — Droga, Ágata! Cala a boca! — É o além? Eu morri?

Ele olha fixo por um instante, então o rosto se retorce ainda mais. *Acho* que é um sorriso. Se antes eu achava estar fazendo perguntas idiotas, agora tenho certeza.

— É como eles, como todos eles. Não sabe nada, não entende nada. Ainda assim, ousa descortinar tudo aos mundanos. Revelar o que sequer conhece.

"Nem mesmo sabe o que fez neste instante."

Não, não sei. Nem quero pensar muito nisso, porque sinto que posso enlouquecer. Preciso manter a situação quase sob controle. Fingir que tenho noção do que está acontecendo ou serei engolida viva. Eu sei.

É agora que a protagonista fraca e sem habilidades encara o vilão e mostra um *mega-blaster-super* poder capaz de mudar os rumos do mundo? Ou melhor, eu sou *mesmo* a protagonista?

A Lagoa de Savagon, o Prado dos Cem Olhos, a Catedral do Paraíso Esquecido, passam à nossa volta como recortes mal feitos em relevo.

— Moreau. Diga seu nome.

— Não!

Ele sorri mais.

— Rebelde, feroz. De onde venho, audácia e coragem são bem vistas. São virtudes abençoadas por minha Musa. Ela, que desafiou o divino e sacrificou-se para que o mundo não caísse na desgraça da inércia. Ela, que ergueu suas palavras contra aqueles que a aprisionaram.

“Em outro tempo e lugar, ela a aceitaria, não usasse a armadura do desprazer.”

Errei, agora é a hora em que o vilão final explica seus planos e motivações — exceto que esse aí não diz coisa com coisa. Tiozão lunático. Sei que tem um desses na sua família!

Fico calada. Preciso pensar em como escapar daqui. Voltar para a Cidadela. Estão mesmo ainda na Cidadela do Exílio Infernal? Preciso voltar, tirar o pessoal dali. Mas como faço? Nem sei como cheguei aqui, ou onde é aqui. Os papos do Censor insinuam que Blazdall me trouxe, mas não cheguei a abrir nenhum portal desta vez.

E ainda estamos aqui nesta queda-de-braço. Sinto que, se afrouxar a pressão, ele me pulveriza. Também sinto que Blazdall não quer fugir sem lutar.

Se sair viva daqui, vou ter muito trabalho para adestrar essa espada!

— Não entendo chongas do que você diz — eu mando a real, meio para distraí-lo, meio tentando conseguir respostas decentes. — Por que tomou a Arca? Por que prendeu os menestreamers?

Seu sorriso muda, deixa de ser escárnio, parece outra coisa. O olhar se perde nas alturas, divagando. Sei lá o que está pensando, mas pelo jeito não precisa de muita concentração para deter Blazdall muito firme a centímetros do peito. Pior pra mim.

— O que move os dignos? O que, senão a fome pelo não conhecido, não encontrado, não conquistado? Tanto a oferecer neste mundo, tantas maravilhas. Vocês pensam ter olhos abertos, mas ignoram a evolução por atenção. Enxergam-se exploradores, aventureiros, heróis. Tolos abismais. Tolos, mas não inocentes. Vaidosos. Arrogantes. *Profanadores.*

Isso foi... uma resposta? Ou ele apenas me ignorou e seguiu com suas asneiras? Oh, Vitória!

Não é possível! O que fiz de errado em outra vida para meu primeiro arquivilão ser esse pinel? (Tá, sei que outros vilões são assim, me deixa.) Não podia ser algum bad boy charmosinho, em vez de um tiozão anti-Viajantes tipo aqueles latindo nas redes, indignados com o elenco de algum gibi virando série?

Respira, Ágata! Diferente dos comentários nas postagens, este doido aqui você não pode mutar ou bloquear.

— Beleza, você tem *alguma coisa* contra os menes. Tranquilo. Sei que a gente resolve isso conversando, em algum café de Vallindra. Sei de um lugar lindo, você vai adorar o merengue de...?

Queria ser diplomática mas, olhando em retrospecto, acho que entrei no Modo Deboche do Vilão.

Ele me interrompe com um rosnado — sim, *rosnado*.

— Vocês depravam solo sagrado com sua vaidade! Abusam do tesouro oferecido a vocês pela benevolência da Aventureira. Adoradores do próprio ego!

“Eu os observo — ele modera o tom, mas ainda com raiva contida, dentes cerrados. — Observo há tempo suficiente para julgá-los vermes que rastejam por uma glória fria. Dei-lhes a chance de esconderem-se atrás do muro de covardia, selar esta Arca para nunca mais entrarem. Mas ainda se acham dignos de confrontar o mensageiro da Aventureira.”

Cara, ele parece um chat bot com frases prontas! Nem sei dizer se está falando comigo, ou consigo mesmo!

Blazdall vibra furiosa, parece uma britadeira. Se pudesse falar (talvez esteja, não entendo espadês) estaria berrando na cara dele. Estou a ponto de fazer isso também, bem petulante, do jeito que meu pai detesta.

Por agora, só estou aqui servindo como suporte vivente de espada mágica. O que faço? Não estou bem servida de opções — resolver na conversa, ser educadinha, já sei que não rola. Ajudar Blazdall e lutar? Convencê-la a recuar e fugir? O que pode sair errado? (Pergunta retórica aqui.)

Blazdall me puxa mais, tenta transpor a barreira mágica. Vibra tanto que esquenta minhas mãos, sobe por meus braços e toca meu coração.

Sinto que ela me convida. Pede. Implora. As gemas na lâmina parecem, sei lá, oleosas?

Blazdall está... chorando?

Ela quer *tanto assim* acabar com esse bruxo?

*Não há nada a perder, Ágata.*

*Está escrevendo sua história. Com um final incrível.*

Pode ser Blazdall se comunicando comigo, ou minha consciência transgressora. Ninguém nunca vai saber.

Certo. Tudo bem. Eu acredito em você.

*Ativando Modo Guerreira Rebelde Adolescente.*

— Todo cheio de certezas, né? Resmungando aí quem eu sou, o que eu sou, o que eu mereço ou deixo de merecer. Levantando plaquinha de julgamento.

— São profanadores da...

— VOU É PROFANAR SUA CARA!!

O ponto onde Blazdall toca a barreira começa a faiscar.

O Censor se cala, sobrancelha erguida, beiço enojado.

— QUEM elegeu você síndico da Arca? — eu grito, tremendo mais, agora de ódio. — QUEM disse que pode barrar os Arcanautas, prender os menestreamers? Botar na cadeia quem não segue suas regrinhas?

— A Musa Aventureira...

— PRO DIACHO com sua diva!! Foi ela quem trouxe as Arcas, por acaso? Ela fez as Convergências? Porque se não foi, *então não apita nada por aqui!!*

A cara dele fecha mais forte que cofre de banco. Certeza que toquei em alguma ferida.

— Criança ignóbil!! Não sabe coisa alguma!!

— Nem você faz muita questão de explicar, né? Nada, curte demais fazer o guardião sagrado enigmático. Pega seus segredos e enfia!!

Juro que ouço seus dentes rangerem.

Antes só segurava Blazdall, agora também empurro. Não estou pisando em nada, mas consigo empurrar mesmo assim. Não importa como. As leis físicas aqui vão muito além de meu atual interesse.

Podem ser minhas provocações, ou minha força extra, mas as faíscas no ponto que Blazdall toca jorram mais fortes. Vejo ondulações na barreira, feito ondas ao jogar uma pedra na água. A barreira impenetrável talvez não o seja.

Fico esperando alguma reação, preocupação, uma pontinha de insegurança que seja. Em vez disso, o Censor me olha como se eu fosse uma imbecil.

— Andarilho do Horizonte, fui declarado. Corri mundos. Confrontei povos. Levei a palavra da Dama onde sua imatura imaginação jamais alcançaria. Você é menos que o menor dos menores.

*"Agora baixe sua espada e sua cabeça."*

Primeira vez que ele me manda recuar. Não sei vocês, não sei interpretar esse maluco, mas acho um ótimo motivo para avançar *ainda mais.*

Tem muita coisa que não sei, nisso ele tem razão. Mas algumas coisas, sei com certeza:

1) O Censor vem de além-Convergência, como Blazdall. Vai ver, eles até *se conhecem.*

2) Se pudesse me mandar para outro universo com um estalar de dedos, já teria feito. Blazdall pode estar impedindo.

3) *Blazdall consegue derrotá-lo.*

— Está com medo — eu disparo, consigo até sorrir. — Começou a mandar currículo, contar vantagem, porque *está com medo.*

Blefei? Não foi blefe, eu acho isso mesmo. Não acho, eu sei. Tenho certeza.

Ou não.

A cicatriz deforma com a careta de raiva que ele tenta controlar. Sério, é bisonho. Se minha adrenalina não estivesse nas alturas, teria um piripaque aqui mesmo.

Não, não é adrenalina. É algo diferente.

— Não merece mais de meu tempo e atenção, criança.

Ele ergue uma mão, segurando o Diadema da Deusa. A tiara brilha com algum efeito mágico.

E o Censor desaparece. Puf!

Com toda a força que estava exercendo, você pode pensar (na real, eu também acharia) que levaria um baita tombo, mas não. Nem tenho tempo de achar que ele foi embora atacar meus amigos ou algo assim.

Recebo um tranco violento. Meu corpo retorce, meus braços quase destacam dos ombros. Sou puxada para trás. Blazdall busca algo às minhas costas.

Ela ataca o peito do Censor, que agora está ali. Crava na barreira mágica. Exatamente como antes.

*Esse traíra se teleportou e tentou me pegar pelas costas!!*

Desta vez, apesar do nojo onipresente, vejo que ele está chocado. (Também estou, mas abafa.)

É isso, tem que ser! Blazdall pode cortar passagens na realidade, através dos mundos, dos planos. Ela tem poderes parecidos com o Censor!

Blazdall deve ter um "sensor" (*ba dum tis*) que o percebe, detecta, fareja. Ela consegue alcançá-lo onde ele estiver! Foi assim que cheguei aqui!

— Está se tornando *mesmo* inconveniente — o Censor nem disfarça mais a raiva. Tão bom, nunca disfarçou antes.

Não sei se você é humano ou um ser mais evoluído, então vou tentar explicar de forma simples o que acontece agora.

Mesmo sob a mira de Blazdall, Censor não se intimida (mané) e tenta me atacar! Desta vez consigo sentir antes que Blazdall me arremesse como uma boneca de pano para algum lugar.

Minha orelha esquerda se move, percebendo coisa estranha. Essa coisa estranha acontece ao lado, vejo uma distorção, como um pequeno vórtice. Sem pensar, sinto que algo perigoso vai pular dali.

Minha intuição (ou alguma vidência emprestada de Blazdall) acerta. O mini-portal dispara uma rajada que deve doer. Consigo esquivar.

Agora na direita, esquerda de novo, esquerda, direita... Juro que queria explicar como consigo me mover aqui, mas nem eu entendo.

O Censor segue disparando coisas de direções e ângulos impossíveis. Eu sigo escapando e pressionando contra o campo de força.

Blazdall corta o ar contra sua armadura invisível, mas ainda não o atinge. Partículas mágicas de nossos ataques estouram como faíscas. Seu olhar é cheio de ódio, parece me levar a sério pela primeira vez. Novamente ficamos ali, um ameaçando ao outro.

— Ainda pode viver — ele cospe, tentando parecer calmo, mas falhando. — Conformar-se com o cativeiro.

Sua voz é forte e convincente, tenho que confessar. Baita problema para quem resolva dar atenção. Bom pra mim, "atenção" é coisa que sempre tive pouco.

— Ou *você* se conforma em procurar outra Arca para brincar — Ágata boca-de-sacola.

Sua face retorce ainda mais do que parecia possível.

Blazdall vibra como se reclamasse. *Eu também quero acabar com isso logo, amada!*

— Sua ideia não é sem mérito — ele rosna, dentes trancados. — Quando findar aqui, buscarei novas paragens. *Todas* as Arcas merecem recuperar sua pureza. *Todas* merecem ser livres de sua laia vulgar, livres de olhares ordinários. Então, e apenas então, a Musa talvez me permita descansar.

Só o que faltava, eu ajudar nos projetos de aposentadoria do maluco!

— Que *mané* Musa? De quem você tá falando??!

— Ela é quem vocês escolheram insultar! Maculando os mistérios de seu reino! Levando sua obra sagrada aos indignos!

Falei antes que ele é pálido, mas está ficando vermelho, enfurecido. A voz antes controlada agora grita.

— Vocês ousam, *ousam!* Sujam solo sagrado com vestes e brasões apadrinhados, brandindo armas que reluzem brilho egocêntrico. Vestem a capa do exibicionismo, deturpam o idealismo heroico.

"Pois acabou, digo que acabou! Chega de pérolas aos porcos, chega de legar o sagrado aos profanos. Que os desafios, as batalhas, o heroísmo, permaneçam castos. Que apenas olhares corajosos os mereçam."

Os olhos vermelhos parecem querer pular da cara. A barreira ganha cor, brilha púrpura, parece ainda mais forte. Tenta me empurrar. A ciranda dos cenários em volta se acelera.

Opa! Outro ataque combinado! Espera aí, não posso ficar narrando tudo que penso para você agora. Senão acabo distraída. Desintegrada. As duas coisas.

Certo, acho que consegui tirar ele do sério. Isso pode ser uma vantagem pra mim, ou acabar piorando tudo. O que os outros fariam? Vallos xingaria a tal Musa das piores coisas, emputecendo o Censor a ponto de ele explodir (olha, acho isso muito possível). Hitomi acharia algum ponto fraco, teria a arma incrível certa para a ocasião. Edouard, o fanfarrão, já teria levado Censor na lábia. Certeza! Talvez até fingindo se converter para a religião do maluco. Hummm...

Ou posso tentar *tudo* isso.

— Censor! Andarilho, sei lá. Perguntou meu nome, é Ágata. Ágata Badeaux.

"Não sei como funciona na sua terra, mas aqui é *muito* vacilo perguntar nome sem dizer o seu primeiro."

A chuva de ataques faz uma pausa. Ele parece pensar no assunto.

— Sua etiqueta tem *muito* a melhorar, criança.

Espera, isso foi uma piada? Era pra ser? Fala sério, *ele* é que precisa melhorar!

— Aqui também é feio matar alguém sem dizer o nome antes — Meti essa, mas sei que é mentira, é coisa de filme ruim.

— Wilmon. Wilmon Campion.

Hã... Tá, isso foi meio fácil. E rápido. Fico pensando se foi pela oferta de me matar após saber (gulp).

— Certo Wilmon, prazer (só que não). E essa sua Musa, quem é?

É assustadora a forma como o rosto dele suaviza ao ouvir a minha pergunta. Seguro um sorriso nem um pouco convincente, bem forçado, mas a situação não me ajuda, né?

Ele então começa a recitar alguma escritura ou poesia ou sermão, como se estivesse pregando um evangelho. Ou fazendo declaração de amor. Não pra mim (eeeww!), para essa tal Diva dele. Estou começando a suspeitar que é uma rainha ou santa ou coisa assim. Alguma figura sagrada.

Não vou repetir aqui tudo que ele diz, palavra por palavra — eu nem conseguiria. É tudo parecido com o que ele disse antes, acho. Fala sobre a origem e destino da humanidade (não sou humana, grandes coisas), sobre superação de desafios, insatisfação, evolução, aventuras. Sobre se tornar a melhor versão de si mesmo.

(Gente, o Censor é algum *coach* cósmico??)

Ele parece quase em transe recitando sua litania, mas a barreira protetora do diacho segue firme e forte — Blazdall ainda tentando atravessar, o Censor nem se importando. Merda! Bora querida, essa ladainha não vai durar pra sempre!

Tudo bem, a Fase Edouard do plano de imitação dos *nakama* está funcionando. E agora?

Fase Vallos.

— Que se dane essa sua ***********!!

Ele interrompe a pregação (ufa!). Se antes estava de olhar perdido, imaginando a santa ou sei lá, agora os olhos vermelhos cravam em mim feito punhais.

— Você ousa!! Ousa blasfemar contra Ela!

Minha mãe disse uma vez que a batalha está ganha quando o outro perde a razão. Quando deixa de atacar os argumentos e ataca a pessoa. Foi quando tive uma pequena divergência na escola, que quase deu em briga.

Talvez eu seja um pouco teimosa e orgulhosa às vezes, tenha problemas de comunicação e não confie muito nos outros. Mas sei respeitar a opinião alheia sem ofender (exceto em pensamento).

Contudo...

— Mas lógico, né?! Faz mil anos, você aí bostejando sobre ter coragem e ousar o impossível e meter as caras, mas fica putinho se faço exatamente isso? Você obedece mesmo essa musa/donzela/crush, ou só da boca pra fora?

Eu nunca, nunca insultei a religião de ninguém. Sério mesmo. Mas olha, pode ser que esteja fazendo isso agora. Tenso.

— Você *duvida* de minha devoção! — a repulsa dele, que eu achava impossível parecer maior, agora parece. — Eu, que fiz *tudo* por Ela, desisti de *tudo* por Ela! *Abandonei nosso mundo por Ela!!*

Quê? Como assim? Ele veio de além-Convergência por *livre vontade?* Não, sem tempo pra isso. Fase Vallos. Manter pressão! Manter palavrão!

— Vem cá, vou adivinhar um lance aqui. Você largou tudo para vir atazanar os menestreamers, para fazer agradinho, mas essa *********** que você gosta *nem pediu nada disso*. Acertei?

— *Cale-se!* Eu protejo o desejo dela! Protejo a santidade de seus domínios!

O rosto todo se contorce em uma fúria surreal. Os olhos estão acesos, soltam faíscas. Agora ele parece emputecido de verdade!

E eu entendi tudo. Tudo! (Não tuuuudo, mas tudo que importa.)

— Cala a boca você! Fica se achando dono das Arcas, ou acha que sua ********** é a dona. Diz que são sagradas, que os dignos podem entrar e desfrutar, mas os indignos não podem olhar.

"Você odeia os menetreamers porque mostramos tudo ao mundo. As Arcas, as aventuras, as lutas, os monstros."

— Malditos! Mundanos! *Porcos!*

— Vai me dizer que essa ************** do outro mundo *sabe* o que rola aqui? Ela *sabe* o que você faz?

— A Musa vai me agradecer! Me abençoar!

— Ela *vai* agradecer? Tempo futuro? Espera, então você não fala com ela agora?

"Ela ficou no além-Convergência, e não tem a *menor ideia* do que você tem feito??"

O rosto dele congela eu uma máscara de terror. Como se tivesse lembrado de alguma coisa esquecida. Alguma verdade terrível. Como se tivesse usado calça rasgada na bunda a vida inteira e nenhum amigo para dar um toque. (Tá, essa foi horrível.)

Amon estava mesmo certo. O tempo inteiro.

— Não tem bardos de onde você vem? Menestréis? Que contam as aventuras?

— Bardos...

— Não têm canções, baladas, poemas? Não têm histórias em tavernas? Pois olha só, temos isso aqui também! Eu mesma sonho desde criança ser menestreamer, viver aventuras e mostrar aos seguidores, servir de símbolo e inspiração. Quem é você pra dizer que estamos fazendo errado? Que sujamos a ideologia de um herói? Você nos prende como um castigo por sermos como somos! Quer nos parar! Nos calar!

"Fica falando de coragem, aventuras, batalhas. Heróis. O que é um herói, Censor?"

— Meu nome não é...

— *Wilmon*, o que é um herói? É alguém que combate o mal, explora masmorras, mata monstros, pega tesouros? *Só isso?*

As lições de Amon voltam com força total. São tudo que eu precisava.

— Qualquer soldado ou mercenário ou capanga armado pode fazer isso, Wilmon. Isso não é ser herói. Ser herói é inspirar, animar, empolgar, emocionar. É trazer *esperança!*

— Esperança...

— E como, pitombas, um herói vai levar esperança às pessoas, *se ninguém contar suas histórias??* De que adianta essa merda toda, se ninguém souber? *Se você não deixa a gente contar??*

Olhos vagos, boca entreaberta. A ficha, ela, caiu. O Censor... Wilmon, enfim, se ligou.

Essa Musa, essa padroeira dos aventureiros (chutando aqui), não estaria orgulhosa dele agora.

Golpe crítico mortal na fé. Sua convicção deve estar em frangalhos.

Uma parte minha tem pena. Mas é uma parte que preciso deixar de lado agora, desculpa.

*Fase Hitomi!*

Eu recolho Blazdall e chuto seu peito. Sinto a barreira mágica ainda presente. Tudo bem.

Com o impulso, consigo recuar. Ele ainda olha para o nada. Parece, aos poucos, sair dos devaneios e voltar a este mundo. Mas ainda não.

Os mapas da Arca continuam à nossa volta, girando e assistindo ao brilho cegante de Blazdall. Ela sabe o que eu pretendo. Nós pretendemos.

*Vai que é tua, lindinha!*

Ambas mergulhamos direto até o Censor. Como um míssil. Como um raio.

Me sinto envolta na magia da espada. Não só envolta. Transformada. *Eu sou parte da magia.*

Tudo acontece em um fiapo de segundo. Mas esse tempo desacelera, o mundo silencia, os mapas cessam de girar.

Ainda consigo ver sua expressão confusa.

O impacto despedaça a barreira, como se feita de cristal. Os cacos desmancham em poeira luminosa e linda.

Blazdall entra fundo no peito do Censor.

Ainda a tenho em mãos. Vem o horror de literalmente empalar um ser humano. Sei que parece a coisa mais idiota do mundo para alguém com uma espada, mas não imaginava ter que fazer isso algum dia. Não a sério. Não uma pessoa.

Fecho os olhos, com medo. Choro. Não quero olhar. Quero pedir...

— Perdão...

Não sou eu. Uma voz diferente. Tão diferente que demoro a reconhecer.

Encontro coragem para voltar a olhar, ainda de cabeça baixa. Só então percebo; não tem sangue. Onde a lâmina entra, vaza luz dourada.

Mesmo atravessando o corpo quase inteira, a ponta não aparece no outro lado.

— Humanos são falhos...

A voz tão estranha, tão diferente, é mesmo do Censor.

— Wilmon.

— Minha Deusa... perdoai meus erros... aceito minha penitência...

Voltou a olhar para o vazio. Ele ainda segura o tal Diadema da Deusa. Acho que nunca vou saber para que serve.

A luz em seu peito cresce. Reconheço essa luz. É a mesma dos portais.

Entendi, Blazdall. Entendi por que você queria tanto acertar ele. Não era ódio nem vingança nem nada assim.

Você queria *ajudar* ele. Sua linda.

— Você vai pra casa — eu digo, sem raiva, sem motivo para rancor. — Vai voltar pra Ela.

Com essas palavras, ele volta a olhar pra mim. Todo o desprezo, toda a repulsa sempre presentes no rosto dele, sumiu.

Está sorrindo como nunca vi ninguém sorrir. Com toda a felicidade do mundo. Seu mundo.

Ele ergue uma mão, acho que pretendia tocar meu rosto. Eu deixaria. Mas não acontece. Wilmon Campion, o Andarilho do Horizonte, o Censor, desaparece em poeira dourada.

O tempo volta a correr. As visões em volta giram mais rápido, um estrondo ressoa. Vejo rachaduras nas imagens.

Acho que o Censor fez este lugar com seus poderes. Sem ele, tudo vai desabar. Sabe como é, esconderijo de vilão sempre tem esses probleminhas de projeto.

Vilão? Será que ele era, mesmo?

Sei lá. Estou cansada. Em paz, mas cansada. Tudo estala e desmorona em volta, mas não tenho mais forças para reagir. O problema acabou. É tudo que importa.

Agora sim, morri.

# 10

— Ágata. Sei que está consciente. Ágata.

Os anjos, ou quem quer que venha recepcionar os recém-chegados no além, têm a voz da Hitomi. Gosto.

— ********* de uma vez, guria!

Pensando melhor, anjo nenhum falaria como Vallos.

Abro os olhos e tudo gira. Minha cabeça dói, meus braços doem e minhas costas doem. Há uma luz forte acima de mim, até pensaria ser o paraíso, não fossem duas faces conhecidas me olhando.

Viva ainda? Sério?

— Está desperta. Solicito assistência médica.

Tento me sentar, mas mãos pequenas e bem fortes me impedem.

— Não ************ e fica quieta.

— Pedindo assim com tanta educação... — eu tento caçoar, mas minha garganta está seca. Parece até que estou tentando imitar o Brutusk.

Vallos continua boca-suja mas, ainda assim, tem algo diferente na voz. Uma suavidade esquisita.

— Você ************ o ***********, guria.

E dá um tapa no meu ombro. E vejo estrelas. Aaaaai!! Se não precisava de cura antes, agora preciso!

Sinto estar em uma cama, só posso dizer isso do ambiente em volta. Ainda está tudo bem confuso, como se tivesse feito a roleta do cochilo da tarde, entende? Você não sabe se vai dormir quinze minutos ou seis horas. Aperto os olhos para tentar ver além daqueles perto de mim, lembrar do passado recente...

As memórias caem como um bombardeio. O Censor? Tudo aquilo, naquela dimensão-de-bolso, rolou de verdade?

Tento levantar outra vez, mas Vallos volta a me empurrar, carinhoso feito uma escavadeira. *Oh, deuses!*

Meu olhar busca Hitomi. O rosto-tela está ainda trincado, um olho pisca feito algum tique pós-traumático, ou falha na placa de vídeo, depois da surra que tomamos. Sua cerâmica branquinha está cheia de riscos e ralados, parece uma tigela plástica muito velha. E a capa em frangalhos. Quero chorar!

Vallos, esse demonho, parece bem. Ainda selado no capacete. Um dia juro que vou arrancar essa coisa para ver o rosto dele, antes de morrer. Ou durante.

Cadê Edouard, Hermax e os outros? Onde estamos? Fico inquieta, mas meu corpo lembra do zelo de Vallos e recusa mexer.

Blazdall! *Cadê Blazdall?*

Como se ouvindo meus pensamentos (besteira, *claro* que ela ouve) a espada vibra como um celular, sobre uma mesa de metal ao lado da cama, onde também há uma bandeja com comida. Parece estar em repouso, não está totalmente apagada (ufa) mas, enfim, relaxada. Quero tocá-la, abraçar e agradecer por salvar a minha vida... Ai, droga! Eu vou *mesmo* chorar!

Hitomi e Vallos me observam em silêncio, uso esse tempo para olhar ao redor e fugir do constrangimento. Vejo-me em um quarto redondo, branco e bem iluminado. O logo da BUSCA, aquele ponto de exclamação, repousa imenso na parede ao lado. Tem janelas grandes, mas foscas, nem sinal de ser dia ou noite. Que horas são? Quanto tempo se passou?

Aparelhos bipam ao meu lado, não sei para que servem, mas isso deve ser bom sinal, né? Uma grande tela na parede oposta exibe um noticiário, mas está sem som. Vejo os menestreamers sumidos dando entrevistas. Pelo jeito, o mundo já sabe. Mas sabem toda a verdade? O que está sendo contado? E eu, estou pronta para encarar isso?

Pelo menos essa resposta eu tenho: Não. Ainda não.

Não consigo ver muito além, porque aos pés da minha cama tem uma montanha de pelúcias, flores, cestas de doces, uma abóbora (?) e balões com bilhetes. "Melhoras, guerreira!" "A luta acabou!" "Um beijo do humano!" (Esse foi do Edouard, certeza.)

Minha conclusão genial a partir disso tudo é que estou no Hospital da BUSCA em Vallindra. Conseguimos sair, ou fomos resgatados.

Cadê meus pais? Cadê todo mundo?

— Ágata Badeaux! Bom tê-la de volta!

Vallos abre caminho para uma senhora com cara de crocodilo (moreau também), óculos redondos e roupa de médico da BUSCA chegar até mim. Ela tem sotaque bem forte, certeza que veio das bandas de Madagascar.

— Como se sente?

— Viva, acho.

Ela ri, apertando os olhos pequenos e preguiçosos. Ela tem cara de gente sábia, entende? Chuto que tem entre cinquenta e trezentos anos. Não, espera, isso é coisa de tartaruga.

A doutora começa a me examinar e faz perguntas que preciso responder com "sim" ou "não". O que é bom, porque minha mente não para de jogar lembranças e perguntas para cima de mim.

Entre "sente comichão na sola dos pés" e "sente que foi amaldiçoada" recordo o rosto e o fanatismo do Censor. Tenho muitas perguntas que só ele podia responder. Ele conhecia Blazdall. Talvez soubesse de onde veio, quem a fez, e para quê. Talvez tivesse o que ninguém mais tem; conhecimento de além-Convergência.

Será que ele voltou mesmo àquele mundo? Ou acabou em outro lugar? Ou apenas morreu?

Todos pensamos no Censor... Wilmon... como o grande vilão da história. Tudo bem, ele foi isso mesmo; tivemos que derrotá-lo para salvar todo mundo. Mas se pensar bem, ele acreditava proteger o que lhe era precioso: proteger a pureza, a santidade das Arcas. Estava errado, claro, porque usava seu poder para tirar a liberdade de outros. Isso é sempre ruim. Mas não de todo mal-intencionado.

Ainda, ele não matou ninguém. Aprisionou, mas não matou. Isso conta.

Lembro de ele insinuar que chegou aqui por seus próprios meios, não através das Convergências. Se era algum tipo de viajante planar, talvez tenha mesmo esse poder. Então, se sobreviveu, será que vai voltar?

É, acho que essa história vai acabar com um montão de perguntas sem respostas. Paciência.

Tudo o que quero agora são...

— ...meus pais.

A doutora cara de crocodilo me olha por cima dos óculos redondos, terminando de anotar o que quer que eu tenha respondido sem perceber. Então olha curiosamente para Hitomi e Vallos, ela altiva, ele de braços cruzados segurando Korlon. Até parecem meus seguranças.

— Ambos foram avisados e estão a caminho, chegarão em breve — ela responde com a voz mansa, anotando mais alguma coisa no tablet. — Coma sua refeição, tá? Viram? Ela está bem. Agora eu poderia dar uma olhada em vocês?

Vallos resmunga algo como “nada de *********** de agulhas”. Hitomi ainda me observa em silêncio por um instante, antes de sair levitando.

Assim que todos vão embora, eu aumento o som da TV, ainda falando sobre a Arca de Vallindra.

Vou confessar uma coisa só pra você, tá? Estava esperando a porta fechar para poder abraçar Blazdall e chorar em paz.

Meu rosto está em todo lugar. Do jeito que eu sonhava antes de ser uma mega celebridade? Não!

Toda arrebentada, cabelo desgrenhado, roupa rasgada e suja de gosma de monstro, levada para fora do palco em uma maca flutuante pela Guarda do Glifo. Parecia alguém atropelada por dez trolls, vinte minotauros e dois kaijus, em vez de alguém que salvou o mundo. Blazdall, por outro lado, estava linda e perfeita. A beleza em forma de espada.

Na TV passa sobre os menestreamers resgatados, eu (daquele jeito) apontada como quem derrotou o Censor, e algo sobre um filantropo e magnata das artes acordando de um coma que durava anos.

Ezekias Piton.

Quase engasgo com a gelatina da sobremesa quando vejo Edouard todo galante, de blazer azul, ao lado de um senhor magrinho em uma cadeira automática. Mesmo meio acabadinho, dá pra ver as semelhanças.

Tio!! Será o tio que ele mencionou no covil de Primevore, sob efeito das mariposas?

Não encontrei Edouard nas filmagens de quando os menes voltaram. Pelo jeito, escapuliu ninjamente como fazia na Arca.

Ele e o tio estão diante de uma mansão à beira-mar, daquelas de capa de revista, tipo a “Manas”. Na escadaria atrás, um monte de gente chorando. Edouard também chora, o braço nos ombros de Ezekias. Ele fala com a imprensa.

"...nenhuma magia é mais forte que o poder do amor! Fui salvo por um milagre!"

— Com licença, senhorita Badeaux.

— Se diz "Badô" — digo por impulso, acostumada com o pessoal errando meus sobrenomes.

— Minhas desculpas. Sou Hyvar, presidente do Conselho de Intendência da BUSCA. Como está se sentindo?

Eis que estou conhecendo o elfo mais *feio* que imaginava caminhar neste mundo — *eu não sabia que existem elfos feios!!*

Ele sorri simpático sob o narigão nem um pouco élfico, simpático demais. Me deixa desconfiada. Tá, sabemos que minha herança felina contribui para esse estado constante de receio, mas... não sei... não me convence.

— Posso? — ele pergunta, desligando a TV sem esperar resposta.

Eu devolvo um sorriso abusado. Pois é, tenho completa noção de como sou transparente e incapaz de disfarçar minhas caretas.

Ele finge não perceber.

— Sei que está cansada e ansiosa para rever seus pais. Mas preciso fazer algumas perguntas, enquanto ainda estão frescas na mente.

Ele ri. Se alguém em algum lugar acharia isso engraçado, eu duvido.

— Vai me interrogar? — eu mando sem pensar.

Ele gargalha. Fica ainda mais feio, socorro.

— Questões simples, não se preocupe.

Não respondeu. Então é porque vai, sim, me interrogar. Devo responder? Com a verdade, somente a verdade, nada além da verdade? Meus pais não estão aqui. Preciso de advogado? O que eu disser poderá e será usado contra mim?

— Também deve ter dúvidas, claro — ele consulta um relógio que surge em seu pulso, como as telas nos braceletes do Kayo. — Deve se perguntar há quanto tempo...

— Estive inconsciente por quarenta minutos, entre antes e depois de todos serem resgatados e trazidos para o hospital.

Ele cala, surpreso. Eu sorrio condescendente, apontando a tevê. Fala sério, estou vendo *noticiários*, claro que sei quanto tempo se passou!

— Muito bem — ele diz com um tom de "nada bem".

Cada vez confio menos no sujeito. Como falei antes, o pessoal da BUSCA costuma ser gente boa, mas esse elfo me deixa nervosa. Será *mesmo* um elfo? (Desculpa gente, não me conformo!)

Sem pensar, meu olhar pousa sobre Blazdall no meu colo, meus dedos passeando nas gemas.

Ele também olha. Foi rápido, milésimos de segundo. Se você é humano, nem teria percebido. Mas eu, sim.

Respiro fundo, tentando organizar as coisas aqui na cabeça. Não sei como será o interrogatório, nem quanto tempo vai durar. Preciso enrolar o máximo até que meus pais cheguem. Sim, é isso mesmo!

— Quantos encontros teve com o Censor? — ele começa.

— Dois. Como estão os outros?

Percebo ele torcer a boca, descontente com minha resposta curta e entendendo meu jogo. Ué, ele mesmo se dispôs a responder minhas dúvidas, vou usar isso a meu favor. Hehe!

— Todos bem. A androide teve danos moderados, mas nenhum perigo de desativação. Todos receberam primeiros socorros, passaram por exames e também estão colaborando com a BUSCA.

Duvido. Conheço Hermax o bastante pra saber que "colaborar" não está entre seus maiores talentos. Mas deixa pra lá.

— A senhorita Hitomi e senhor Vallos recusaram atendimento até você recobrar a consciência — ele ri estranho, como se lembrasse de algo. — Tem bons amigos, Srta. Badeaux.

Sei que tenho, mesmo. Imagino o barraco que Vallos e Hitomi devem ter armado. Não fosse pelo tio, sei que Edouard estaria por aqui também. Pela primeira vez sorrio de verdade, nem tento esconder.

— Percebeu qualquer fenômeno incomum antes de cada aparição do Censor? Algum odor, luz, magnetismo...

A pergunta parece inofensiva, mas mesmo assim me deixa irrequieta. Acho que nenhum desses aparelhos médicos está medindo meus batimentos, porque sinto o coração marretando os ouvidos.

*Respira, inspira...*

— O céu... digo, o clima ficou estranho. E a gente sentia uma pressão diferente, como se tivesse mudado a gravidade sabe? Ou a latitude? Como se estivéssemos num monte bem alto e a pressão nos forçasse para baixo. Era o poder dele, né?

— Não sabemos — ele responde à pergunta retórica, aaaaargh! — Como você descreveria o... poder do Censor?

— Ele viajava entre planos. Viaja, não sei. Ele morreu?

Ele me olha surpreso.

— Essa seria uma de minhas perguntas, senhorita.

Ele cruza as mãos diante do corpo e olha para Blazdall sem disfarçar. Viiixi...

— O que aconteceu na Cidadela do Exílio? Quando você e ele desapareceram — ele emenda, crispando a boca.

— Então não viram mesmo essa parte?

— Não. Seu equipamento deixou de transmitir. Então, o que aconteceu?

— Lutamos — respondo, curta e grossa.

— Lutaram durante seis segundos? — ele pergunta incrédulo.

SEIS SEGUNDOS?? Pra mim foi uma vida toda ali!!

Sigo falando, tão vaga quanto consigo, fingindo não saber descrever as coisas (hã, você meu acompanhou até aqui, sabe não ser exatamente fingimento...). Eu mesma não tenho explicação para muito que vi. Em especial, o destino final do Censor.

Escolho não dizer o nome verdadeiro dele. Ou melhor, o nome que ele disse ser verdadeiro. Foi algo que confiou a mim, só pra mim. (Agora estou confiando a você também, não espalha.)

— Entendo — ele diz de um jeito estranho, enruga a testa e digita algo naquele relógio/pulseira pela primeira vez. — Então ele não conseguia atingir você?

Engulo em seco. Você sente o que vem aí, né? Porque eu sinto.

— Não.

— Foi a espada?

— Sim.

Aquela cara de sonso se transforma. Fica sério, ainda mais feio, o que combina mais com ele.

— É um artefato muito impressionante, senhorita Badeaux.

— Pois é — agora sou eu que faço a sonsa.

— Onde a conseguiu?

— É de família.

— Suponho que além-Convergência.

— Parece que sim.

— E além de proteger você, ela também abre portais dimensionais entre os mapas da Arca de Vallindra, correto?

Aqui eu travo. Se responder que sim, ele pode confiscar Blazdall? Se mentir que não, ele pode perceber, acusar de crime e confiscar de qualquer jeito?

*Aaaaaah! Cadê a minha mãe?*

Espera! Falando em mãe... Hihihi, já sei como responder sem essa me ferrar!

— Olha, moço, eu sinceramente não sei dizer com toda a certeza. Digo, não é como se ela conseguisse abrir *portaaais* de verdade, era mais como um ato desesperado para me salvar, sabe? Ou pode ser que abra também. Depende do quão perto estamos do outro lugar, manja? Afinal, ela nunca fez isso guardada lá em casa. Na real, sinto que existe alguma relação entre nós, que contribui para...

É, estou enchendo linguiça. Desculpa se meu plano genial não corresponde às expectativas. Foi o jeito que achei para não me recusar a responder, mas sem responder, e sem mentir. Muito. Acho.

— Compreendo, mas... — ele até tenta me interromper.

— Pois então, como ela pertencia a meus pais, acho que só mesmo falando com eles pra...

E como se falando neles eu os tivesse conjurado, mamãe e pai invadem o quarto e me abraçam forte.

— Gatinha! Você tá bem, filha?

— Se machucou? Quebrou alguma coisa?

— Tô bem!

— Pois nunca mais você...

Ai, vou poupar você do sermão paterno tão precoce. *Blá blá blá* muito perigo *blá blá blá tá* encrencada, mocinha *blá blá blá* castigo pro resto da vida... Olha, acho que *ele* estava ensaiando no caminho até aqui!

O senhor Elfo Feio limpa a garganta e papai muda de postura na mesma hora. Mamãe, como eu previa, o olha com um pouco de desconfiança. Eu sei, mamãe é humana, papai é felino, ele é que deveria estar arredio. Mas, né?

— Senhores Badeaux, deixarei que celebrem o retorno desta grande heroína — ele tenta ser simpático, mas só o papai cai nessa. — Bem--vinda de volta, Ágata.

*Ixi. E eu lá dei intimidade?*

E sai. Do jeito feio dele. Sem graciosidade ou leveza de elfo. Feio.

— Gato, pode pegar um lanchinho pra nós? — Mamãe, esperta que só, pede antes do papai retomar a bronca.

Assim que ele sai, sem nem perceber minha bandeja suja ali do lado, ela olha para mim e Blazdall. Sorri.

— Tão orgulhosa de vocês! Sabia que venceriam!

— Sabia nada — me encolho envergonhada. Receber elogios ainda é um problema, mesmo sendo da minha mãe.

— É minha filha, oras — ela responde com um levantar de ombros. — Quem sabe o que mais herdou, além de Blazdall?

Em Vallindra não tem dragonetes voando pela sua janela de manhã. Mas também não é cidade grande como as outras.

Você não é acordado por airships de propaganda, buzinaço nas ruas, alarmes disparando a todo momento, vendedores alados e sem noção quase entrando no seu apartamento, e outras inconveniências. Nada disso. Vallindra acorda você com música.

Não é meu tipo de música, não é nada da Holy e outras bandas que eu curto. É calma, de meditação, good vibes. Quase faz querer voltar para a cama.

Papai, pelo menos, gosta.

Por mim, preferia o hotel chique oferecido pelo Sr. Amon. Em vez disso, estou aqui confinada "em observação" no hospital da BUSCA, "por exposição a seres planares não catalogados". Que legaaaaaal...

A todo momento aparece algum médico ou enfermeiro ou arcanista para tirar meu sangue, olhar os monitores, tirar meu sangue, medir coisas, tirar meu sangue, conjurar alguma vidência médica, conjurar meu sangue. Estão alimentando algum vampiro, não é possível!

Pelo menos não estou em isolamento ou quarentena ou sei lá. Se ninguém pudesse me visitar, ficaria maluca.

Quando não estou ouvindo de meus pais a versão que souberam (bem errada, diga-se de passagem), vejo na TV a repercussão do que fizemos. Tudo mais heroico e perigoso do que realmente foi. Tipo, foi perigoso e eu arrasei, claro. Mas não foi cinematográfico como fazem parecer, sabe?

E o sensacionalismo? Nossa, parece que a qualquer momento outro monstro tamanho K'Athanoa, batendo a cabeça na alta atmosfera, vai aparecer e aniquilar a vida na Terra.

Você acha que pode acontecer? Bom, prefiro pensar que não. Imagina se rolar agora que estamos em alta? Vão esperar que *eu* faça algo! Imagina?

Não se fala de outra coisa em todos os canais. Vejo uma revoada de repórteres na frente do hospital, querendo uma palavra dos menestreamers, diante da Torre Amon, querendo falar com o próprio (eu também queria, aliás), e mais uma penca na UniPotência, querendo uma coletiva com a própria Vitória.

Mas ninguém aparece. Há porta-vozes aqui e ali, falando que todos estão gratos pela "vitória de Vallindra" e que "medidas de segurança estão sendo tomadas para que episódios como esse não tornem a acontecer".

Olha, difícil não criar umas teorias da conspiração.

Mesmo completamente inserida na parada, sinto que não sei muita coisa. Não falei com mais ninguém depois que Hitomi e Vallos saíram com a doutora crocodila. Quando pergunto deles é sempre a mesma coisa, "estão em observação blablabla". Bosta. Queria poder vê-los.

Não tenho meu celular. Parece que pifou na Arca, coisas eletrônicas nem sempre sobrevivem a essas expedições. Amon bem que podia me dar outro, um daqueles de bateria 2E (Elemental Eterna) com rede planar e tela ilusória. Caro pra caramba. Queria muito.

Pelo menos ninguém tentou me separar da Blazdall.

Faz um tempo que, exceto pelas visitas dos meus pais, ela é minha única companhia. Ela e meus pensamentos caóticos. A tevê está desligada, acho até que minha imaginação está me pregando peças, criando sons estranhos lá fora no corredor. Claro que não tá acontecendo nada. É um hospital. Por que estaria...?

— Vallos vai ********* você e ************ sua **************!!

— Não fique na frente do Valoroso, moça. Depois me passa seu contato, sim?

— Com licença, requisitamos autorização de entrada, muito agradecida.

— Mas... mas...

Oh, bem. Esse "mas... mas..." foi a enfermeira absolutamente derrotada em sua tentativa de barrar minhas vistas. Que você sabe muito bem quem são.

A porta abre, Hitomi emerge levitando como um anjo, toda branca e reluzente, como se saída da fábrica. É seguida por Vallos, pisando duro e arrastando Edouard pela jaqueta.

— Vocês não... — a enfermeira ainda tenta, Vallos fecha a porta quase na cara dela.

Estou surpresa, claro. Mas não devia. Se uma Arca cheia de monstros não deteve essa turma, não é um hospital que vai conseguir.

Vallos recosta o machado na parede (COMO o deixaram entrar com aquilo?), então pula e senta aquela bundinha de ferro na poltrona ao lado da cama, onde meu pai costuma ficar. Hitomi se mantém em pé, os olhinhos de luzes brilhando como sempre.

Edouard, bom, ele parece bem. Usa a mesma roupa de aventureiro, ou uma roupa nova igual. Não tem nenhum arranhão. Se chegou a ser ferido, a medicina da BUSCA deu um jeito. Ou sua própria magia de cura, que ele nunca teve a mínima decência de explicar como funciona.

A verdade é que ainda estou com ranço dele. Pronto falei.

— E aí, Gata? — me dá um sorriso ordinário. — Tá bem? Tá famosa, hein? Soube que um vídeo seu tá viralizando...

— *Vem com lenga-lenga não!!*

Vallos e Hitomi não reagem. Eu sei, começar brigando assim sem sequer cumprimentá-los direito é muita grossura. Mas Edouard me tira do sério.

— "Prometo explicar tudo, tá?" — eu imito em tom de deboche, sentada na cama, de braços cruzados. — Foi o que você disse. Depois de devolver o escaravelho que roubou. Me deixando pensar que foi Hermax.

"*Ainda* estou esperando essa sua explicação, Edouard!"

Ele coça a cabeça, sem graça, ou fazendo parecer assim.

— Em minha defesa, tentei telefonar um monte de...

— ESTOU SEM CELULAR! FALA LOGO!!

Ele esfrega as mãos, acena com a cabeça e senta na beira da cama. Ainda me enrola mais um pouco. Percebo Hitomi e Vallos também observando e esperando que fale. Será que os dois o forçaram a vir aqui?

Antes de começar, suspira fundo. Os ombros caem, ele sorri constrangido para nós três. Fico até sentida. Um pouco.

— Então, foi mal. Quero dizer, me desculpem. Mesmo. Pode parecer bem bizarro o que vou falar, mas juro que é tudo verdade.

Se alguém ainda queria duvidar, logo no início acaba desistindo. Pela segunda vez os olhos de Edouard brilham emocionados e ele limpa a garganta sem jeito.

— Bom, começou quando meu tio, que me criou, apareceu com a estátua de uma raposa.

E ele conta toda a história, que a esta altura você já deve saber. Sobre como ele e Ezekias foram cerceados por aquela estatueta, meio que tornados seus devotos. Como o tio adoeceu e Edouard, desesperado, fez tudo que podia para salvá-lo.

Já tinha ouvido falar disso! Entidades espirituais que chegaram com as Convergências. Fazem pactos com os mortais, emprestam poder mágico em troca de votos esquisitos. Muitos Arcanautas curandeiros funcionam desse jeito, cumprem obrigações quaisquer em troca de conjurar suas curas. Se dizem devotos, servos, adeptos, sei lá.

Há quem diga que esses patronos são deuses. Ou partes de deuses. Ou demônios. Ou ambos. Alguns são nobres, outros bem sacanas, e outros em algum ponto no meio. Não tinha visto umas notícias sobre igrejas e cultos e lances desses?

Aquela tal Musa do Censor... será que ela e ele também...?

— Então... — eu hesito, tudo isso me pegou total de surpresa. — "Deus dos Ladrões"?

Edouard abre os braços em gesto de rendição.

— Pois é. Não consigo curar alguém sem enganar esse alguém antes.

— Por isso atacava com adagas às escondidas — Hitomi conclui.

Estou aqui de boca aberta, ainda tentando captar o que tudo aquilo significa.

— Naquela hora que Primevore me moeu toda... e você soltou aquela super-cura suprema...?

— Foi quando peguei o escaravelho. Precisei. Sem isso, não tinha como te salvar.

— *E não podia devolver depois??*

— Eu devolvi. Depois.

Sinto o tampo da minha cabeça pular e cair de volta, figurativamente (ou não). Queria dar na fuça dele, mas a lembrança de Edouard virando algum anjo celestial e restaurando meu corpo estraçalhado acaba pesando mais.

— Ah sim, falando nisso...

Ele puxa algo do bolso. É uma credencial da BUSCA. Mesmo na mão dele, ainda consigo ver a fotinho do...

— ESSA ************ ESTAVA COM VOCÊ!! — Vallos urra, sai fogo das frestas do capacete. Eu levanto Blazdall para me esconder atrás.

— Perdão, Valoroso.

Vallos não acredita, e nem eu. A credencial perdida que ele e Edouard estavam procurando no Parque do Glifo, quando os conheci. Isto é, Vallos procurava, Edouard fingia procurar.

Caramba! Se ele e Vallos eram companheiros de grupo, e ele curava Vallos, então *quantas vezes...?* Não, nem quero pensar.

— Ezekias Piton recuperou-se após nossa missão — Hitomi observa. — É lógico deduzir que seu desempenho teve sucesso em aprazer a entidade Raposa.

Tem algo de divertido em ver uma androide tentando entender como funciona devoção aos deuses. Será que ela quer...? Será que androides também podem...? Tá, agora *eu* é que estou tentando entender.

— Sim, Hit — Edouard sorri, outra vez levando a mão aos olhos molhados. — Parece que sim...

Edouard. Você foi chantageado por algum espírito ardiloso, que dá poderes em troca de trapaças. Podia só fazer o que ele mandava, roubar e sacanear todo mundo o tempo todo, sem remorso. Mas não. Você trapaceou as regras dele para ajudar as pessoas, em vez de prejudicar. Vai ver, ele até queria isso mesmo. Mas mesmo assim...

*Edouard, você é o cara mais incrível do mundo!*

— Edouard... — ops, quase digo em voz alta!

Alguém funga. Os únicos capazes disso somos Edouard, eu e Vallos.

Meus olhos estão marejados e eu quero abraçar ele? Sim, mas não fui eu. Edouard está cabisbaixo, mas não chora. Vallos... não, não pode ser.

Fica um tempinho de silêncio constrangedor, daqueles que a gente precisa para se recompor ou pensar em uma coisa para dizer, sabe? É difícil julgar uma situação assim.

Hitomi se move pela primeira vez. Ela é rápida e Edouard quase cai da cama com o susto, mas Hit o segura... com um abraço.

— Ativando Protocolo de Conforto.

Esse modo humorista da Hitomi tá me deixando com medinho.

Edouard, todo besta, ri e a abraça de volta.

Vallos, sentadinho na poltrona e de braços cruzados, começa a desabafar:

— Seu ********* ******** *********** ******* *********** ********** ********** ******** *** vai tomar *** ***** ******************* ********* ********* ******* filho da ***** ** ******* ****** ******** ******* ******!!

Tire as crianças da sala!

— É, eu mereço — Edouard coça a nuca rindo. Seus dreads desmancharam um pouco.

E agora falta eu, né?

Não estava preparada para esse círculo de lavação de cota de malha suja. Mas não tenho como escapar.

— A gente... Eu... — resmungo, olhando para ao lado — fiquei muito preocupada quando você sumiu.

— Eu sei. Eu acredito. Desculpa.

— Seu tio tá bem?

Edouard ri. Que é?

— Sim, sim. Tem ainda muita reabilitação pela frente. Mas a primeira coisa que fez quando saiu da cama foi jogar a estátua da Raposa no incinerador.

— Ué. Então, acabou sua cura mágica?

— Ela ainda está aqui — ele espeta o indicador na cabeça. — Vive em mim. Eu acho. Vai e vem quando bem entende.

— Mas agora que confessou tudo, não vai poder curar a gente de novo.

— Isso só vai ser um problema — ele sorri largo — se você ainda pretende me manter como curandeiro.

O sorriso sacana desaparece atrás do travesseiro que eu joguei. Com força. Quase derrubando ele no chão.

— Só isso, Gata? — ele emerge atrás do travesseiro. — Não tem mais nada para falar não? Pode mandar. Você é toda cheia de opinião.

Mostro a língua e ele gargalha. Abusado!

— Mas então, como pitombas você achou e salvou os menes? Vai contando aí!

E ele conta.

Mais tarde, eu perguntaria para o pessoal da BUSCA sobre aquele Hyvar, o Elfo Feio.

Diriam que não existe nenhum funcionário com esse nome ou descrição. Hitomi confirmaria, examinando o cadastro de empregados.

É, eu sei. Esta história está acabando ainda cheia de perguntas. Mas quer saber, acho que as respostas acabam aparecendo. Cedo ou tarde. A gente gostando ou não.

*Alguns dias depois* (precisava me recuperar, né?)

Festa!

E quando digo "festa" é: "Festa do Sr. Amon em homenagem aos Arcanautas que salvaram os menestreamers sequestrados pela maior ameaça à Arca de Vallindra!"

Desta vez a entrada não está oculta, muito pelo contrário. Com direito a canhões de luz e telas imensas, com os rostos de todos que voltaram das Arcas (sim, meu rostinho estava lá), acima do portão de entrada.

Toda vestida pela *Genevive Moda Mística™* eu sorrio para as câmeras e seus flashes que tornam minhas pupilas risquinhos. Todos querem uma palavrinha da heroína, mas Cecil (classuda linda!) me conduz para dentro com uma elegância só dela. Quando penso em perguntar se agora é minha empresária, já sumiu.

Entro abraçada com a Blazdall, imagino já estar familiarizada com o ambiente, mas meu queixo cai. O pavilhão parece impossivelmente maior que antes. Magia, né?

Preciso falar que a decoração também está em outro nível? Para começar, plataformas flutuantes na pista de dança elevam os convidados. O DJ (minha Vitória! É o ATrogg!!) também flutua na pista, em uma cabine mega tecnomágica e luminosa. Acima, onde estavam os trapezistas humanos da outra vez, uma cachoeira de faíscas imitando a Lagoa de Savagon (ui, até arrepiei).

Decoração de gemas e cristais chispantes, bandejas com taças flamejantes, pessoas ultra importantes rindo e brindando. Tudo chique demais, mas o que me chama mais atenção mesmo é a tela enorme onde passam nossas imagens na Arca de Vallindra.

Fico ali um bom tempo, congelada, hipnotizada pelas cenas. A fuga de Savagon, Hitomi explodindo Primevore, Edouard brilhando dourado para me curar, Vallos varrendo tudo com seu machadão... Até então, eu não tinha certeza de quanto conteúdo nossos equips conseguiram transmitir.

Também vejo nossas batalhas contra o Censor. Por algum motivo, seu rosto nunca aparece nítido, apenas uma mancha de chuviscos. Alguma "máscara digital mágica" para resguardar sua identidade? Outro mistério.

*La la laaaaa vamos parar de pensar nele la la laaaaaa...*

Deixa ele. Estamos lindos, heroicos, fodões. Tudo passa exatamente a sensação que as redes sociais possibilitam. Parecem cenas de filme, tudo muito bem editado, com rock clássico ao fundo.

(Mal se percebe que apanhamos pra valer...)

Tá, não é hora de começar a questionar as grandes mentiras por trás das redes sociais que eu gosto e consumo, dá licença.

Estou ali, incrível, sendo apontada e ouvindo meu nome aos gritos em todas as direções. Minha reação é apenas não reagir. O quê? Acha que é fácil virar famosa da noite para o dia? Tenta viralizar aí e vê o que acontece, sabe-tudo.

— Mas você não viralizou *simplesmente*, Srta. Badeaux.

Dou minha foto exclusiva para quem acertar nos comentários quem chega de fininho e faz minha cauda espichar (urgh).

— Ferdinan!

— Saudações. Perdão pela abordagem, não queria causar desconforto. — Ele tira o não-chapéu e faz sua reverência sempre exagerada. — Com sua permissão, gostaria de desviar o foco de alguns convidados buscando conhecê-la, Srta. Badeaux.

Procuro em volta, vejo sauroides velhos me olhando de longe. Socorro.

— Gostaria de me acompanhar mais uma vez?

Eita que o senhor Amon quer falar comigo!

— Exato.

— Esqueço dessa sua telepatia — digo em voz alta, porque é chatão quando ele responde o que apenas pensei.

— Esqueceu de fato, pois não leio pensamentos, leio intenções, mais superficiais e claras — ele explica outra vez, com um sorriso no rosto-tela. — Será breve, tem minha palavra.

E eu fui, né? Meio encolhida, sim. Agarrada à Blazdall como se pudesse fazer a dancinha da fusão com ela, talvez. Sorrindo sem graça para toda aquela gente chique me cumprimentando pelo nome, com certeza.

Uma coisa eu aprendi. Seguir Ferdinan pode mudar minha vida.

— Aprecio a observação.

Estar diante do Sr. Amon me causa várias sensações, mas a maior delas é timidez. Não consigo ficar ereta, de queixo e cauda erguidos. É involuntário. Sua presença consegue ser maior que um trasgo usando ombreiras (tinha um na festa).

Meio que esperava Arturo em alguma poltrona executiva de couro dracônico, bebendo uísque e fumando um charutão — mesmo depois do encontro no jardim da cobertura, imaginá-lo como bilionário poderoso arquetípico ainda é fácil. Mas nem, nada disso. Só está ali em pé, segurando um drink colorido com guarda-chuvinha, de camisa listrada e bengala dourada. Está rindo de algo que um qareen disse (não pode faltar meio-gênio em festa, você sabe), em um mezanino mais alto, amplo e com vista panorâmica da festa lá embaixo.

Tem bastante gente. Todos me observam quando passo pelos seguranças (que não eram minotauros ou golens, veja só). Alguns acenam, outros chamam meu nome. Não reconheço ninguém, mas certeza de que são figurões de Vallindra. Com quem mais Amon andaria?

— Senhorita Badeaux — ele oferece a mão pequena. Por um momento de pane no sistema, esqueço como se cumprimenta alguém. Boba!

Aperto sua mão, grata por não ser humana, ou estaria suando muito agora.

— Queria dizer que superou minhas expectativas, mas estaria mentindo. A senhorita conseguiu o que eu esperava. Meus parabéns!

— Obri-obrigada — é o que temos.

— Tenho muito a agradecer, mas não tomarei seu tempo com os colegas de aventura, tempo para brindar e comemorar sua vitória. E por falar nela...

Oi? Vitória está aqui? *Está atrás de mim?* Rainha da ******** toda? Minha inspiração, minha diva, minha musa?! (Falei igual ao Censor, que nojo!)

Mas nem era. Chuif.

Com o indicador, Amon pede que me aproxime. Abaixo para ficar na altura dele.

— O que vou dizer agora, eu diria em discurso para todos os convidados. Mas ouso presumir, conheço-a bastante para saber que isso seria um grande desconforto.

Te amo senhor Amon, te amo.

— Você reconquistou a Arca. Reconquistou a arena do nosso futuro. Será lembrada para todo o sempre, Ágata Moreau Badeaux. Será inspiração para os próximos Arcanautas, para os novos heróis. Como a própria Vitória.

*Ai, eu vou chorar e borrar toda a maquiagem.*

— S-sei nem o que dizer...

— Não se incomode. Apenas receba esta nova missão: aceitar honrarias e agradecimentos merecidos. Ferdinan, por favor.

O mordomo entrega uma caixinha preta com uma fita azul celeste.

— E aqui está seu prêmio prometido. Use com sabedoria. Sei que ainda vou ouvir muito sobre seus feitos.

Abro a caixa meio escondida dos olhudos ali em volta. Sente esse cheirinho? É cheirinho de credencial da BUSCA novinha, bebê! Toda linda na almofadinha de veludo. A partir de agora sou, FINALMENTE, Arcanauta credenciada! Ouvi um "amém"?

Mas tem algo mais. Termino de abrir e vejo.

Ao lado, um colar com um pingente. Em forma de espada.

— Blazdall...? — sussurro maravilhada.

Amon anui (não achei que pudesse me ouvir com a música alta) com um sorriso e uma piscadela.

Não reconheço o material, deve ser adamante ou platina — muito parecida com o metal da Blazdall. Tem pedras preciosas nos mesmos lugares das gemas reais, reluzindo na iluminação da festa.

Fico perdida naquele tesouro maravilhoso. Não vou nem *tentar* imaginar quanto vale.

— Até outra vez, Ágata. Ferdinan, leve-a até o Mezanino dos Campeões. Acredito que gostaria de rever os amigos.

Saio como cheguei. Deslumbrada demais, besta demais, ainda tentando me acostumar com este novo mundo. Nem lembrei de perguntar uma porção de coisas importantes para o Sr. Amon.

Aliás, ele também não fez perguntas. Nem Cecil, nem Ferdinan (ok, ele meio que não precisa). Achei que pelo menos tentaria saber sobre o Censor, o causador da treta toda. Pelo que sei, nossa luta e conversa na dimensão de bolso não foram transmitidas. Ninguém mais sabe dele.

Espera, será que foi ele quem mandou o Elfo Feio...? Não, nada disso, esquece. Sem chance!

Ferdinan, curiosamente, não comenta nada. Mas sei que ele ouve meus pensamentos, ou lê minhas intenções, sei lá.

*Olha pra mim, Ferdinan, eu sei que você sabe que eu sei que você sabe que eu estou certa.*

Mas nada, nenhuma reação do androide sabichão para dar uma pista. Preciso? Não.

Algo me diz que Arturo já sabe tudo. De algum jeito.

Esperto demais aquele goblin.

Hein? Oi? *Você não sabia??* Não contei que ele é um goblin? Hellllooow! Arturo G. Amon. Você achou que "G" era o que, Guilherme? Eu hein?

Ainda estou viajando internamente quando chegamos aos mezaninos, até colocar o pezinho no primeiro degrau e a escada me levar um nível acima (literalmente) de todos dançando e festejando em volta.

Sou recebida com um sorriso besta na cara de Hermax. Eita! Estranho vê-lo sozinho, sempre o visualizo com sua tchurminha.

— Você roubou toda a cena! — Ele me oferece a mão para subir no mezanino, como se a gata precisasse, hehe! — A maioria ali nem sabe nossos nomes.

Todo mundo lê pensamento agora?

— Desculpa aí por ser mais foda e ter uma espada maior!

(Opa, isso não saiu como planejei.)

— Mas então, tudo bem com vocês? — eu emendo rapidão.

— Eu que pergunto. A gente... Bom... Estamos de boa?

— Acho que sim...? Tá falando de quê?

— Ah pronto! Vai querer mesmo que eu diga, né?

— Claaaaro que vou — eu sorrio grandão com mil dentes.

Ele gargalha, tentando ser descolado, quase conseguindo. Gente, é *muito* divertido quando alguém todo metido e confiante fica assim, encabulado, sem graça.

E ele está tãããão bonito... e cheiroso... Foco, Ágata!

— Certo, então — ele joga a franja ruiva para trás e eu preciso piscar para não parecer idiota. — Não queria dizer isso por mensagem, e não sei quando nos vemos de novo, então tenho que aproveitar. Quero pedir desculpas. Por todo mundo, mas principalmente eu.

Ok, Ágata, é um momento único. Aproveita!

— Essas desculpas são pelo quê, especificamente? — Isso! Parabéns!

Ele ri e as covinhas estão ali... Argh!

— Tinha razão. Achei que você não dava conta, tentei roubar sua missão, tirar você da jogada. Feito herói salvando donzela. Errei, errei feio. Então, desculpa.

O pensamento de ser donzela para Hermax meio que amolece minhas pernas, mas eu aguento.

— Acho que isso faz parte de ser... rival? — eu sorrio.

— Ahn, então é isso mesmo que somos? Mas aí, você teria que treinar muito ainda.

— Não, você é que precisa derrotar seu próprio arquivilão primeiro.

— Com certeza, quando tiver uma espada fabulosa que resolva tudo sozinha.

— Tem muito o que melhorar nesse lance de pedir desculpas, sabia?

Ele quase engasga com a bebida, então cai na gargalhada. Nem disfarço minha cara de satisfação. A antiga Ágata até podia estragar tudo mandando um "desculpa qualquer coisa". Mas *esta* Ágata está curtindo pra valer.

Curtindo tanto que nem me ocorre perguntar uns lances meio importantes. Como, pitombas, Hermax entrou na Arca sem ajuda de Amon? Acho bom ele explicar isso bem direitinho!

Pra mim. Depois. Você ainda vai ter que esperar. Oi, você já sabe? Nhééé!

Hermax faz sinal na direção dos outros. Lá estão Syndra, mais linda que nunca. Brutusk de terninho (hein?). Kayo conversando com Hitomi (HEEEEIN?).

Soube depois que, durante algumas batalhas, Kayo entrou outra vez nos sistemas de Hitomi — mas para *aumentar* a força dela. Rolou na luta contra os seres-trapo, e quando a estátua explodiu, e talvez outros momentos. No fim, o nerdinho acabou ajudando de verdade. Parece que ele não tinha lá grande consideração por androides, fazia ativismo contra eles nos fóruns. Conhecer Hitomi pode ter mudado isso. Vamos ver. Espero que fiquem bem, espero que ele não volte a tentar seus truques. Se não, arrebento ele. Nem vem duvidar!

Vallos! De paletó e bermuda! E o maldito capacete, fazer o quê? Espera, o que tem naquela caneca enorme? Aliás, como é que ele consegue...?

— A Gata chegou! — Edouard surge de lugar nenhum como sempre, vai ser duro me habituar.

— Ágata! Bora de selfie?

Hermax sorri com meu embaraço enquanto a elfa deslumbrante enlaça meus ombros e conduz pra junto da galera. Vejo quando ele pega o celular, ouço/sinto o meu quando recebo sua solicitação de amizade.

— Me manda um oi. A gente marca de sair e eu explico tudo.

E com esse convite ele sai, deixando a galera tirar foto da minha cara de tacho.

*Ele me chamou para sair?* Oh, God!

— Se ainda estou aqui vivinha é por causa desta gatinha... — Amilca me chama para a realidade com um ao vivo na minha fuça.

Estranho e legal demais, estar acenando para aquele monte de menestreamers que eu acompanhava, de quem sonhava ser amiga, agora me chamando pelo nome. Ser celebridade é assim, então? Todo mundo quer dar um oi, falar que fui incrível e agradecer. Deixo até que vejam Blazdall de pertinho, mas não tocar (prometi ao papai).

Parece sonho. Podia acordar na Floresta dos Ossos, coberta de mariposas e minhocrânios. Imagina acabar tudo isso dizendo que sonhei? Ou foi tudo uma ilusão dos *khalynds*? Ou bati a cabeça na beirada do Glifo quando entrei e fiquei apagada até agora? Você me odiaria? Eu me odiaria!

Então não repara se estou aqui me beliscando a intervalos regulares.

— E com vocês a guerreira que derrotou o maior vilão de Vallindra! ÁÁÁÁÁÁGATAAAA!

A voz gutural do DJ ATrogg me devolve à realidade barulhenta, um refletor me cega, aplausos e gritos me ensurdecem. Blazdall salta na minha mão. Vallos xinga dizendo para erguê-la alto.

E eu faço.

E a gritaria aumenta.

Blazdall, a espada metida que é, vibra e as estrelas em seu gume brilham, épica. Mais exibida que eu!

Sem esperar, sou erguida nos ombros de alguém que depois descubro ser Brutusk. Ao redor os menes erguem taças em brinde. Meus amigos, perto, puxam meu nome.

*Ágata! Ágata! Ágata!*

Sorrio e aceno. Eu sou famosa! Eu sou uma heroína!

A Vitória chegou!

Não, infelizmente não a Vitória que você (eu) estava esperando, mas a minha vitória. Ela, a semideusa, eu ainda pretendo conhecer. E eu vou. Espera só.

Faço V com os dedos.

Pronto, é isso. Foi assim que virei Arcanauta real/oficial, bati um milhão de seguidores e salvei a Arca de Vallindra.

Ainda penso no Censor, sim. Se ele voltou pra casa, pra sua Musa. Se vai voltar pra cá. Se vai criar mais problema ou, quem sabe, mudar de lado.

Penso no patrono misterioso que mandou Hermax atrás de mim, como ele contou depois. Senhor W. Quem pode ser?

Penso em como Vallos se parece embaixo do capacete, como Hitomi e outros androides ganham vida, como Edouard e sua Raposa vão agir daqui em diante. Penso em tudo que ainda não sei sobre Hermax, Syndra, Brutusk, Kayo.

Penso em Blazdall, de onde veio, quem a forjou e por quê.

Vou descobrir tudo isso, garanto que sim. Até lá, pode perguntar aí nos comentários.

Não esquece de deixar seu like, inscrever no canal e tals.

Partiu Ágata!

Para acompanhar as novidades da Jambô e acessar conteúdos gratuitos de RPG, quadrinhos e literatura, visite nosso site e siga nossas redes sociais.

www.jamboeditora.com.br

facebook.com/jamboeditora

twitter.com/jamboeditora

instagram.com/jamboeditora

youtube.com/jamboeditora

twitch.com/jamboeditora

Para ainda mais conteúdo, incluindo colunas, resenhas, quadrinhos, contos, podcasts e material de jogo, faça parte da *Dragão Brasil*, a maior revista de cultura nerd do país.

www.dragaobrasil.com.br

JAMBÔ

Rua Coronel Genuíno, 209 • Centro Histórico
Porto Alegre, RS • 90010-350
(51) 3391-0289 • contato@jamboeditora.com.br